中國語言文字研究輯刊

二七編

第 **13** 冊

漢語音義學研究論集（三集）——
第三屆漢語音義學研究國際學術研討會論文集
（下）

黃仁瑄 主編

花木蘭文化事業有限公司

國家圖書館出版品預行編目資料

漢語音義學研究論集（三集）——第三屆漢語音義學研究國
際學術研討會論文集（下）／黃仁瑄 主編 -- 初版 -- 新北市：
花木蘭文化事業有限公司，2024〔民113〕
目 2+176 面；21×29.7 公分
（中國語言文字研究輯刊 二七編；第 13 冊）
ISBN 978-626-344-839-1（精裝）
1.CST：聲韻學 2.CST：語意學 3.CST：文集
802.08   113009387

ISBN-978-626-344-839-1

9 786263 448391

中國語言文字研究輯刊
二七編　　第十三冊　　　　ISBN：978-626-344-839-1

漢語音義學研究論集（三集）——
第三屆漢語音義學研究國際學術研討會論文集（下）

編　　者　黃仁瑄
總 編 輯　杜潔祥
副總編輯　楊嘉樂
編輯主任　許郁翎
編　　輯　潘玟靜、蔡正宣　美術編輯　陳逸婷
出　　版　花木蘭文化事業有限公司
發 行 人　高小娟
聯絡地址　235 新北市中和區中安街七二號十三樓
　　　　　電話：02-2923-1455 ／傳真：02-2923-1452
網　　址　http://www.huamulan.tw 信箱 service@huamulans.com
印　　刷　普羅文化出版廣告事業
初　　版　2024 年 9 月
定　　價　二七編 13 冊（精裝）新台幣 42,000 元　　版權所有・請勿翻印

漢語音義學研究論集（三集）——
第三屆漢語音義學研究國際學術研討會論文集（下）

黃仁瑄 主編

目次

上　冊

開幕式致辭　董志翹

開幕式致辭　徐時儀

序言——從《說文》段注看漢語音義學學科建設和音
　義匹配方法　尉遲治平

略論漢語音義學的學科交叉性　黃仁瑄 ……………………1

古漢語同族詞的聲母交替原則與諧聲原則一致論
　——附高本漢《漢語諧聲系列中的同源字》（1956）
　　馮蒸、邵晶靚 …………………………………………25

《大唐西域記》在佛典音義書中的地位與影響
　　施向東 …………………………………………………67

揚雄《方言》「屑，潔也」再考　董志翹 ……………89

「音隨義轉」的性質及類型試說　趙世舉 ……………105

論「無窮會本系」《大般若經音義》在日本古辭書音義
　研究上的價值　梁曉虹 …………………………………113

《王三》釋義疏證四則　周旺 ……………………………131

《切韻》系韻書音義訛誤例析　鄭永雷 ……………143

下　冊

民間雜字文獻俗寫音義四則　周太空 ……………………151

論幾部辭書「拌」「拚」「拚」「判」的注音　雷昌蛟 ‥163

「蛄蛹」詞源辨析　李金澤 ……………………175

中古漢語中「地」的兩種特殊用法　杜道流…………187

郭象《莊子注》「玄冥」語義訓詁及其哲學詮釋
　　　蘇慧萍……………………197

《楚辭・九歌》「與佳期兮夕張」小議　凌嘉鴻………209

《漢語大詞典》讀後箚記數則　劉曄 ……………………215

民國《灌縣志》雙音節詞考釋四則　馬康雅…………231

論「詞義」、「用字」與「詮釋」對出土文字釋讀的參照
　　與糾結——以「尻」讀為｛居｝、｛處｝皆可為例
　　　黃武智……………………241

《廣東省土話字彙》的語音系統：聲韻調歸納　陳康寧
……………………257

鄂州贛語本字考　皮曦、喻威 ……………………263

吳方言量詞「記」動量時量的認知考察　傅瑜璐……273

西南官話「莽」字考　黃利 ……………………287

山東費縣（劉莊）方言中的兩類循環變調　明茂修 ‥‥303

附錄　第三屆漢語音義學研究國際學術研討會 ……317

後　記………………………………323

民間雜字文獻俗寫音義四則[*]

周太空[*]

摘　要

民間文獻是漢語史研究的特色材料，它記錄了大型歷時性辭書未能體現的一些俗字俗音。這些俗字如果按照傳統辭書中收錄的音義去解讀，往往就會造成理解錯誤，甚至出現難以理解的情況。文章以民間雜字文獻中「簚」「篗」「綵」「鹽」的音義為例，試做說明。

關鍵詞：民間文獻；雜字；音義

---

* 基金項目：本文係國家社科基金重大項目「宋元明清文獻字用研究」（19ZDA315）階段性成果。
* 周太空，男，1995 年生，安徽滁州人，安徽大學博士研究生在讀，主要研究方向為漢語史和近代漢字。安徽大學文學院，合肥 230039。

段玉裁《廣雅疏證序》指出：「小學有形、有音、有義，三者互相求，舉一可得其二。有古形、有今形，有古音、有今音，有古義、有今義，六者互相求，舉一可得其五。」然而，在漢語的長期發展中，除了上面所說的形音義，還有許多俗字、俗音。這些俗字、俗音在傳統大型辭書中一般難以體現，而在民間文獻中卻很好的保留了下來。目前，民間文獻已經成為漢語言文字學研究的特色材料，尤其是作為童蒙和成人識字的民間雜字文獻，這些民間雜字文獻保留了大量的俗字、俗音，是近代漢字學、詞彙學、方言學研究的寶貴材料。

一、籯

「籯」，《漢語大字典》音「lèi」，指「用礱去掉稻殼」或「去掉稻殼的工具」。然而，在民間文獻，如雜字書中，「籯」則多作為「盛具」講，請看下面徽州雜字中的例句：

（1）刻本《對相四言雜字》：「籃、籯、梭、筬、箮、罩、筐。」（《徽》1：50）〔註1〕

（2）抄本《四言雜字（□宰精華）》竹筍：「穀圍簞笪，蘿籯糞箕。」（《徽》2：56）

（3）抄本《昔時簡要雜字》：「漿桶醬坩，葫蘆飯籯。」（《徽》2：434）

「籯」作為「盛具」講，在嶺南雜字中也不乏用例，茲舉兩例。如王建軍主編《清至民國嶺南雜字文獻集刊》第 1 冊廣西桂林《東園雜字》竹器門：「魚籯、虱篦、門簾、竹簞。」（《嶺南》1：61），第 2 冊廣西賀州《七言雜字》農匠雜用門：「箮籯簍緋鱔笱子，竹籃戽斗扁荷須。」（《嶺南》2：166）方志中也有用例，曹小雲、曹嫄輯校《歷代方志方言文獻集成》第 9 冊四川省民國《簡陽縣誌》方言：「〔廣東〕……筷筧曰筷籯。筷上聲，籯去聲……笆籠曰籯籮。」

「籯」或作「藟」。俗寫「⺮」「艸」相通。

〔註 1〕文章所引雜字例句主要來自戴元枝《清至民國徽州雜字文獻集刊》，王建軍《清至民國嶺南雜字文獻集刊》，李國慶《雜字類函》，李國慶、韓寶林《雜字類函：續》分別簡稱《徽》《嶺南》《類函》《續》。例句末尾皆標明例句出處及冊數頁碼，如（《徽》1：50）表示例句在《清至民國徽州雜字文獻集刊》第 1 冊第 50 頁。

（4）抄本《家常便用雜字》：「背籯穀籮，簸箕米篩。」（《徽》
2：353）

《大字典》中「籩」的釋義顯然不適用於上述例句。雜字中「籩」對應的圖片
如下：

圖1　籩（《對相四言雜字》）　　　圖2　籩（《東園雜字》）

圖3　籩（《霞園雜字》）

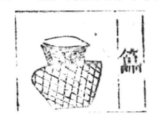

　　從圖片來看，「籩」當為一種竹篾製的籠具，形狀略有差異。《越諺》認為
「籩」是盛魚蝦的器具，其器用類：「籩：『堪』入聲。篾具，圓口長頸，奓大
其腹。漁農繫腰，以盛魚蝦、蟹蛙、蚌蛤。」當然，也有對《越諺》之說提出
懷疑的。《歷代方志方言文獻集成》第5冊《鄞縣通志》：「搭簍（籩簍）：
……《越諺》作『籩』，音『堪』入聲。案『籩』見《篇海》，盧對切，稻米䃺
也。音誼（義）皆不近，未知《越諺》何據。」「籩」注音「堪」，在雜字中也
有用例，李國慶編《雜字類函》第2冊宣統元年上海廣益書局石印本《新鐫
智燈雜字》農器類：「兜籩。」（《類函》2：282）注釋「下堪入聲。」即下字
「籩」當讀作「堪」入聲。吳昌政、姚美玲（2020：175）認為「（堪入聲）或
是對『籩』的同義換讀，乃是另一個意義相近的詞之語音，亦或有訛誤。」

　　字書「籩」或為「薑」「籅」的換旁俗寫。如明陳士元《古俗字略》卷一
平聲四支韻力追切：「薑：土籠。薁，同上。籩，俗。」此處明確指出「籩」
為「薑」「薁」的俗字。又嶺南雜字中「魚籩」或寫作「魚籅」，廣東廣州馮兆
瑄抄本《二言雜字》家用什物類：「竹簍、魚籅。」《嶺南》4：211）由此可見，
「籩」即「薑」（籅）的俗寫，指「土籠」。吳昌政、姚美玲（2020：175）也

贊同此說，指出「雜字書中所收『籭』字當為筐籠義，即盛物竹器，其音同『誄』。」並認為「表筐籠義『籭』當是由表筐籠義之『虆』發展而來。『虆』在中古時已有脂韻『力追反』和戈韻『力戈反』兩讀，因不同地區方言差異或誤讀的影響，『力追反』又產生上聲異讀，音同『誄』。這一異讀在更早時期或由『絫』字記錄。」王挺斌、趙平安（2022：74）認為筐籠義的「籭」可以聯繫青銅器中的「罍」。「『罍』這種器物，用陶製成則為『陶罍』，用銅製成則為『銅罍』，用竹製成則為『竹罍』。歷史發展過程中，形制上會有一些差異，用途也很多樣，但小口大腹的特徵則一以貫之。」以上觀點可備一說。

徽州雜字中「籭」或同「簍」。光緒文和堂刊本《農業雜字》竹絲類：「飯籭篼籮，信簽布篋。」（《徽》1：88）《雜字類函：續》第6冊抄本《農業雜字》「籭」注音「柳」。（《續》6：26）清光緒十二年（1886）宋觀成訂《鄉音集要解釋》首受十二：「籭：盛飯竹器。」清末民初婺源星江程仲庭《婺北鄉音》上聲十二海：「籭：油～炭～。簍：同上。」方言韻書中，「籭」與「柳」「簍」「磊」等同音。「籭」或為「簍」的方言自造俗字。

「籭」，徽州雜字又注音「對」。《四言雜字（文房四寶第一種）》：「瓷器花𥗬，篩籮米籭。」（《徽》1：492）「籭」注音「對」。「籭」注音「對」亦見於《重刊詳校篇海》《康熙字典》等字書，燕京藏萬曆刻本《重刊詳校篇海·竹部》：「籭：盧對切，音對。籭稻米磑也。」《康熙字典》引《篇海》同。據反切（盧對切），「籭」當音「類」。《字彙·竹部》：「籭：盧對切，音類。籭稻米磑也。」王力《康熙字典音讀訂誤》：「按，盧對不切『對』。當云音『類』。」「籭」注音「對」，吳昌政、姚美玲（2020：173）也有提及，認為：「《詳校篇海》音『對』當作『音類』或因涉前『盧對切』之『對』而誤。」我們懷疑「籭」注音「對」或與方言白讀有關，方言中（如贛方言、客家方言、閩語，逢細音今讀塞音的湘語、徽語部分方言點）存在來母逢細音讀塞音的情況，這一方言特點前輩時賢多有關注。

二、簆

「簆」，《漢語大字典》作為地名用字：「〔簆口〕地名，在中國湖南省岳陽縣。」雜字中「簆」則歸入竹器類。請看以下例句：

（1）刻本《對相四言雜字》：「藍（籃）、籭、梭、筬、簆、罩、

筵。」（《徽》1：50）

（2）刻本《農業雜字》竹器類：「蝦籤蝦秒，魚罟魚筬。」（《徽》1：97）

（3）抄本《四言雜字（領鹿鳴宴）》：「畚（畚）箕煙籠，籤筬菜籃。」（《徽》2：127）

清光緒十二年（1886）宋觀成訂《鄉音集要解釋》十六：「籤：取魚蝦具。」「籤」，作為竹器，亦見於嶺南雜字。如王建軍主編《清至民國嶺南雜字文獻集刊》第4冊廣東廣州《一言雜字》：「籤：姬～。」（《嶺南》4：422）第6冊廣東廣州《二言雜字》使用：「丫叉、殼籠、炭簍、雞籤。」（《嶺南》6：188）第10冊廣東廣州《應酬雜字》竹器：「蜆籤、蝦籤、魚籠、鱔籠。」（《嶺南》10：348）「籤」注音「更」。根據雜字對應圖片，「籤」是長條形類似於籬笆的一種竹器。

圖4　籤（《對相四言雜字》）　　　圖5　籤（《霞园雜字》）

「籤」字作為竹器講，亦見於廣東地方志和史料筆記等文獻。如清道光刻本《廣東通志》卷三百三十列傳六十三：「其戶有有大罾小罾、手罾、罾門、竹箔、簍箔、攤箔、大箔小箔、大河箔、小河箔、背風箔、方網、轇網、旋網、竹笭、布笭、魚籃、蟹籃、大罟、竹籤等戶一十九色。」《歷代史料筆記叢刊·清代史料筆記》屈大均《廣東新語》卷十八舟語：「有大罾小罾、手罾、罾門、竹箔、簍箔、攤箔、大箔小箔、大河箔、小河箔、背風箔、方網、轇網、旋網、竹笭、布笭、魚籃、蟹籃、大罟、竹籤等戶一十九色。」兩者內容基本相同。

不少學者對「籤」字也作討論。劉美娟（2012：107）：「〔籤〕一音 gái，義為籬笆。一音 gàng，義指竹籬笆。」楊士安（2012）指出「籤」字除作地名外，還可有兩種含義：「一是『竹名』，二是『竹木編成的柵欄狀物，如漁具籪、箔或護園的籬笆等。』」「籤」既可以用在陸地上當作籬笆，也可以用在水中捕

取魚蝦。同時，劉文、楊文皆指出作為地名的「箄口」是因為湖南省岳陽縣境內有新牆河、遊港河流經匯合，舊時漁民多置「箄」捕魚為生，故名。由此可見，「箄」在方言中指籬笆一類的柵欄狀物，常用來捕魚蝦。作為地名講，也是與「箄」的籬笆義聯繫密切。

三、綵

徽州雜字文獻中常見「綵筁」一詞，如：

　　（1）抄本《切要字》：「筲箕籮，績綵筁。篋甩簍，伙食箱。」
（《徽》1：23）

　　（2）抄本《四言雜字（領鹿鳴宴）》：「煙箕釣䈄，麻𥳽綵筁。」
（《徽》2：128）

　　（3）抄本《啟蒙六言雜字》：「麻籃綵筁盒絡，細筵團簁烘籠。」
（《徽》4：94）

據文意，「綵筁」類似於針線盒之類的東西。「綵」，一般韻書字書僅收「倉代切」這一個音，釋為「綷綵鮮衣」。如《集韻》去聲代韻：「綵，綷綵鮮衣。」《類篇·絲部》：「綵，倉代切。綷綵鮮衣。」《正字通·絲部》：「綵，同繀。」《漢語大字典》也是只有「cài」這個讀音，釋為：①綃煞。引《淮南子·要略》：「犯論者，所以箴縷綵紣之閑，攡挈呪齫之郤也。」高誘注：「綵，綃煞也。」②絲屬。引《越諺》「格致之諺」：「亂綵難理，潑婦難治。」《重刊詳校篇海》（燕京藏萬曆刻本）中記錄了「倉代切」「子計切」兩個讀音。《重刊詳校篇海·絲部》：「綵，倉代切，音菜。綷綵，鮮衣。班婕妤賦注：『紛綷綵兮綺素聲』。又子計切，音祭。同幯。」「幯」，《宋本廣韻》去聲霽韻：「幯，緝麻苧名。出《異字苑》。」《正字通·齊部》：「舊注音祭，緝麻紓也。或作綵。按：綵或作繀。班婕妤賦：『綷綵』，相如賦：『萃蔡。』注：衣鮮也。又衣聲。皆不作幯。合綵幯為一，誤。」《正字通》已經注意到「綵」「幯」的讀音問題。《康熙字典·齊部》：「《廣韻》《集韻》並子計切，音霽。《廣韻》緝麻紓也。出《異字苑》。或作『綵』。」如《四言雜字（人有四等）》：「打鞦搓索，織綵紡紗。」（《徽》1：337）此處的「綵」就是指「緝麻紓」。

吳語文獻《越諺·服飾》：「績綵：同『幯』，音『借』。麻絲績成為團曰『綵』，其績也曰『績』。」又《越諺·器用》：「幯筁筶：『『借空待』。盛所績

之麻者。」因此，「綤」是「幯」的換旁異寫。《大字典》當增補「jì」讀音。

從「綤」字俗寫的諧聲偏旁，也能證明「綤」讀作「jì」。「綤」在徽州雜字中又寫作「綨」「鱭」，如

（4）抄本《逐日雜字》：「剝苧剝麻，繡朵桃花。做綿搓線，績綨紡紗。」（《徽》1：225）

（5）道光延古樓刻本《精校音釋分門定類啟蒙全書》「女工」：「紡紗績麻撚鱭，刺靴幫鞋鎖弦。」（《徽》4：525）

（6）抄本《四字通用》：「績鱭合線，梳布紡紗。」（《徽》3：161）

「綨」「鱭」即「綤」的換旁俗寫。「綨」「鱭」分別從「寄」「齊」得聲。《精校音釋分門定類啟蒙全書》「鱭」注音「濟」。《徽州文書》第2輯第3冊民國胡義盛記《休邑土音》六溪之三嗟韻祭小韻：「綺，績綨。」「績綨」，《急用雜字》作「續綤」：「剝麻剝苧，續綤紡紗。搓線縫補，摘繩做鞋。」（《徽》2：403）「鱭」，字書作「齊縩」之「齊」的增旁俗寫。如《漢語大字典》：「鱭綾：即齊綾。《中華字海·絲部》：「鱭：音齊。〔～綾〕同『鱭綾』：古代用粗麻布做的喪服。」此處，「鱭」為「綤」的換旁俗寫。例句「鱭」當為「綤」字的換旁俗寫，又《雜字類函：續》第8冊清文華堂刻本《四言雜字》：「繰繭抽絲，紡鱭絡紗。」（《續》8：60）

黃沚青（2014：182）也注意到「綤」的音義問題。認為《大字典》中「綤」的音義皆有商補之處。其《明清閩南方言文獻語言研究》第四章「辭彙研究」第四小節「從方言詞看南方方言詞匯的共性」通過考察閩地和吳地文獻，指出：『『綤』是吳語和閩語的共有詞，指績苧麻，又可指績好的苧麻線。『綤』本寫作幯，來源於古代吳語。該字可能是由吳語區傳播到閩語區，根據各地的讀音差異，又將其寫作『鱭』『紣』。」是。

這裏順便說一下「綤」在雜字中的其他俗寫字形。據我們所見，「綤」還可以寫作「縂」「縬」「紎」等。如：

（7）光緒抄本《農業雜字》器用第六竹器類：「深盤糠盤，績筐縬筐。籖籌簫笛，釣竿風篷。」（《徽》1：97）

（8）抄本《四言雜字（文房四寶第二種）》：「縂籠酒籔，米篩簸箕。」（《徽》1：527）

（9）光緒抄本《新編農事類急用》：「紡線緝總，麻紗苧紗。解總作緯，紡車籊車。」（《徽》3：375）

（10）民國抄本《四言雜字》：「紡車總筐，搖籃焙床。」（《續》7：224）

（11）國石印本《繪圖求真雜字》：「針嶄勤儉，績紎綸麻。」（《續》6：103）

（12）民國抄本《四言雜字》：「枏機紡車，綿簍紎筐。」（《續》7：337）

「總」，字書不載。「總」與「線」「緯」對舉，當指絲線。且例（7）「總筶」可與「繰筶」比勘。「總」當為「繰」的換旁俗寫。又「紎」字，《說文·絲部》：「紎：績所緝也。从糸次聲。」《宋本廣韻》去聲至韻：「紎：績所未緝也。」例句「紎」「麻」對舉，「紎」用作名詞。《現代漢語方言大詞典》：「〔紎〕萍鄉［tsʅ¹¹］已經撚接好尚未絞成線的麻縷。」又有「紎筐」「紎籃子」：〔紎筐〕萍鄉［tsʅ11ɕiõ¹³⁻⁴⁴］（或［tɕ'iõ¹³⁻⁴⁴]）盛紎的小竹筐，用細篾編成。〔紎籃子〕長沙［tsʅ⁵⁵lan¹³ tsʅ]＝〖紎簍子〗［tsʅ⁵⁵ləu³¹·tsʅ］裝麻的籃子。「繰」「紎」語義相同，例（12）「紎筐」可與例（10）「總筐」比勘。這裏的「紎」當也為「繰」的俗寫。

四、䡏

「䡏」有「古送切」「古禫切」兩讀。讀「古送切」時指「小杯」；讀「古禫切」時，又指「箱子」和「器蓋」。《宋本廣韻》上聲感韻：「䡏：《方言》云：『箱類。』又云：『覆頭也。』又音貢。」去聲送韻古送切：「䡏：小杯名。又音感。」《字彙·匚部》：「䡏，古坎切，音感。器蓋。一曰覆頭也。又古送切，音貢。《說文》：『小杯也。』」「䡏」在徽州方言中也有「箱子」和「器蓋」義，且寫法多樣，語音差別明顯。

（一）表「器蓋」義

或寫作「籃」。光緒婺邑文和堂刊本《農業雜字》竹器類：「甌籃甌算，菜籃草籠。」（《徽》1：96）「籃」，字書不載。《雜字類函：續》第6冊抄本《農業雜字》同作「籃」，旁注「寢」。（《續》6：34）徽州部分縣域「籃」「寢」方言讀音相同，宋觀成訂《鄉音集要解釋》中「籃」「寢」同屬上聲董動韻的寵

小韻。又屯溪黃茹古堂刊本《四言雜字（丈尺斤兩）》：「絲機紗籰，甑𥳑籠床。」（《徽》1：270）延古樓刊本《開眼經》：「鍋𥳑飯甑，盆桶杓瓢。」（《徽》3：86）「𥳑」注音「敢」。《雜字類函：續》第1冊余一夔編《便讀雜字》常用器皿類：「畚箕、擂槌、蓬𥳑。」（《續》1：158）「蓬𥳑」旁注「蓋也。又鍋𥳑。」「𥳑」注音「耿」。上述例句之「𥳑」即「器蓋」義，不同縣域方音或有差異。「甑𥳑」「鍋𥳑」即甑蓋、鍋蓋。

或寫作「㯳」。抄本《日用廣韻》器物利用門：「箸籠、鑊㯳、廣杓、銅壺。」（《徽》3：400）同書，「醬篷、醬㯳。」（《徽》3：402）

或寫作「篕」。抄本《六字編裝》：「團簸米篩簸篕，礱磨水碓米囤。」（《徽》5：6）「簸篕」或為「筶簸」一類的竹器，因其幫較淺，形狀上類似蓋子，故稱。

或寫作「㢜」。抄本《七言雜字（第二種）》：「甑㢜甑皮與茶箬，大小筻及大小簝。」（《徽》5：229）

（二）表「箱籠」義

或寫作「𥵵」。如抄本《切要字》：焙𥵵𥵵，團簸籠。」（《徽》1：23）「焙篼」是烘烤食品或衣物的竹器，下面懸空放置炭火，上面放置烘烤的東西。據李榮《現代漢語方言大辭典》，黎川方言有「焙𥵵」「烘𥵵」指「用來烘乾衣服、尿布等的籠子。」那麼，這裏的「𥵵」「𥵵」當為箱籠義。

或寫作「𥵵」。光緒婺邑文和堂刊本《農業雜字》虀髻匠類：「搖鼓背𥵵，鐵鉗鐵鞋。」（《徽》1：85）又「雜貨客類」：「雜貨客者，圓𥵵搖鼓。絨線花針，鞋頭面布。」（《徽》1：107）《雜字類函：續》抄本《農業雜字》同，「𥵵」注音「籠」。（《續》6：45）《雜字類函：續》第1冊《便讀雜字》家常器皿類：「櫥櫃𥵵箱。」（《續》1：154）「𥵵」注釋：「龍上，竹𥵵。」清光緒十二年（1886）宋觀成訂《鄉音集要解釋》卷二上聲之二上籠小韻：「籠：箱～竹～。𥵵：同。」清末民初婺源星江程仲庭《婺北鄉音》上聲十九動：「𥵵：箱～。籠：同上。～絡。」這說明，「𥵵」表箱義在徽州方言中或讀作「籠，作為「籠」的俗寫。

或寫作「簣」。抄本《四言雜字（六書教士）》：「匾匣簣盒，廚櫃箱籯。」（《徽》1：320）抄本《四言雜字（文房四寶第二種）》竹器第九：「簣箱籃簍，籤筒竹箄。」（《徽》1：526）抄本《六字編裝》：「竹廚榨包或焙，箯簣衣架帽

箱。」（《徽》5：6）「簣」同「籃」，《集韻》上聲感韻：「籃：箱類，或作簣。」「簣」又讀作「lǒng」，方言指「箱子」，黃侃《蘄春語》：「吾鄉為死者作齋，編竹為小篋以盛紙錢曰簣，而讀籠上聲。恒言箱篋亦多曰箱簣。」

或寫作「籢」。《七言雜字（第二種）》：「紅籢籮，廚裏屜，粗細米筵。」（《徽》5：258）《集韻》上聲感韻：「籢籃橋：篋類或作籃橋。」《龍龕手鏡·竹部》：「籢簽：都感反。～籠，竹器也。二同。」

「籃」「簣」表「箱籠」義，嶺南雜字或作「槓」。王建軍《清至民國嶺南雜字文獻集刊》第9冊廣東廣州《字學良知（上、下冊）》：「槓。衣～。」（《嶺南》9：67）「槓」也讀作「籠」，「槓」字後接「隴」「龍」「壟」等字。據凡例所言：「認字之法，先看形圖，知為某物，便認識頂頭之字，複尋腳下白字起一連俱用同音。每字計加注釋，不至有白字之悞。」故，「槓」當與「隴」「龍」「壟」同音。

圖6　槓

綜上，民間雜字文獻為我們保留了在大型字書辭書中難以體現的俗音俗義，這些俗音俗義不僅為完善《大字典》《大詞典》等辭書的編纂提供了豐富的信息，也為豐富漢語史的研究提供了寶貴的材料和新的角度。

五、參考文獻

1. 曹小雲等，2021，《歷代方志方言文獻集成》，北京：中華書局。

2. 陳士元，2022，《古俗字略》（歸雲別集板），《續修四庫全書》，上海：上海古籍出版社。

3. 范寅編，1990，《越諺》，南京：江蘇廣陵古籍刻印社。

4. 漢語大字典編輯委員會編纂，2010，《漢語大字典》（九卷本），武漢：湖北辭書出版社，成都：四川辭書出版社。

5. 黃侃，2013，蘄春語，《黃侃論學雜著》，武漢：武漢大學出版社。

6. 黃沚青，2014，《明清閩南方言文獻語言研究》，浙江大學博士學位論文。

7. 劉伯山，2009，《徽州文書》，桂林：廣西師範大學出版社。

8. 冷玉龍等，2000，《中華字海》（重印本），北京：中國友誼出版公司。

9. 李榮，2002，《現代漢語方言大詞典》，南京：江蘇教育出版社。

10. 劉美娟，2012，《浙江地名疑難字研究》，北京：中國社會科學出版社。

11. 屈大均著、李育中等注，1991，《廣東新語注》，廣州：廣東人民出版社。

12. 司馬光，1988，《類篇》，上海：上海古籍出版社。

13. 王力，2015／1988，《康熙字典音讀訂誤》，北京：中華書局。

14. 王挺斌、趙平安，2022，試論近代漢字與古文字的關係，《漢語史學報》第 27 輯。

15. 吳昌政、姚美玲，2020，說「鼶」，《中國文字研究》第 31 輯。

16. 徐建，2019，皖西南贛語來母細音前今讀塞音現象考察，《安徽農業大學學報》（社會科學版）第 3 期。

17. 〔遼〕行均，《龍龕手鏡》（高麗本），北京：中華書局。

18. 楊士安，2012，《說說「篗」字》，《浙江林業》6 期。

19. 張玉書等，《康熙字典》，上海：上海書店出版社。

論幾部辭書
「拌」「挤」「拚」「判」的注音[*]

雷昌蛟[*]

摘　要

　　「拚」是「拌」的異體字，「挤」與「判」是「拌」的通假字。辭書的注音，四字當取得一致，四字之間的注音也當取得一致，然而現代較為通行的《王力古漢語字典》《辭源》《漢語大字典》《漢語大詞典》等幾部大型辭書不僅四個字之間的注音不一致，而且幾部辭書相互之間也不一致。那麼如何才能取得一致，本文論述該問題。

關鍵字：拌、拚、挤、判；《王力古漢語字典》；《辭源》；《漢語大字典》；注音

---

* 基金項目：國家社科基金重大招標項目「《漢語大字典》修訂研究」（21&ZD300）階段性成果之一。
* 雷昌蛟，男，1962 年生，湖北建始人，教授，研究方向為漢語音義學。遵義師範學院人文與傳媒學院，遵義 563003。

「拌」「拚」「拼」「判」四字或為異體字，或為通假字，都有「捨棄；不顧」義。「拚」是「拌」的異體字。《廣韻‧桓韻》普官切：「拌，弃也。俗作拚。」《集韻‧桓韻》鋪官切：「拌，《方言》：楚人凡揮棄物謂之拌。俗作拚，非是。」「拚」為「拌」的異體還可以從文獻異文得到證明。《全唐詩‧李商隱〈又效江南曲〉》：「乖期方積思，臨酒欲拌嬌。」句中注：「（拌）一作拚。」〔註1〕「拚」「判」是「拌」的通假字。杜甫《曲江對酒》：「縱飲久判人共棄，懶朝真與世相違。」仇兆鰲《杜詩詳註》卷六：「判，普官反，正作拚。」〔註2〕「拚」為「拌」的異體字，而杜詩「判」仇兆鰲注為「拚」的通假字，則「判」也可以說是「拌」的通假字。《宋六十名家詞》方千里《鎖窗寒》：「再相逢、拚解雕鞍，燕樂同杯俎。」〔註3〕其中的「拚」，方千里《和清真詞》清咸豐七年勞權抄本作「拼」。〔註4〕又《宋六十名家詞》方千里《浪淘沙慢》：「但悵惘章臺路，多少相思拚愁絕。」〔註5〕其中的「拚」，方千里《和清真詞》清咸豐七年勞權抄本亦作「拼」。〔註6〕「拚」為「拌」的異體字，而方千里詞不同的版本有「拚」與「拼」的異文，可見「拼」通「拌」。關於「拌」「拚」「拼」「判」四字的通用關係，張相《詩詞曲語辭匯釋》講得很詳細，現將卷五「判、拚、拼、拌、撲」條原文引錄如下（下冊640～642頁）：

判，割捨之辭；亦甘願之辭。自宋以後多用拚字或拼字，而唐人則多用判字。杜甫《曲江對酒》詩：「縱飲久判人共棄，懶朝真與世相違。」又《將赴成都草堂途中》詩：「肯藉荒庭春草色，先判一飲醉如泥。」戎昱《辛苦行》：「誰家有酒判一醉，萬事從他江水流。」白居易《酬舒三員外》詩：「已判到老為狂客，不分當春作病夫。」元稹《採珠行》：「海波無底珠沈海，採珠之人判死採。萬人判死一得珠，斛量買婢人何在。」皮日休《吳中言情》詩：「宴時不輟琅書味，齋日難判玉鱠香。」溫庭筠《春日偶作》詩：「夜聞猛雨判花盡，寒戀重衾覺夢多。」方干《題報恩寺上方》詩：「清峭關心惜歸去，他年

〔註1〕見《全唐詩》第82冊（第八函第九冊李商隱二），揚州詩局清康熙44年～46年刻本，中國國家圖書館數字圖書館古籍特藏文獻——中華古籍資源庫——古籍資源。後凡稱「刻本」「抄本」，來源與此相同，不再注此來源。
〔註2〕見仇兆鰲《杜詩詳註》卷六，清刻本第4冊。
〔註3〕見《宋六十名家詞選》清光緒十四年（1888）汪氏振綺堂刻本第19冊。
〔註4〕見方千里《和清真詞》勞權清咸豐七年抄本。
〔註5〕見《宋六十名家詞選》清光緒十四年汪氏振綺堂刻本第19冊。
〔註6〕見方千里《和清真詞》清咸豐七年勞權抄本。

夢到亦難判。」韋莊《離筵訴酒》詩：「不是不能判酩酊，却憂前路醉醒時。」
以上皆唐人詩也。捹或抨，則宋詞中最習見。晏幾道《鷓鴣天》詞：「彩袖殷
勤捧玉鍾，當年捹却醉顏紅。」周邦彥《解連環》詞：「抨今生對花對酒，為
伊淚落。」李甲《帝臺春》詞：「抨則而今已抨了，忘則怎生便忘却。」王沂
孫《水龍吟》詞：「把酒花前，剩抨醉了，醒來還醉。」不備舉。然其本字實
作拌。《宋六十一家詞選》本方千里《浪淘沙慢》詞：「但悵惘章臺路，多少相
思拌愁絕。」又蔡伸《西樓子》詞：「多少恨，多少淚，謾遲留。何似驀然拌
捨去來休。」又晏幾道《玉樓春》詞：「相思拌損朱顏盡，天老多情終欲問。」
又侯寘《青玉案》詞：「我拌歸休心已許，短篷孤棹，綠蓑青笠，穩泛瀟湘雨。」
作拌，從本字也。復次，亦有寫作攦者，黃庭堅《採桑子》詞：「度鬼門關，
已攦兒童作楚蠻。」《貶黃州》劇一：「攦著夢魂遊故國，想像赴高堂。」《裴
度還帶》劇三：「一簡他哭啼啼攦生就死，一簡他急煎煎痛傷懷抱。」此殆從
抨字之形演變而成者也。〔註7〕

　　{拌}〔註8〕是一個異讀詞：其本字「拌」在韻書中有平聲桓韻滂母、上聲
緩韻並母、上聲緩韻滂母和去聲換韻滂母4讀；異體字「捹」在韻書中有平聲
桓韻滂母、去聲換韻滂母2讀；通假字「判」不見於韻書，根據詩詞格律和注
釋家注音有平聲桓韻滂母1讀；通假字「抨」不見於韻書，也少見實際運用，
偶與「捹」為異文，因此當有平聲桓韻滂母和去聲換韻滂母2讀。

　　「拌」的4讀見於《廣韻》《集韻》。《廣韻·桓韻》普官切：「拌，弃也。
俗作捹。」又《緩韻》蒲旱切：「拌，弃也。又音潘。」《集韻·桓韻》鋪官切：
「拌，《方言》：楚人凡揮棄物謂之拌。俗作捹，非是。」又《緩韻》普伴切：
「拌，捐弃也。」又《緩韻》部滿切：「拌，《博雅》：拌，捐弃也。」又《換韻》

〔註7〕 張相所引「拌」「捹」諸例中，「拌」「捹」多有「抨」的異文，「拌」又有「抨」
　　　　的異文。李甲《帝臺春》「抨則而今已抨了」中的「抨」，清查培繼《詞學全書》
　　　　（中國書店印影《詞學全書》卷五第16頁）作「捹」；王沂孫《水龍吟》「剩抨醉
　　　　了」之「抨」，清刻本王沂孫《花外集》作「捹」；方千里《浪淘沙慢》「多少相思
　　　　拌愁絕」之「拌」，清光緒十四年汪氏振綺堂刻本《宋六十名家詞》（第19冊）作
　　　　「捹」，清咸豐七年《和清真詞》勞權抄本作「抨」；蔡伸《西樓子》「何似驀然拌
　　　　舍去來休」之「拌」，《宋六十名家詞》（第23冊）作「捹」；晏幾道《玉樓春》「相
　　　　思拌損朱顏盡」之「拌」，《宋六十名家詞》（第5冊）作「捹」，清抱經堂抄本《大
　　　　小晏詞》（第2冊17頁）作「抨」；侯寘《青玉案》「我拌歸休心已許，短篷孤棹，
　　　　綠蓑青笠，穩泛瀟湘雨」中的「拌」，《宋六十名家詞》（第26冊）作「捹」。
〔註8〕 用「{ }」表示所括之「拌」所指為詞。

普半切：「拌，弃也。」

異體字「拚」的平聲桓韻滂母 1 讀見於《廣韻》，又見於《中原音韻》，去聲換韻滂母 1 讀見於《中原音韻》。「拚」見於《廣韻》的平聲桓韻滂母 1 讀見上文。《中原音韻·桓歡韻·平聲陰》：「潘、拚。」「拚」與「潘」同小韻，對應於平聲桓韻滂母普官切。又《桓歡韻·去聲》：「判、拚。」「拚」與「判」同小韻，對應於《集韻》去聲換韻普半切。「拚」在詩詞的實際用例中根據格律推測也有平仄兩讀。張相引王沂孫《水龍吟》詞「把酒花前，剩拚醉了，醒來還醉」，其中的「拚」在清刻本《花外集》作「拌」。《水龍吟》為雙調 102 字，前段 11 句，後段 10 句，「剩拚醉了」處於後段第 7 句，「拚」為第 2 字，根據清查培繼編輯《詞學全書》（卷六 4 頁），此句 4 字，平仄為「中平平仄」，「拚」為第 2 字，正好處於需「平」的地方。張相又引侯寘《青玉案》詞「我拌歸休心已許，短篷孤棹，綠蓑青笠，穩泛瀟湘雨」，其中「拌」《宋六十名家詞選》作「拚」。《青玉案》為雙調 67 字，前段 6 句，後段 6 句，「我拚歸休心已許」處於後段第 3 句，「拚」為第 2 字，根據清查培繼編輯《詞學全書》（卷三 15 頁），此句 7 字，平仄為「中仄中平平仄仄」，「拚」為第 2 字，正好處於需「仄」的地方。「拚」在詩詞讀平聲當對應於平聲桓韻滂母，讀仄聲當對應於去聲換韻滂母。

在宋詞中，「拚」與「拌」多為異文，既然「拚」有平聲桓韻滂母和去聲換韻滂母的異讀，則可推知「拌」也當有平聲桓韻滂母和去聲換韻滂母的異讀。

根據張相的論述，「判」主要出現在唐詩中。從上引仇兆鰲《杜詩詳註》卷六對杜甫《曲江對酒》中「縱飲久判人共棄」之「判」的注釋可知「判」當讀平聲桓韻滂母。根據格律推測，出現於唐詩中的「判」如果處於第二字或韻腳時，都當讀平聲桓韻滂母。杜甫《將赴成都草堂途中》詩：「肯藉荒庭春草色，先判一飲醉如泥。」此詩為杜甫《將赴成都草堂途中有作先寄嚴鄭公五首》中的第 3 首，此詩為七律，「肯藉荒庭春草色，先判一飲醉如泥」為詩的尾聯，「判」處於尾聯對句中的第 2 字，此聯出句「藉」為仄聲，則「判」當為平聲。白居易《酬舒三員外》詩：「已判到老為狂客，不分當春作病夫。」白居易《酬舒三員外》詩為七律，「已判到老為狂客，不分當春作病夫」為本詩頷聯，「判」出現於此聯的出句的第 2 字，此詩首聯對句為「五旬光景似須臾」，第 2 字「旬」為平聲，根據粘的要求，下聯出句當為平聲，「判」正好處於「五旬光景似須臾」

下聯的出句，因此當讀平聲；再者，對句第二字「分」意義為「料想」，應讀去聲，「判」與「分」相對，由此也可判斷「判」當讀平聲。方干《題報恩寺上方》詩：「清峭關心惜歸去，他年夢到亦難判。」方干《題報恩寺上方》為律詩，「清峭關心惜歸去，他年夢到亦難判」為此詩尾聯，全詩押平水韻寒韻，韻腳為「看、寬、寒、盤、判」，由此推測，此詩中的「判」當讀平聲無疑。既然唐詩中的「判」讀平聲，對應的讀音應該是平聲桓韻滂母。

張相所引之「攕」，當為「拚」的類推繁化字。「拚」字從「弁」，「弁」的繁體為「棄」，因此有人將「拚」繁化為「攕」。「攕」既為「拚」的類推繁化字，則其讀音當與「拚」相同，也有平聲桓韻滂母和去聲換韻滂母兩讀。

{拌}在現代漢語方言中也有平聲桓韻滂母、上聲緩韻滂母和去聲換韻滂母3種讀音，字或作「拌」，或作「拚」。據李榮主編《現代漢語方言大詞典》和許寶華、宮田一郎主編的《漢語方言大詞典》以及其他一些方言文章，江蘇揚州、雲南楚雄、江西南昌、江西高安老屋周家、湖南瀏陽等地有「拌（拚）命」一詞，廣東廣州有「拌（拚）死」一詞。「拌（拚）」的讀音有三種：一是讀陰平，與《廣韻》「普官切」對應；一是讀上聲，與《集韻》「普伴切」對應；一是讀去聲，與《集韻》「普半切」對應。「普官切」為桓韻滂母平聲，「普伴切」為緩韻滂母上聲，「普半切」為換韻滂母去聲，為了充分說明「拌（拚）」的傳統讀音與現代漢語方言的對應關係，特列表（表一）如下，表中地點順序按「拌（拚）」平上去排列。

表一　「拌」「拚」在現代方言中的讀音情況

地　點	讀　音	調　類	中古音來源	實際用字	資料來源
江蘇揚州	p'uõ¹¹	陰平	《廣韻》普官切	拚：拚命拼命，豁出命去	李榮《漢語方言大詞典》（2002：2087）
湖南瀏陽	p'õȳ³³	陰平	《廣韻》普官切	拌：拌命拼命	許寶華、宮田一郎《漢語方言大詞典》（1999：3282），《瀏陽南鄉方言本字考》（1989：149）
江西高安老屋周家	p'ɛn⁵⁵	陰平	《廣韻》普官切	拚：拚命	顏森《高安（老屋周家）方言的語音系統》（1981：112）
廣東廣州	p'un³⁵	陰上	《集韻》普伴切	拚：拚死豁出命去	李榮《漢語方言大詞典》（2002：2087）
江西南昌	p'on²¹³	上聲	《集韻》普伴切	拚：拚命拼命，豁出命去	李榮《漢語方言大詞典》（2002：2087）

| 雲南楚雄 | p'æ̃²¹³ | 去聲 | 《集韻》普半切 | 拌：拌命拼命 | 許寶華、宮田一郎《漢語方言大詞典》（1999：3282） |
| 江西高安老屋周家 | p'ɛn³³ | 陰去 | 《集韻》普半切 | 拌：拌命拼命 | 許寶華、宮田一郎《漢語方言大詞典》（1999：3282），顏森《高安（老屋周家）方言的語音系統》（1981：119） |

由於｛拌｝複雜的異讀，又加之「挷」與「拼」的字形糾纏，《王力古漢語字典》（後簡稱《王力字典》）、《辭源》、《漢語大字典》（後簡稱《大字典》）、《漢語大詞典》（後簡稱《大詞典》）對「拌」等字的注音不一致（張相《詩詞曲語辭匯釋》「判」條所含之「撆」，《王力字典》、《辭源》、新版《大字典》、《大詞典》未收此字，故略而不論）：幾部辭書互相之間不一致，同一部辭書的幾個字的注音不一致。具體情況見「《王力字典》等辭書4字注音情況表」。

表二　《王力字典》等辭書4字注音情況表

		《王力字典》	《辭源》	《大字典》	《大詞典》
拌	注音	pān 普官切	pān 普官切	pàn《廣韻》普官切。又蒲旱切	pān《廣韻》普官切。又蒲旱切
	釋義	1.捨棄。2.表露	1.捨棄。2.放出，表露	1.捨棄；不顧惜。2.耗費。3.通「判」。分開；剖割	捨棄；豁出。亦謂耗費
挷	注音	pān 音潘	pīn 普官切	pàn《廣韻》普官切	pīn 又讀 pān《廣韻》普官切
	釋義	俗「拌」字。捨棄；不顧一切	捨棄；不顧一切。「拚」的俗體字	捨棄；不顧惜。也作「拌」	捨棄；豁出去
拚	注音	pān	pīn（舊讀 pàn）《五音集韻》普伴切	pàn	pīn 又讀 pàn
	釋義	捨棄。字本作「拌」。俗語有「拼命」，讀 pīn	捨棄。同「拼」	捨棄；不顧惜	豁出去；捨棄不顧
判	注音	pān 平聲，音潘	pān	pàn《廣韻》普半切	pàn《廣韻》普半切
	釋義	同「拚」。豁出去	不顧，豁出去	8.同「拌（挷）」（舊讀 pān）	9.通「拼」。（1）捨棄。（2）甘願

從表中可以看出4部辭書在「拌」等4個字的注音上從兩個層面表現出不一致。一是4部辭書之間表現出不一致。（1）「拌」字今音《大字典》與《干

力字典》《辭源》《大詞典》標注不一致，《大字典》標注為 pàn，《王力字典》《辭源》《大詞典》標注為 pān。（2）「拚」字今音《王力字典》標注為 pān，《辭源》標注為 pīn，《大字典》標注為 pān，《大詞典》標注為 pīn 與 pān，pīn 作為今讀正音，pàn 作為又讀。（3）「拚」字今音《王力字典》標注為 pān，《大字典》標注為 pàn，《辭源》《大詞典》標注了 pīn 與 pàn，今讀正音均為 pīn；兩者雖都標注了 pàn，但在認知上卻有差別：《辭源》將 pàn 作為舊讀，《大詞典》將 pàn 作為又讀。《辭源》還標注「《五音集韻》普伴切」作為 pàn 的來源。其他 3 部沒有標注中古音來源。（4）「判」的注音也不一致，《王力字典》《辭源》今音標注為 pān，《大字典》《人詞典》今音標注為 pàn，只是《大字典》在義項後括注有「舊讀 pān」。二是《辭源》《大詞典》4 個字的注音不一致。《辭源》「拌」「判」的今音標注為 pān；「拚」「拚」的今音標注為 pīn，「拚」又括注「舊讀 pàn」。《大詞典》4 個字的標注均不相同：「拌」的今音標注為 pān，「拚」的今音標注為 pīn 又讀 pān，「拚」的今音標注為 pīn 又讀 pàn，「判」的今音標注為 pàn。同時，《辭源》《大字典》還存在古今音不對應的問題。《辭源》「拚」的今音注為 pīn，中古音注《廣韻》普官切，普官切折合成今音讀 pān，與今音不對應；「拚」的舊讀注為 pàn，中古音注《五音集韻·緩韻》普伴切，普伴切折合成今音讀 pǎn，與所注舊讀不對應；再說，《五音集韻·緩韻》普伴切下並無「拚」字〔註9〕。《大字典》「拌」的今音標注為 pàn，中古音標注為普官切和普伴切，普官切和普伴切與今音均不對應；「拚」今音標注為 pàn，中古音標注《廣韻》普官切，與今音不對應。

為什麼「拌」等 4 字的注音會這樣不統一？一方面是因為前文所說，｛拌｝這個詞異讀複雜，另一方面也是受《新華字典》《現代漢語詞典》注音的影響。「拌」等 4 字，《新華字典》《現代漢語詞典》採用的是「拚」字。《新華字典·PAN》：「拚，㊀pàn 捨棄；豁出去：拚命。」《現代漢語詞典·pàn》：「拚，pàn 捨棄不顧。〔拚命〕pàn‖mìng〈方〉拼命。」這是《大字典》將「拌」等 4 字的今音皆注為 pàn、《辭源》將「拚」注舊讀 pàn、《大詞典》將「拚」注又讀 pàn 及將「判」的今讀注為 pàn 的原因。又「拚」，《新華字典》《現代漢語詞典》將其視

〔註9〕 筆者查閱了明正德 10 年～11 年刻本《重刊改並五音集韻》、明成化 6 年～7 年《大明成化庚寅重刊改並五音集韻》、明崇禎 2 年～10 年刻本《大明萬曆乙丑重刊改並五音集韻》，《緩韻》普伴切下均無「拚」字。

為「拼」的異體字。《新華字典·PIN》:「拚,㊀pīn同『拼』。」《現代漢語詞典·pīn》:「拼(拚),pīn❶不顧一切的幹;豁出去。❷比拼。」這是《辭源》《大詞典》將「拚」與「拚」的今讀正音標注為pīn的原因。本來,「拚」與「拼」是沒有什麼關係的,但是因為在宋詞中,「拚」與「拼」往往有異文(見前文),因此,《辭源》《大詞典》也把「拚」看成了「拼」的異體字。

「拌」「拚」「拚」「判」4字,既然是或異體,或通假,辭書的注音當取得一致。蔡夢麒(2021:16)說:「互為異體的兩個字或多個字,其讀音上應該是相同的。」從這個意義上講,《王力字典》《大字典》所標注的今音分別看來是沒有不妥之處的。《王力字典》將4字的今音標注為pān,與《廣韻》普官切對應,也與上引江蘇揚州、湖南瀏陽等現代方言吻合;《大字典》將4字的今音標注為pàn,與《集韻》普半切對應,也與上引雲南楚雄、江西高安老屋周家方言吻合。而《辭源》《大詞典》的注音就有問題了。《辭源》《大字典》將「拚」「拚」2字的今讀正音標注為pīn,不僅依據不充分,而且影響了4個字注音的一致性。其實,《新華字典》《現代漢語詞典》將「拚」作為「拼」的異體字是有問題的。「拚」與「拼」,無論從哪個方面都無法證明兩者的異體關係,古代字書、韻書不能證明,文獻異文不能證明;《通用規範漢字》就沒有將兩者作為異體。《現代漢語詞典》將兩者看成異體字,可能是因為兩者都有「捨棄;不顧惜」義,同時,出現的語言環境也基本相同,如「拼命」「拚命」,兩者的意義完全相同。但「拼命」與「拚命」意義相同,只能證明「拼」與「拚」是同義詞,而不能說明兩者就是異體字。因此,《辭源》《大詞典》應該將兩字的今讀正音標注為pān或者pàn;《辭源》「拚」取消「舊讀pàn」的標注,《大詞典》「拚」取消「又讀pān」的標注,「拚」取消「又讀pàn」的標注。再者,《大詞典》將「拌」的今音標注為pān,「判」的今音標注為pàn,也是不妥的,當取得一致。

「拌」「拚」「拚」「判」4字,四部辭書的每一部注音當取得一致已如上述。那麼,四部辭書之間是否也應該取得一致呢?回答應該是肯定的。因為讀者在翻閱辭書時,可能會同時參考幾部辭書,如果幾部辭書對這4字的注音不一致,會讓讀者感到無所適從,進而會影響辭書的權威性。

那麼,「拌」等4字的今音是統一標注為pān,還是統一標注為pàn呢?如果不顧及《新華字典》《現代漢語詞典》的注音,四部辭書中,數《王力字典》的注音最為妥帖。如上文所述,「拌」「拚」「拚」三字皆有平聲桓韻滂母

和去聲換韻滂母兩讀，現代漢語方言中，{拌}也有平去兩讀，但「判」卻只有平聲一讀。《王力字典》所注 4 字的今音據《廣韻》普官切標注為 pān，既符合 4 字的傳統讀，也可得到現代方言的支持。《大字典》所注 4 字的今音據《集韻》普半切標注為 pàn，就「拌」「拚」「拚」3 字而言沒有問題，也可得到現代方言的支持，但是與「判」的古讀不合。不過，將 4 字的今音標注為 pān，就會與《新華字典》《現代漢語詞典》的注音不吻合。這就牽涉到現代辭書注音是否需要與《新華字典》《現代漢語詞典》的注音取得一致的問題。

一般而言，辭書的注音應力求與《新華字典》《現代漢語詞典》的注音保持一致，因為這兩部字（詞）典代表一種規範。趙振鐸先生（1999：70）指出：「字典既然名之曰『典』，它就應該起到規範作用。音項的標注應該以規範的讀音為准。對於漢語這種文字歷史長，使用人口眾多，方言又有較大分歧的語言來說，標注規範的讀音還起著消滅方言差異，加強讀音統一，促進語言規範的作用。」何為「規範的讀音」，當然是符合普通話語音規範的讀音。《新華字典》《現代漢語詞典》既然是現代普通話規範的代表，其他辭書注音自然應該與它們保持一致。同時，趙先生在本段論述中還說到「標注規範的讀音還起著消滅方言差異，加強讀音統一，促進語言規範的作用」。如果「拌」等 4 字的注音各辭書各行其是，則難以作到「讀音統一，促進語言規範」。所以，各種辭書的注音與《新華字典》《現代漢語詞典》注音保持一致是十分必要的。當然，如果這兩部字（詞）典的注音本身也有問題，則另當別論。就「拚」的注音而言，這兩部字（詞）典將「拚」注音為 pàn 是沒有問題的：既有古音來源，也有方言支撐。只要這兩部字（詞）典「拚」的注音有依據，就不能說兩部字（詞）典「拚」的注音錯了。再說，兩部字（詞）典已有相當長的歷史，《新華字典》成書於 50 年代，《現代漢語詞典》成書於 70 年代。根據筆者手頭掌握的資料，1979 年出版的《現代漢語詞典》「拚」就注音為 pàn。要將「拚」在《新華字典》和《現代漢語詞典》的注音改為 pān，是很不現實的。

既然《新華字典》《現代漢語詞典》「拚」的注音沒有問題，而我們又要求《王力字典》等 4 部辭書的注音要與《新華字典》《現代漢語詞典》的注音一致，那麼，就只有將「拌」「拚」「拚」「判」4 字的今音標注為與《集韻》普半切對應的 pàn 了，《廣韻》等傳統讀音的標注及與今音的對應處理，則各依體例進行修改，釋義也作相應的修改。具體修改如下表。

表三 「拌」等4字具體的修改建議表

		《王力字典》	《辭源》	《大字典》	《大詞典》
拌	注音	pàn（舊又讀 pān）普官切，《集韻》普半切	pàn（舊又讀 pān）普官切，《集韻》普半切	pàn（舊又讀 pān）《廣韻》普官切。又蒲旱切，《集韻》普半切，	pàn（舊又讀 pān）《廣韻》普官切。又蒲旱切，《集韻》普半切
	釋義	1.捨棄。2.表露	1.捨棄。2.放出，表露	1.捨棄；不顧惜。2.耗費。3.通「判」。分開；剖割	捨棄；豁出。亦謂耗費
拚	注音	pàn（舊讀 pān）普官切。又《中原音韻》音判	pàn（舊讀 pān）普官切，《中原音韻》音判	pàn（舊讀 pān）《廣韻》普官切。又《中原音韻》音判	pàn（舊讀 pān）《廣韻》普官切。又《中原音韻》音判
	釋義	俗「拌」字。捨棄；不顧一切	捨棄；不顧一切。「拌」的俗體字	捨棄；不顧惜。也作「拌」	捨棄；豁出去
拚	注音	pàn	pàn	pàn	pàn
	釋義	捨棄。字本作「拌」。	捨棄。同「拌」	捨棄；不顧惜。	豁出去；捨棄不顧
判	注音	pàn（舊讀 pān）仇兆鰲《杜詩詳註》普官切	pàn（舊讀 pān）仇兆鰲《杜詩詳註》普官切	㊀（舊讀 pān）仇兆鰲《杜詩詳註》普官切	判²pàn（舊讀 pān）仇兆鰲《杜詩詳註》普官切
	釋義	同「拚」。豁出去	不顧，豁出去	8.同「拌（拚）」	9.通「拌」。（1）捨棄。（2）甘願

　　「拌」《廣韻》《集韻》除與今讀正音對應的《集韻》「普半切」外，還有3個同義反切，然只標與「普官切」對應的今音為「又讀」，主要是考慮現代漢語方言「拌（拚）」的讀音；之所以「又讀」前冠以「舊」字，主要是考慮不要與《現代漢語詞典》的注音發生抵牾，因為《現代漢語詞典》並沒有將 pān 作為「又讀」。

參考文獻

1. 張相，1953，《詩詞典語辭匯釋》，北京：中華書局。

2. 查培繼，1984，《詞學全書》，北京：北京市中國書店。

3. 李榮主編，2002，《現代漢語方言大詞典》，南京：江蘇教育出版社。

4. 許寶華，宮田一郎主編，1999，《漢語方言大詞典》，北京：中華書局。

5. 夏劍欽，1989，瀏陽南鄉方言本字考，《方言》第2期。

6. 顏森，1981，高安（老屋周家）方言的語音系統，《方言》第 2 期。

7. 王力，2000，《王力古漢語字典》，北京：中華書局。

8. 何九盈，王寧，董琨主編，2015，《辭源（第三版）》，北京：商務印書館。

9. 《漢語大字典》編輯委員會，2018，《漢語大字典（第二版縮印本）》，成都：四川辭書出版社，武漢：崇文書局。

10. 《漢語大詞典》編輯委員會，1997，《漢語大詞典（縮印本）》，成都：《漢語大詞典》出版社。

11. 《新華字典（修訂本）》，北京：商務印書館，2003 年。

12. 中國社會科學院語言研究所，2016，《現代漢語詞典（第 7 版）》，北京：商務印書館。

13. 蔡夢麒，2021，字際關係與歷史漢字的今讀審訂，《古漢語研究》第 3 期。

14. 趙振鐸，1990，音項及有關問題，《辭書研究》第 5 期。

「蛄蛹」詞源辨析[*]

李金澤[*]

摘　要

　　「蛄蛹」在今北方官話中，多表蠕動、活動義，可指人或動物的行為狀態。目前，有少部分學者對「蛄蛹」一詞進行探析。「蛄蛹」應是「拱」的分音詞，無固定詞形，不可拆分解釋。與「蛄蛹」相關的異寫形式包括「骨宂」「羍宂」「咕憑」「咕容」「鼓湧」「鼓擁」「咕虼」「蛄容」「咕攘」「蛄攘」「咕囊」「咕嚷」「咕嚀」「沽朧」「蛄隆」「固搭」「咕蟀」等。

關鍵字：「蛄蛹」；詞源；分音詞；異寫形式

---

* 基金項目：國家社科重大招標項目「元明清民國時期官話語音語科庫平臺建設與研究」（17ZDA34）階段性成果之一。

* 李金澤，女，1997 年生，北京人，北京語言大學文學院漢語言文字學博士研究生，研究方向為漢語語音史。北京語言大學文學院，北京 100083。

　　「蛄蛹」一詞，多表蠕動、活動義，也為蟬幼蟲的別稱。對該詞的記錄非常有限，字典、詞典、辭典少有專詞解釋，僅見於少量方言詞典中。與「蛄蛹」相關異寫形式的解釋也很少，多見於北京方言詞典，少數出現在其他北方官話詞典中。目前學界對分音詞的研究比較豐富，探究了許多方言分音詞的源頭、特徵。有關「蛄蛹」一系分音詞的研究，包括韓根東認為「固甬」中「甬」的本字有掐、蜡兩種可能〔註1〕，魏啟君認為「骨冗」為「拱」的切腳語〔註2〕，等。本文認同魏啟君的觀點，認為「蛄蛹」系詞彙是「拱」的分音形式，並針對「蛄蛹」一系異寫形式進行探討，從語義、語音兩個方面進行系聯。

一、「蛄蛹」等一組分音形式的語義系聯

　　查檢文獻〔註3〕，「蛄蛹」一系異寫形式中，「骨冗」最早出現於明代吳承恩的《西遊記》中。《西遊記・第五十三回「禪主吞餐懷鬼孕　黃婆運水解邪胎」》：「他兩個疼痛難禁，漸漸肚子大了。用手摸時，似有血團肉塊，不住的骨冗骨冗亂動。」（859頁）在《中國古典小說六大名著鑒賞辭典》（214頁）《明清小說辭典》（266頁）的解釋裡，「骨冗」今為「咕容」，意為蠕動，在上述例句中為嬰兒在母腹內蠕動義，且「骨冗」為方言詞。「骨冗」是否為方言詞存在爭論，朱一玄認為世德本《西遊記》保留了淮安方言，「骨冗」正是淮安方言詞彙〔註4〕；章培恒認為「骨冗」是「咕容」的異寫形式，並非方言，至多「容」「冗」同屬一個聲調，但聲調相同並非淮安特有現象〔註5〕。

　　子弟書為清代八旗子弟創製的說唱藝術，其中《子弟書全集・子母河》取材於《西遊記》第五十三回，寫道：「猴兒哥，不信你摸摸，長了肉塊，亂辜冗，真真叫我好難挨。」（1150頁）「亂辜冗」與「骨冗骨冗亂動」相對應，「骨冗」「辜冗」兩個異寫形式在後代文獻中未曾出現。

　　《子弟書全集・女觔斗》中出現清代文獻中的另一種異寫形式「咕溽」，原文道：「小女孩兒下腰煨腿都亮手，溜腿腳扭搭扭搭在臺上咕溽。」（3336頁）

〔註1〕韓根東主編，1993，《天津方言》，北京：北京燕山出版社，第223頁。
〔註2〕魏啟君，2018，《「骨冗」考源》，《語言研究》第38卷第1期。
〔註3〕本文古代文獻檢索，主要依據「中國基本古籍庫」「讀秀」以及「CCL語料庫檢索系統（網絡版）」。
〔註4〕朱一玄編，1986，《古典小說資料書庫跋選編》，太原：山西人民出版社，第154頁。
〔註5〕章培恒著，2012，《不京不海集》，上海：復旦大學出版社，第250頁。

此處「咕憑」與「扭搭扭搭」意思相近。「扭搭扭搭」，《國語辭典》意為「左右轉動貌」（921頁），《現代漢語方言大詞典》意為「走動時肩膀隨著腰一前一後地扭動」（1617頁）。故此處「咕憑」意思近似為轉動、扭動。

「咕容」為清代文獻中出現的第三種異寫形式，分別在《劉墉傳奇》《羅鍋軼事》中出現。《劉墉傳奇・第九十二回「振寺規夜襲淫穢廟」》：「只見他，咕容咕容爬不起來，那人登時到來臨。」又《羅鍋軼事・第五回「東朝房鳴冤雪恨　九龍城明辨是非」》：「這劉吏部脊背卜之羅鍋一咕容，主意就來了⋯⋯羅鍋內有七十二把轉軸子，若一咕容，那計策就來了。」這一異寫形式沿用至今，在北京、山東、河南、河北、陝西等地方方言辭典、方志中有所記載，表義如下：

（1）表（蟲子）蠕動義。如《新編北京方言詞典》：「那個毛毛蟲沒死，還咕容呢！」（169頁）北京方言屬於北京官話。〔註6〕又《陝西方言大詞典》：「茅廁裡的蛆牙子咕容過來咕容過去，真惡心人。」（137頁）陝西方言屬於中原官話。又《滑縣方言述略》：「那個小蟲在那兒咕容咧。」（248頁）滑縣方言屬於中原官話。再《金鄉方言志》：「豆蟲　咕容。」（201頁）金鄉方言為方言島，屬於吳語區。

（2）表人身體來回挪動義。如《新編北京方言詞典》：「這麼冷的天兒，別在被貨裡亂咕容！」（169頁）又《定州市志》：「你往裡咕容咕容，讓點兒空兒。」（1136頁）定州方言屬於冀魯官話。又《微山縣志》：「別咕容，車子來了。」（1139頁）微山方言屬於中原官話。再《招遠縣志》：「你別瞎咕容。」（826頁）招遠方言屬於膠遼官話。也可以是身體的某一部分來回移動，如《中國民間方言詞典》：「那青癲子也眼睛一咕容。（官話・北方北京）」（200頁）。

（3）比喻交通工具、人等緩慢前行。如《新編北京方言詞典》：「這老牛車哪兒就咕容到那兒啦？」（169頁）又如《北京土語辭典》：「你倒是往前咕容咕容啊！」（154頁）

（4）由蠕動產生的諸多引申義。引申為逐漸提升，如《新編北京方言詞典》：「人家不言不語兒的，都咕容到副處級了。」（169頁）引申為出現頻次高，如《北京話詞語例釋》：「你越討厭他，他越在你這兒瞎咕容。」引申為心裡不

〔註6〕本文所列方言分區主要依據《中國方言地圖集》（1987）。

平靜，如《滑縣方言述略》：「這幾天我心裡光咕容。」（248頁）滑縣方言屬於中原官話。

《重編國語詞典》（1843頁）《本溪市溪湖區資料本》（7頁）《鄲城縣志》（621頁）對「咕容」的解釋為蠕動、蠕行、慢慢爬行，未列出例句。本溪屬於東北官話，鄲城縣方言屬於中原官話。

「咕容」還可寫作「鼓湧」「鼓擁」「蛄蛹」。如《方言小詞典》：「鼓湧，通作『咕容』。蠕動：雞斗豆蟲，一斗一鼓湧。」（446頁）又如《老北京方言俗語趣味詞典》：「鼓擁，輕微地蠕動。也作『咕容』。」（95頁）再如《簡明東北方言詞典》：「蛄蛹，蠕動，也作『咕容』。」（101頁）

進一步查檢現代相關方言材料，可系聯出以下相關異寫形式，如下。

咕蚁（蛄容）

《北京方言詞典》中「咕蚁」與《現代北京口語詞典》中「蛄容」為異寫形式，二者詞義解釋、例句均一致。

（1）泛指蠕動。如《北京方言詞典》：「火車咕蚁了。|小貓兒在她懷裡直咕蚁。」（104頁）又如《海港區村鎮志》：「蛄容，蠕動。」（378頁）海港區方言屬於冀魯官話。

（2）緩慢地咀嚼。如《現代北京口語詞典》：「老太太吃栗子，且得蛄容會子呢。」（132頁）

（3）緩慢地行動。如《北京方言詞典》：「哪兒就咕蚁到啦。」（104頁）

咕攘（蛄攘）

泛指蠕動。詞形「咕攘」，北京官話。如《懷柔老話》：「這一宿你這咕攘，跟下蛆似的。」（139頁）又如《北京話語匯》：「天暖了，小蟲兒都咕攘了。」（63頁）詞形「蛄攘」，如《唐山市路南區志》：「蛄攘，蠕動。」唐山方言屬於冀魯官話。又如《現代北京口語詞典》：「蛄攘，蠕動。如：你老實呆會兒，別像大尾巴蛆似的瞎蛄攘。」（132頁）

《現代北京口語詞典》中還出現「蛄攘蛄攘」「蛄蛄攘攘」的形式，釋義為蠕動的樣子，「蛄攘蛄攘」存在引申義慢條斯理。（132頁）

咕囊（咕嚷）

泛指蠕動。東北官話。如《簡明東北方言詞典》：「蠕動。也說『咕嚷』。例：

笙管笛簫一齊響，和尚嘴裡緊咕囊。」（101頁）

異寫形式「咕囔」最早在清代文獻中出現，多表低聲說話、動靜小之義，此義由（口中）蠕動引申得出。如《唐鍾馗平鬼傳·第十一回》：「倒塌鬼在人空內，低聲咕囔道：『白把老婆叫人姦了。』」又如《兒女英雄傳·第三十八回》：「華中一旁看見，口裡咕囔道：『得了，我們老爺們索興越交越腳高了！』」又如《俠女奇緣》：「才回頭要向那婦人搭話，只聽她自在那裡咕囔道『放啊！我們還留著祭灶呢！』」再如《清車王府藏戲曲全編·鎖陽關貳部》：「好不服一陣陣肚子咕囔。」在《李公案·第十八回》《快心編傳奇初集·卷之五》中寫作「咕咕囔囔」，《蒲松齡集·磨難區》中寫作「打癡咕囔」。今《涼州方言詞彙研究》：「咕囔，咕噥。」（12頁）

「咕囊」在《現代北京話研究》中存在「了咕囊、咕囊唧、咕囊囊、軟咕囊」的形式（69頁），《東北方言詞條集成·第一冊》中為「咕囊咕囊」（318頁），《嘉戎語研究》中為「軟咕囊囊」（128頁）。

蛄蛹

泛指蠕動。如《墾利縣志》（936頁）《鎮平民俗》（417頁）《內鄉縣志》（764頁）對「蛄蛹」的解釋為蠕動、蛹動。墾利縣方言屬於冀魯官話，鎮平方言、內鄉方言均屬於中原官話。又如《中國民間方言詞典》：「蛄蛹〔官話·北方北京〕，同『咕容』，蠕動。」又如《東北方言與文化》：「蛄蛹，蠕動。別瞎蛄蛹，一會兒掉下去咋整？」（188頁）再如《蓬萊話》：「蛄蛹，蠕動、挪動。」（226頁）蓬萊話屬於膠遼官話。

《嵩山方言詮釋》中，詞形「老蛄蛹」釋為蟬蛹。（134頁）

咕嚀

泛指蠕動。如《現代漢語方言大詞典》：「咕嚀，蠕動：長蟲蛇擱地上亂咕嚀。|小孩兒要睡就好好睡，別擱床上瞎咕嚀。」（2210頁）在此為徐州方言，屬於中原官話。

除上述異寫形式外，表「蠕動」義的異寫形式還存在「沽膿」「蛄隆」「固搭」「咕蟶」等。

綜上，「骨宂」「辜宂」「咕漗」「咕容」「鼓湧」「鼓擁」「蛄蛹」「咕蚖」「蛄容」「咕攘」「蛄攘」「咕囊」「咕囔」「咕嚀」「沽膿」「蛄隆」「固搭」「咕蟶」等，

可泛指蠕動義，涉及對象包括人、動物、交通工具等；由蠕動義還引申出諸多義項，如緩慢行動、緩慢咀嚼、逐漸提升、多次出現、心裡不平衡等。不考慮引申義，「蠕動」這一義項與「拱」的語義關係密切。

《說文解字‧手部》：「拱，斂手也。从手，共聲。」（陳刻本 251 頁）段玉裁《說文解字註》將「拱」的本意闡述得較為詳細，「斂，當做撿，與下篆相聯為文。《尚書大傳》曰：『拱則抱鼓。』皇侃《論語疏》：『拱，沓手也。』……凡拱，不必皆如抱鼓也。推手曰揖，則如抱鼓。拜手，則斂於抱鼓。稽首、頓首，則以其斂於抱鼓者下之。引手曰厭，則又較斂於拜手。凡沓手，右手在內，左手在外，是謂尚左手，男拜如是，男之吉拜如是，喪拜反是；左手在內，右手在外，是謂尚右手，女拜如是，女之吉拜如是，喪拜反是。」（2377頁）故，由拱手似雙手抱鼓的行為過程引申為《漢語大詞典》中「拱」的第九、第十個義項，即「用力頂動、掀開」以及「指向外頂或向裡鑽」。如唐杜甫《北征》詩：「鴟鳥鳴黃桑，野鼠拱亂穴。」《西遊記‧第六七回》：「慌得那八戒戰戰兢兢，伏之於地，把嘴拱開土，埋在地下。」又如《花城》1981 年第 3 期：「幸而不死的幼樹吸足陽光，噙著泥土，又拱出飽含水珠的新芽來了。」《漢語大詞典》第九、第十個義項「用力頂動」「向外頂或向裡鑽」在語義上說明頂或鑽的過程存在阻力，頂出或鑽進的結果並非一蹴而就，是由頻繁小幅度動作完成的。由此，「蛄蛹」一系異寫形式的蠕動義是繼承「拱」的義項「用力頂動、掀開」以及「指向外頂或向裡鑽」的語義特徵頻繁小幅度動作的結果。

《現代漢語方言大詞典》中，武漢方言「拱」的第三個義項為：「蠕動；慢慢移動：蛇慢慢的朝前頭拱|蛆在茅廁裡拱」（2510 頁）。成都方言「七拱八翹」的第三個義項為：「亂動；蠕動：你拱的，我咋個給你穿衣裳嗬？」（105 頁）。

據「蛄蛹」一系異寫形式的「蠕動義」，滋生出「鼓蠕」「咕蠕」等詞形。如《關中方言詞典》：「鼓蠕，激發鼓動；動。今亦指亂動。」（186 頁）《中國民間故事叢書‧河南南陽‧鎮平卷》：「正要拿時，姑娘身子鼓蠕幾下。」（63頁）又如《現代漢語方言大詞典‧銀川方言》：「咕蠕，蠕動：在地下咕蠕咕蠕地爬著呢。|雞娃娃一出蛋殼殼就咕蠕咕蠕地動彈呢。咕蠕，慢慢地咀嚼：奶娘沒牙了，吃啥都是咕蠕著呢。」（2210 頁）

二、「蛄蛹」等一組分音形式的語音系聯

「分音詞」又稱「切腳語」「切腳字」,「又叫『嵌 l 詞』,指一些第二音節聲母為 [l] 的雙音節單純詞」[註7]。主要有以下三個特點:(一)無固定詞形,不可拆分解釋。(二)分音詞第一音節取被分單音字音節聲母,分音詞第一音節多為入聲。(三)分音詞第二音節取被分單音字音節韻母,第二音節聲母多為 [l]。

據調查,現將「蛄蛹」等一組分音形式在現代各方言點(區)的語音情況,列表如下:

表1　現代方言中「蛄蛹」等一組分音形式的語音情況分析表 [註8]

音節結構	ku luŋ	ku zuŋ	ku zuŋ	ku ŋəŋ	ku yŋ	ku yŋ	ku yŋ	ku yŋ	ku zuŋ	ku zaŋ	ku naŋ	ku niŋ
方言點/區	北京	北京	北京西安	定州	鄄城微山金鄉	北京	東北嵩山	內鄉	北京	東北北京	徐州
記錄詞形	蛄隆	蛄容咕蟖固撺咕蚖		咕容		咕潑鼓湧鼓擁		蛄蛹		咕攘虴懷咕嚷沽攘	咕囊	咕嚀

根據表 1 所列語音情況,「蛄蛹」一系異寫形式多數不符合上述分音詞第二、第三個特點,但考慮到語音演變的事實,實際上上述異寫形式完全符合分音詞的三大特徵。

「蛄蛹」一系異寫形式中,第一音節可以為「蛄、咕、沽、骨、辜、鼓、固」。這些韻字與「拱」,在王力上古音系統中聲母均為見紐,《廣韻》音系、《中原音韻》音系中聲母均為見母,符合分音詞第一音節取被分單音字音節聲母的特點。

分音詞第一音節韻字中,除「骨」為入聲字外,其餘均非入聲字。就目前檢索的材料,「骨冗」是「蛄蛹」的最早異寫形式。「骨」在《廣韻》中的音韻地位為臻合一入聲見母,符合分音詞第一音節為入聲的特點。其餘非入聲情況,第一音節韻字「蛄、咕、辜、沽」在《廣韻》中均為遇合一平聲見母,《中

[註7] 邢向東,1992,《書面語中記載的「分音詞」》,《語文研究》第 4 期。
[註8] 限於篇幅,茲選取部分方言點列於表中,讀音出處源自下方所列主要引用方言材料。

原音韻》中均為魚模韻陰平聲見母；韻字「鼓」《廣韻》中為遇合一上聲見母，
《中原音韻》中為魚模韻上聲見母；韻字「固」《廣韻》中為遇合一去聲見母，
《中原音韻》中為魚模韻去聲見母。邢向東解釋，「出現這種現象的原因大致
有三：1.作者的母語方言可能沒有入聲，所以把入聲字記作跟詞義相關聯的非
入聲字；2.作品所記的的確是非入聲字，它們是第一音節舒聲化了的分音詞；
3.最根本的，是漢字根深蒂固的『字必表義』的傳統在起作用」〔註9〕。由於
第一音節韻字在北京話中都有所體現，故下面依據北京話分聲調進行具體分
析。

　　第一音節韻字為平聲，可由邢向東所釋的原因 2 進行解釋。平山久雄在
《中古漢語的清入聲在北京話裡的對應規律》（1990）中總結出四條規律，①
清入在字組末位歸上聲②清入在字組非末位且在輕聲前歸陰平③清入在字組
非末位且在陰平、陽平、上聲前歸去聲④清入在字組非末位且在去聲前歸陽
平。「蛄蛹」一系異寫形式為分音詞的記音符號，第二音節多為輕聲，由此根
據規律②「骨」作為清入在字組非末位且在輕聲前可歸為陰平，所以第一音節
韻字作為記音符號可以記作平聲韻字。不過也不排除在「骨冗」之前有更為古
早的記音形式，由此導致第一音節記為平聲，這需要更多材料進行證明。

　　第一音節韻字為上聲，可能是由《中原音韻》音系特點清入歸上導致的。
韻字「骨」有自己的語音演變規律，在《中原音韻》中歸入魚模韻入聲作上聲
見母。由此根據「骨」的語音變化，第一音節記音符號記為上聲。

　　第一音節韻字為去聲，其原因可能有二：1.清入讀為去聲可能是讀書音的
遺留，俞敏（1983）指出北方官話中入聲很早就消失了，但為了記住入聲字，
讀書人便將清入讀為音長相對較短的去聲，即「偽入聲」。2.王洪君（2006）認
為清入派入去聲是是明代江淮官話「入聲似去」的特点導致的。明朝時期以南
京為首的政府機構及南方勢族搬遷至北京，江淮官話作為強勢官方語言存在
入聲系統，但由於此時北方官話中入聲普遍消失，二者在逐漸融合的過程中便
選擇了與入聲發音特徵相近的去聲作為替代。所以，第一音節去聲讀音可能是
由於「骨」作為清入字，舒化後讀為「偽入聲」導致的；也可能是受江淮官話
影響，致使北京話中成批入聲字讀為去聲的趨勢所致。

〔註9〕邢向東，1992，《書面語中記載的「分音詞」》，《語文研究》第 4 期。

　　「蛄蛹」一系異寫形式中，第二音節可以為「冗、蚖、容、搯、蝻、潓、湧、擁、蛹、攘、嚷、膿、隆、囊、嚀」。據表1所示，各方言中第二音節結構可以為[zuŋ][luŋ][yŋ][ŋəŋ][zɑŋ][nɑŋ][niŋ]，只有韻字「隆[luŋ]」符合邢向東分音詞的第三個特徵。

　　韻字「拱」在王力上古音系中歸入東部，在《廣韻》中歸入通攝合口三等，在《中原音韻》中歸入東鍾韻。第二音節韻字「冗、蚖、容、搯、蝻、潓、湧、擁、蛹」與「拱」的音韻地位相同，韻字「隆」除上古音系屬於冬部其餘音韻地位均相同。但第二音節韻字「攘、嚷、膿、囊、嚀」與韻字「拱」的音韻地位完全不一致，但實際上是由語音演變造成的。

　　由於分音詞沒有固定詞型，所記韻字均為記音符號，所以分音詞讀音的改變並不遵循單一韻字讀音演變鏈的束縛，而是順應音系「隨波逐流」。《廣韻》通攝合口三等韻母的擬音為[-jwoŋ]。發展至《中原音韻》，部分通攝見組三等韻的[-j-]介音失落，與一等韻字同音，此時通攝見組三等韻包括[-jwoŋ][-woŋ]，分音詞的韻母也就分化成為兩種，即今韻母[-yŋ][-uŋ]。於此同時，《中原音韻》出現了部分中古曾梗攝韻字在庚青、東鍾兩收的情況，在後續演變規律：ə＞o／w_ŋ的推動下，曾梗攝合口與通攝合口對立消失、完全合併，形成[-əŋ][-jəŋ][-woŋ][-jwoŋ]互補的完整韻母。在庚晴合口歸入東鍾的過程中，韻母[-jwoŋ][-woŋ]與[-jwəŋ][-wəŋ]形成大批量異讀現象，順應此現象的潮流，分音詞的韻母出現[-jwəŋ][-wəŋ]。由於庚晴合口歸入東鍾，所以[-jwəŋ][-wəŋ]並不穩定，為了趨向穩定便將介音[-w-]丟掉，形成韻母[-jəŋ][-əŋ]，即今韻母[-iŋ][-əŋ]。梗攝合口三四等將介音[-w-]丟掉在《中原音韻》中就有所反應，如「傾潁螢塋疫役」；《洪武正韻譯訓》梗攝合口三四等俗音中，部分韻字失去合口介音，如「榮，俗音 giŋ，又音 iŋ」。再者，《四聲等子》《切韻指掌圖》將宕江攝合為一圖，江攝發生演變 o＞ɒ／r_ŋ，後／ɒ／／a／對立消失，江攝就此與宕攝合併為江陽韻[-aŋ][-jaŋ][-waŋ]。江攝只有二等開口韻字，在與宕攝合併的過程中，二等介音[-r-]在牙喉音前變為[-j-]與宕攝三四等合併，《蒙古字韻》《中原音韻》《洪武正韻》中江韻牙喉音與三等陽韻開口牙喉音同音，《中原音韻》中有極少數江韻牙喉音不發生顎化。故在江攝併入宕攝的過程中，存在[-joŋ]與[-jwoŋ]讀音相似的階段，由此[-jwoŋ]順著江攝演變的潮流，形成今韻母[-aŋ]。

根據表 1，第二音節的聲母存在五種可能，即[z] [l] [ø] [n] [ŋ]。首先，[l] [n]相混的現象多出現於江淮官話、西南官話中，極少部分出現在北方官話、西北官話中。明代曲韻韻書《瓊林雅韻》《詞林韻釋》《中州音韻》均存在泥來相混的現象，前兩部曲韻作者朱權和陳鐸均為南京人，《中州音韻》作者「吳興王文璧也將泥來相混則是繼承《詞林韻釋》」〔註10〕，由此可見起碼在明代的南京音中已經存在[l] [n]相混的現象。在今漢語方言中，多數南方官話存在[l] [n]相混的現象，且根據所配韻母的洪細、陰陽決定聲母的類型〔註11〕。通攝合口三等韻母，韻頭為前高元音[i]，「發音時氣流通過口腔的空間小，受到的阻力大，容易使氣流從鼻腔流出，在與其他輔音組合發音時，由於元音開口度小，有時會造成軟齶下垂，與口腔其他部位接觸，致使口腔通道不暢，氣流從鼻腔溢出，使原本沒有鼻音色彩的音帶上鼻音特徵」〔註12〕，由此造成[l] > [n]的傾向。其次，通攝合口三等韻母介音[i]會使[n]發生顎化，與日母讀音混同讀為[ȵ]。在發[ȵj]音的過程中會產生輕微摩擦音[ʑ]，由此[ȵj] > [ȵʑj]。之後的發展中日母一分為二，北方方言中丟失鼻音成分，保留擦音成分，逐漸演變成為聲母[z] [ʐ] [ø] [l]等；南方方音中[ȵ]維持不變，逐漸演變成為聲母[n] [ŋ] [ȵ] [l]等（日母讀音演變不做贅述）〔註13〕。由此，「蛄蛹」一系分音詞第二音節聲母可以為[z] [l] [ø] [n] [ŋ]。

綜上，從語義、語音兩方面進行分析，「蛄蛹」一系異寫形式為「拱」的分音詞。語義上，「蛄蛹」一系異寫形式「蠕動義」是由「拱」「用力頂動、掀開」「向外頂或向裡鑽」的義項發展而來，是上述語義特徵頻繁小幅度動作的結果。語音上，分音詞作為記音符號，根據音系中的語音演變，可判斷「蛄蛹」一系異寫形式符合邢向東所述分音詞的三個特點。由此，通過分音詞的異寫形式，可從側面印證語音演變的過程。

本篇文章收集資料的時間跨度由明代至近現代，在「骨冗」之前是否還有更早的異寫形式，有無異寫形式直接由「拱」作為解釋，還可以繼續探索。同

〔註10〕陳寧主編，2013，《明清曲韻書研究》，武漢：華中師範大學出版社，第 24 頁。
〔註11〕田恒金，2009，《漢語方言「泥」「來」二母相混類型研究》，河北師範大學學報（哲學社會科學版）第 32 卷第 1 期。
〔註12〕田恒金，2009，《漢語方言「泥」「來」二母相混類型研究》，河北師範大學學報（哲學社會科學版）第 32 卷第 1 期。
〔註13〕單周堯，2015，《半齒音日母讀音再探》，《歷史語言學研究》第 00 期。

時，收集材料的數量有限，各種異寫形式出現的先後還需要更多材料進行支撐，由異寫形式側面印證語音演變的過程需要更加謹慎的考慮。再者，其他分音詞是否符合邢向東所述的三個特徵，分音詞第二音節聲母為什麼為[l]，[l]是否來自介音[*r-]，等等。這些不足和疑問還需要進一步的深入研究。

主要引用方言資料

《北京話語匯》（商務印書館 1961）、《北京話詞語例釋》（鈴木出版 1982）、《北京方言詞典》（商務印書館 1985）、《北京土語辭典》（北京出版社 1990）、《現代北京口語詞典》（語文出版社 1997）、《現代北京話研究》（北京師範大學出版社 2002）、《新編北京方言詞典》（商務印書館 2010）、《老北京土語趣談》（旅遊教育出版社 2013）、《老北京方言俗語趣味詞典》（群眾出版社 2015）、《細說北京話》（金盾出版社 2017）、《關中方言詞典》（陝西人民出版社 2015）、《鄲城縣志》（齊魯書社 1996）、《本溪市溪湖區資料本》（中國民間文學集成遼寧分卷 1986）、《陝西方言大詞典》（陝西人民出版社 2015）、《定州市志》（中國城市出版社 1998）、《滑縣方言述略》（中國戲劇出版社 2009）、《微山縣志》（山東人民出版社 1997）、《金鄉方言志》（齊魯書社 2000）《簡明東北方言詞典》（遼寧人民出版社 1988）、《長春市志民俗方言志》（吉林文史出版社 1995）、《赤峰方言通釋》（內蒙古人民出版社 2013）、《河北鹽山方言研究》（蘇州大學出版社 2015）、《東北方言詞條集成第 1 冊》（線裝書局 2015）、《朝陽方言詞典》（遼寧人民出版社 2013）、《嘉戎語研究》（四川民族出版社 1993）、《嵩山方言詮釋》（梁昶富著 2012）、《墾利縣志》（山東人民出版社 1997）、《鎮平民俗》（鎮平縣政協編）、《內鄉縣志》、《蓬萊話》（山東大學出版社 2010）、《涼州方言詞彙研究》（甘肅人民出版社 2017）、《海港區村鎮志》（方志出版社 2011）、《唐山市路南區志》（海潮出版社 2000）、《方言與文化》（華中師範大學出版社 2008）、《現代漢語方言大詞典》（江蘇教育出版社 2002）、《中國民間方言詞典》（南海出版社 1994）、《現代漢語動詞辭典》（中國國際廣播出版社 1995）、《明清小說辭典》（花山文藝出版社 1992）、《方言小詞典》（山東教育出版社 1987）、《中國民間方言詞典》（南海出版公司 1994）、《元明清文學方言俗語辭典》（貴州人民出版社 1998）。

三、參考文獻

1. 〔漢〕許慎，1978，《說文解字》，北京：中華書局。
2. 〔漢〕許慎撰、〔清〕段玉裁注、許惟賢整理，2018，《說文解字注》，南京：鳳凰出版社。
3. 〔明〕吳承恩，2019，《西遊記》，江蘇鳳凰文藝出版社。
4. 〔清〕東山雲中道人撰，1990，《唐鍾馗平鬼傳》，上海：上海古籍出版社。
5. 〔清〕文康，1980，《俠女奇緣》，南寧：廣西人民出版社。

6. 〔清〕惜紅居士編纂、何宗慧點校，1993，《李公案奇聞》，北京：北京師範大學出版社。

7. 〔清〕佚名，2004，《明清公案小說劉公案羅鍋軼事》，遠方出版社。

8. 〔清〕佚名，2021，《劉墉傳奇》，北京：中國文史出版社。

9. 白金峰，2019，《廣韻》清入字在元代北方方言中的演變，武漢大學碩士學位論文。

10. 陳寧主編，2013，《明清曲韻書研究》，武漢：華中師範大學出版社。

11. 董建交，2020，《近代官話音韻演變研究》，北京：商務印書館。

12. 高詩令，2010，「拱」字訓釋芻議，文學教育（上）第 9 期。

13. 韓根東主編，1993，《天津方言》，北京：北京燕山出版社。

14. 黃仕忠、李芳、關瑾華編，2012，《子弟書全集》，北京：社會科學文獻出版社。

15. 黃仕忠主編，2013，《清車王府藏戲曲全編》，廣州：廣東人民出版社。

16. 黃燕，2007，古泥來母字在現代漢語方言中的分混情況，《宿州學院學報》第 5 期。

17. 李靜，2002，泥來母字在現代漢語方言中分混的情況，《洛陽師範學院學報》第 4 期。

18. 歐陽文婷，2011，日母音值演變探析，暨南大學碩士學位論文。

19. 錢曾怡主編，2010，《漢語官話方言研究》，濟南：齊魯書社。

20. 孫景濤，2018，北京話清入字的二次歸派，《中國語文》第 5 期。

21. 單周堯，2015，半齒音日母讀音再探，《歷史語言學研究》第 1 期。

22. 譚莎莉，2020，漢語方言泥來母讀音類型研究，湖南大學碩士學位論文。

23. 田恒金，2009，漢語方言「泥」「來」二母相混類型研究，《河北師範大學學報（哲學社會科學版）》第 1 期。

24. 王國栓、馬慶株，2012，天津言的分音詞，《語文研究》第 2 期。

25. 王洪君，2006，北京話清入歸調的層次與階曲線判定法——兼評《基本詞彙與語言演變》，《語言學論叢》第 33 輯，北京：商務印書館。

26. 魏啟君，2018，「骨冗」考源，《語言研究》第 1 期。

27. 邢向東，1992，書面語中記載的「分音詞」，《語文研究》第 4 期。

28. 邢向東，2002，神木方言研究，北京：中華書局。

29. 俞敏，1983，李汝珍《音鑒》裡的入聲字，《北京師範大學學報》第 4 期。

30. 葉沐耕，1981，日母音值源流考，《昭盟師專學報》。

31. 鄒德文、金茗竹，2015，朝鮮四種文獻所見漢語聲母的清代東北方音特徵，《北方論叢》第 2 期。

32. 周建設、于潤琦、馮燕主編，2014，《兒女英雄傳（手抄本）》，首都師範大學出版社。

33. 章培恒，2012，《不京不海集》，上海：復旦大學出版社。

34. 朱一玄編，1986，《古典小說資料書庫跋選編》，太原：山西人民出版社。

中古漢語中「地」的兩種特殊用法

杜道流[*]

「地」這個字在現代漢語中有兩種用法：一是做名詞，讀 dì，為其基本用法，古今意義變化不大。《說文》解釋：「元氣初分，輕清陽為天，重濁陰為地。萬物所陳列也。从十也聲。」可見這個字本義表示的是和「天」相對的概念。作為基本詞彙，「地」這個意義一直保留到現代漢語中。二是做標示狀語的結構助詞，讀 de；這是古代漢語所沒有的用法，說明「地」的用法經歷了歷時發展過程。從歷時的角度看，「地」的發展情況比較複雜，尤其是自魏晉以後的中古漢語中出現多種功能表現，曾出現兩種中古時期常見，而上古漢語和現代漢語普通話中所不見的用法。本文試做考察。

一、位於獨立的動詞後，表示動態

先看下面一組用例：

（1）二將第四隊插身楚下，並無知覺，唯有季布奉霸王巡營，營內並無動靜。……二將勒在帳西角頭立<u>地</u>。（《敦煌變文集·漢將王陵變》）

（2）你一似個三家村裡賣柴漢子，把個匾擔向十字街頭，立<u>地</u>問人，中書堂今日商量甚麼事？（《五燈會元》）

---

* 杜道流，1966 年生，男，安徽含山縣人，文學博士，淮北師範大學語言研究所教授，主要研究方向為漢語語法學。淮北師範大學語言研究所，淮北 235000。

（3）時釋王小兒在前遊行，見地天冠。即舉著頭上坐地，以左手拄肩，右手摩挱髭鬚。王與諸臣驚怪。（失譯者名《分別功德論·卷第五》）

（4）所以玄沙道：「飲籮裡坐地展手，問人覓飯吃。只為無始劫來拋家日久，背馳此本分事，向六塵境界裡，妄想輪回，不能迴光返照。」（宋平江府虎丘山門人紹隆等編《圓悟佛果禪師語錄·卷第十三》）

（5）復次，若見彼姝疾病著床，或坐、臥地，以苦逼身，受極重苦。于汝等意云何？若本有美色，彼滅生患耶？（東晉罽賓三藏瞿曇僧伽提婆譯《中阿含經·卷六十》）

（6）縣尉溫靜文婦者，不知何姓，並洲晉陽人也。早患半身不隨，恒臥床枕。夫告婦言：「終日臥地，何不念佛。」（大唐弘法寺釋迦才撰《淨土論·卷下》）

（7）如此身當死，已死當棄塚間，已棄塚間當埋地。（迦旃延子造符秦罽賓三藏僧伽提婆共竺佛念譯《阿毗曇八犍度論·卷第二十》）

（8）太子遂乃潛身走出城外。逢見耕夫。遂詔耕夫，說是根本：劉家太子被人篡位，追捉之事，諸州頒下，出其兵馬，並乃擒捉。其耕夫遂耕壟土下埋地。口中銜七粒粳米，日食一粒，以濟殘命。（《敦煌變文集·前漢劉家太子傳》）

（9）若不伏使，即想彼羅剎在左足下舉足踏地，其羅剎王悶絕至死，所住楞伽之城悉皆被燒如大火聚。（唐三藏沙門大廣智不空譯《聖迦柅忿怒金剛童子菩薩成就儀軌經·卷上》）

（10）薩薄少時到二國中間，見羅剎，身長一丈三尺、頭黃如橐、眼如赤丁、舉體鱗甲，更互開口如魚鼓鰓。仰接飛燕踏地沒膝，口熱血流。（梁沙門僧旻寶唱等集《經律異相·卷第四十三》）

（11）於婆訶世界住地眾生在虛空者。（失譯者名《大乘悲分陀利經卷第八》）

（12）此灌頂住地菩薩。乃至法王子位菩薩。（宋西天中印度摩伽陀國那爛陀寺傳教大師法天奉詔譯《大方廣總持寶光明經·卷第一》）

以上諸例中「地」所接的均為在句子中充當謂語中心語的核心動詞。例（1）（2）所接動詞為「立」，例（3）（4）所接動詞為「坐」，例（5）（6）所接動詞為「臥」，例（7）（8）所接動詞為「埋」，例（9）（10）所接動詞為「踏」，例（11）（12）所接動詞為「住」。「地」作為名詞，位於「立、坐、臥」等體態動詞後，通常表示「處所」，然例（1）中已經有表示「立」的處所的成分「帳西角頭」，例（2）僅表示「立」的行為，沒有表達「處所」的必要；例（3）、例（4）已分別明確「坐」的處所是「頭上」、「籮筐裡」；例（5）、例（6）在上文中已分別交代「臥」的處所是「床」和「床枕」。「埋」和「踏」為及物動詞，後常帶受事賓語，也可帶處所賓語，然例（7）中上文已表明「埋」的受事為「此身」、處所為「塚間」，例（8）上文表明「埋」的受事為「太子」、處所為「壟土下」，例（9）（10）兩例中也都明示了「踏」的應該是「羅剎」這一受事成分，而不是處所；例（11）（12）為存在句，漢語中存在句的基本語義格式為「處所＋動詞＋當事」，這兩例中動詞「住」前面分別有表處所的「娑訶世界」、「灌頂」，後面有「眾生在虛空者」、「菩薩」。因此，從上下文來看，這些「動＋地」中的「地」不可能是表示「土地」或「大地」的名詞，「動＋地」所表達的是一種狀態或情形，「地」只能被看作為表「動態」的助詞。《唐五代語言詞典》認為此類「地」為「動詞詞尾，有時相當於『著』，多用在『坐』『立』『臥』『住』等不及物動詞之後。」[2]從上面所列的用例來看，該詞典對這種「地」的語法意義的解釋應該是正確的，但說其「多用在不及物動詞之後。」則不夠準確。從我們收集到的用例來看，這種「地」所接動詞雖然有限，但既可以是不及物動詞，也可以是及物動詞。

二、附著在謂詞性單音節詞根後，構成新詞

下面這些用例中的「地」位於作狀語成分內部，已經高度虛化了。如：

（13）君王政不修，立地生西子。（蘇拯《西施》）

（14）一時跪拜霓裳徹，立地階前賜紫衣。（王建《霓裳詞十首》）

（15）花應洞裡尋常發，日向壺中特地長。（韓偓《六月十七日召對自辰及申方歸本院》）

（16）風光欲動別長安，春半城邊特地寒。（韓愈《夕次壽陽驛

題吳郎中詩後》）

（17）楊柳青青宛地垂，桃紅李白花參差。（蘇頲《長相思》）

（18）綠衣宛地紅倡倡，薰風似舞諸女郎。（陳陶《蜀葵詠》）

（19）忽地下階裙帶解，非時應得見君王。（王建《宮詞一百首》）

（20）忽地晴天作雨天，全無暑氣似秋間。（杜荀鶴《春日登樓遇雨》）

（21）某與起居，清濁異流，曾蒙中外，既慮玷辱，何憚更改？今日猥地謝酒，即又不可。（孫光憲《北夢瑣言》）

（22）和尚猥地誇談，千般伎術；人前對驗，一事無能。（《敦煌變文集·降魔變文》）

（23）師有時上堂，驀地起來伸手云：「乞取些子，乞取些子。」（《祖堂集》）

（24）深河恰好騁威儀，驀地維摩染病羸，窗透遠風衣半蓋，門開秋月枕斜敧。（《敦煌變文集·維摩詰經講經文（一）》）

（25）侍女常時教合藥，亦聞私地學求仙。（王建《贈閭少保》）

（26）玉童私地誇書箚，偷寫雲謠暗贈人。（曹唐《小遊仙詩九十八首》）

例（13）（14）中的「立地」是「立刻」的意思，例（15）（16）中的「特地」是「特別」的意思，例（17）（18）中的「宛地」是表示「彎曲、曲折的樣子」，例（19）（20）中的「忽地」與「忽然」同義，例（21）（22）中的「猥地」是「背著人、暗地裡、不公開」的意思，例（23）（24）中的「驀地」是「突然、猛然」的意思，例（25）（26）中的「私地」即「私底下、私下裡」的意思。儘管這些結構中的「立、特、宛、忽、猥、驀、私」在中古時仍可單用，「忽、私、宛、特」單用主要是作為形容詞（如「世人何倏忽」「私門當復侯」「柳老香絲宛，荷新鈿扇圓」「處世既孤特，傳家無承襲」）、「立、驀」單用主要是作為動詞來使用（少數也有兼形、動，如「感我此言良久立」「祗今掊白草，何日驀青山」）的，如果按大類來看，「它們都屬於謂詞，但此時均已不是獨立的單詞，而是詞根，「地」則為詞綴，這類詞語我們不妨稱之為「謂＋地」。從句法角度看，以上諸例中的「謂＋地」在句中均做狀語，承擔的是

副詞的主要功能，因此，「地」這種用法應該可以看作是將謂詞副詞化的手段或標記。

三、從「立地」看「地」的語法化路徑

不難看出，以上兩種情形中「地」本義的意義內容消失，屬於明顯的「去語義化」，應該可以看作語法化現象。不過和漢語中大多數語法化通常為謂詞虛化不同，「地」本來是個名詞，這就使得以往人們建立在謂詞語法化基礎上總結出的一特點、規律、規則不太能夠解釋和說明「地」的語法化問題。最典型的現象是很難找到位於動詞後的「地」是否實現了語法化或如何語法化的形式依據。如：

(27) 遙聞鼙鼓動地來，傳道單于夜猶戰。（唐·王翰——《相和歌辭·飲馬長城窟行》）

(28) 朔風動地來，吹起沙上聲。（唐·陸龜蒙——《鳴雁行》）

(29) 青春登甲科，動地聞香名。（唐·岑參——《送許子擢第歸江寧拜親因寄王大昌齡》）

因為主語的不同，這三個用例中的「動地」可能會引起人們不同的理解。例（27）中的「動地」可以理解為「震動大地」，其意義最實；例（29）中的「動地」可以理解為「轟動地」，其意義最虛；而例（28）中的「動地」則作虛實理解均可，難以判斷。其實，把這三例中的「動地」都理解成「轟動地」也未嘗不可。這從另一側面反映了形式依據的缺乏給相關問題的理解和分析都帶來了困難。因此，本文打算「立地」入手，對「地」的語法化路徑作假設性探討。

從我們收集的語料來看，「立地」出現最早，使用頻率也最高，因此，我們認為分析「立地」的發展，可以間接的說明「地」的語法化過程。目前我們收集到「立地」連在一起的最早用例是下面這個：

(30) 昔者聖人之作易也，將以順性命之理。是以立天之道，曰陰與陽；立地之道，曰柔與剛；立人之道，曰仁與義。（周易·說卦）

表面上看，該例「立」和「地」是連用的，但二者之間實際上處於跨層結構中，「地」不是「立」的直接成分，而是「道」的定語，「立地」不構成動賓關係，因此，缺少語法化的條件。下面這個用例可能是「立地」可以構成動賓

關係的早期用例：

（31）舄：覆其下曰舄。舄，臘也。行禮久，立地或泥，濕，故
覆其末下，使乾臘也。（釋名・卷五）

該例中「立地」應該就是「立於地」的意思，「地」作「立」的處所賓語，
可看作後世「立地」的來源。不過「行禮久立地或泥濕」還有可能有這樣的斷
句形式：「行禮久立，地或泥濕」，說明其還不是穩定的結構。「立地」最早成
為較為穩定結構應該來自於宗教術語。下面是《佛學大辭典》對有關詞條的
解釋：

〔立地〕（儀式）言簡略之佛事也。語不多，立地而成之謂也。

虎關之十禪支錄序曰：「予考訂古今禪冊，備十門：一曰開堂；二曰
上堂；三曰小參，附升座；四曰拈提，五曰普說，六曰法語，七曰
對機，八曰立地，九曰偈贊，十曰秉拂。」

不過，作為佛事儀式的「立地」最早出於何時，不過既然記錄於「禪冊」，
當屬佛教禪宗儀式，似乎應產生於隋唐。此後佛教或與佛教有關的文獻中則常
見「立地」一語。如：

（32）有一僧禮拜，起來立地。（祖堂集・卷九）

（33）座僧堂裡展鉢時。與上座同展。睡時與上座同睡。立地
時與上座同立地。（古尊宿語錄・楊岐方會禪師）

（34）上座到山中，見和尚上堂眾才集，便出握腕立地云。（禪
林僧寶傳）

（35）僧於門上畫一圓相，門外立地。（五燈會元）

由於「立地」是一項「語不多，立地而成」短時儀式，因此引申出「立刻、
馬上」的意思。如：

（36）欲得速疾相應，即如今立地便證。（禪林僧寶傳）

（37）廣額正是個殺人不眨眼底漢，揚下屠刀，立地成佛。（五
燈會元）

這兩個用例中的「立地」均含有「迅速、快速」的意思，將其理解成「立
刻、馬上」應該是沒問題的。事實上，在早期漢語中，但用「立」就可以表示
「立刻」的意思。如：

（38）沛公至軍，立誅殺曹無傷。（史記・項羽本紀）

（39）二人皆辭，請以寨自代。高祖引寨入帳，自為吹火，催促

之。寨援筆<u>立</u>成。（北齊書·列傳第十六）

（40）此病是野狐之病，欲得除喻（愈），但將一領氈來，大釘

四枚，醫之<u>立</u>差（瘥）。（敦煌變文集·葉淨能詩）

這三例中的「立」，就是「立刻」的意思。不過中古時期用「立地」表示「立刻」義的用例比較廣泛。如：

（41）耄年服一粒，<u>立地</u>變沖童。（唐·呂岩——五言）

（42）王敕所司，生擒須達，並只陀太子，生仗圍身，<u>立地</u>過問

因由處。（敦煌變文集·降魔變文）

這樣「立地」便詞彙化了。「地」成了構詞語素，「X 地」格式便具有了能產性。我們不妨假定，中古其他格式為「X 地」詞，是由「立地」結構類推而來。

此外，作為一種儀式，「立地」施行者必然保持一種站立的持續狀態，由此，「立地」產生了一種「持續」義，即「立著」。如：

（43）火焰為三世諸佛說法，三世諸佛<u>立地</u>聽。（古尊宿語錄）

（44）舜子府（撫）琴忠（中）間，門前有一老人<u>立地</u>。（敦煌

變文集·舜子變）

（45）昔有一老宿，曰：「這一片田地分付來多時也，我<u>立地</u>待

汝構去。」（五燈會元）

例（43）「立地聽」應該可以理解為「立著聽」，同樣，例（44）「老人立地」可以理解為「老人立著」，例（45）「立地待」可以理解為「立著待」。這樣，本為名詞的「地」就可以被「重新分析」為表「持續」義的動態助詞。

不過，中古時期「地」無論是「語素」化還是「動態助詞」化用法都還不十分明確，還存在一定模糊性。如：

（46）須達應時順命，更無低昂，當處對面平章，<u>立地</u>便書文

契。（敦煌變文集·降魔變文）

（47）水飛石上逆如雪，<u>立地</u>看天<u>坐地</u>吟。（呂岩——絕句）

如果不考慮上下文，例（46）中「立地」可以有三種理解，將其解釋為「立在地上」或「立著」、「立刻」，句意均說得通；例（47）中「立地」「坐地」均可以有兩種理解，將它們分別解釋為「立在地上」「坐在地上」或「立著」「坐

著」也都能說得過去。這種模糊性增加了人們對「地」的語法性質和意義判斷的難度。因此，在實際操作中，我們往往只能考上下文信息或語篇的題旨甚至邏輯語義來進行判斷。如：

（48）髻鬟峨峨高一尺，門前立地看春風。（元稹——李娃行）

（49）左邊安金剛藏嗔怒恐怖形。右邊畫迦臘瑟宅天。坐地垂一腳。面貌甚端正。（大佛頂廣聚陀羅尼經·第四卷）

當我們傾向於將例（48）中的「立地」理解為「立著」時，是結合上文的描寫信息，考慮到這種理解最為貼切；而認為例（49）中「坐地」應該理解為「坐著」則是因為其下文「垂一腳」顯示出的邏輯語義決定這裡「地」不可能理解成「地上（地面）」。同樣道理，我們認為將例（46）中「立地」理解為「立刻」、將例（49）中「立地」「坐地」理解，「立著」「坐著」更符合語篇的題旨。

從上述的例子可以看出，與以往人們討論的那些由於「一個語言成分用於新語境時產生了新的語法意義」這種因語境誘發的重新解釋而引起的語法化情況不同，「地」的語法化用法和本義用法語境區別並不大。同時我們收集到的用例還不足以說明「地」語法化的發展過程，即我們尚無法通過已有的用例看清「地」的基本用法與表動態助詞及作詞綴用法三者之間有何內在聯繫。此外，以往人們普遍認為「高頻使用」是一個實詞產生語法化的重要條件，然根據我們的調查，無論「地」作為動態助詞還是做詞綴，可搭配的詞語或詞根都是極為有限的。作為動態助詞的「地」只能跟在少數可以表示狀態的動詞後面，作尾碼的「地」所能搭配的詞根我們能收集到的也只有本文所列的少數幾個。這些現象說明，「地」的語法化情況顯然不在經典的語法化理論所概括的範圍之內。本文以「立地」為例進行的分析只是一種假設，希望通過這樣的分析為探尋「地」的發展源流與脈絡並探析其內在演化機制，從而找出合理的解釋依據提供一種思路。

四、餘　論

需要指出的是，從漢語史的角度看，中古漢語中「地」的這兩種特殊用法有著重要的意義。作為動態標記的「地」應該是「持續」範疇形成初期的標記手段之一，在現代漢語中，「持續」體標記「著」實際上標示「動作持續（進

行）」和「狀態持續（存在）」兩個次範疇，中古「地」只標示「狀態持續」而不標示「動作持續」，說明該範疇形成初期可能存在內部區分，因而考察「地」的這種用法的產生和發展，對探尋「持續」範疇形成的形成機制、內在動因及標記手段的興替有重要價值。作為副詞詞綴的「地」，應該是漢語他類詞在副詞化過程中所使用的形態標記，而漢語作為孤立語，其詞語在發展過程中應該沒有形態化的系統內在要求，那麼，這種形態標記的出現是因何而起的？其形成和發展的內在機理如何？這種副詞詞綴和現代漢語中標示狀語的結構助詞「地」有何聯繫？這些都是值得進一步研究的。

五、參考文獻

1. 丁福保編，1991，《佛學大辭典》，上海：上海書店。
2. 江藍生，曹廣順等，1997，《唐五代語言詞典》，上海：上海教育出版社。
3. （漢）劉熙，2016，《釋名》，北京：中華書局。
4. （漢）許慎撰，（清）段玉裁注，1988，《說文解字注（第 2 版）》，上海：上海古籍出版社。
5. 朱安群，徐奔編著，1993，《十三經直解·周易直解》，南昌：江西人民出版社。

郭象《莊子注》
「玄冥」語義訓詁及其哲學詮釋

蘇慧萍*

摘　要

　　郭象《莊子注》中的「冥」字，是察識天象生生動能的狀態，以為實踐個體盎然生機的關鍵思想，而歷代學者詮釋其字義的訓解頗為豐富。在面對釋義訓詁到詮解義理的層層理路上，將聚焦「玄」「冥」詞性群組概念，以訓解與義理兩項脈絡相互應證，進而統整訓釋「玄」字綰合為「遠—幽深精微—寂靜清淨—微妙神妙」之義，與訓釋「冥」字為「幽—幽黯—幽寂—幽遠—幽深」之義的整體思維概念，以歸納「玄冥」詞組統攝成「幽深冥默遠妙」之義理脈絡，並在郭象《莊子注》中開顯「獨化於玄冥之境」的總體思維，以實踐自我主體深涵的內化意境，是個體獨自專注在自我寂靜清默狀態中，體認了主體生命幽深冥默遠妙的玄冥意境中，並啟發生命安然自得的關鍵真義。

關鍵詞：郭象；莊子；玄；冥；訓詁

---

* 蘇慧萍，女，臺灣高雄人，韶關學院韶文化研究院副教授，博士，主要研究方向為道家學術思想。韶關學院韶文化研究院，韶關 512005。

一、問題的提出

郭象，字子玄（西元二五二～三一二年），生當西晉政治黑暗，民生困苦的時代；在魏晉時代具有代表性的魏晉玄學思想主流中，郭象《莊子注》已然成為其面對所處的混亂時代，所觀照建構自我理想人生的論述。本文的研究動機，是聚焦郭象《莊子注》「玄冥」字的疏證，以為實踐個體盎然生機中隱性存有理境的重要哲學概念。《說文·玄部》釋「玄，幽遠也」，《說文·冥部》釋「冥，幽也，根據歷代學者聚焦「玄」「冥」字字義訓解頗為豐富，包括：湯用彤、任繼愈、牟宗三、王曉毅、戴璉璋、康中乾、余開亮、黃聖平等學者先生，透過分析「玄」「冥」字字義的詮解，以通貫其思想義涵的詮釋建構。值得注意的是近年張江主張的「訓詁闡釋學」，與孟琢發表的「訓詁通義理」系統研究，揭示了現代訓詁學與中國古典義理的有機結合，開創了訓詁和義理共構的學術新領域。在面對釋義訓詁到詮解義理的層層理路上，本文試圖透過《莊子》文本〔註1〕，聚焦以透過郭象《莊子注》中「玄」「冥」字字義的訓詁，不斷透過對話與交融的辯證方式，以訓解與義理兩項脈絡相互應證，進而闡發「玄」「冥」字義訓詁的哲學意涵，是理解郭象《莊子注》中實踐個體之間主體生命和諧交融的境界所在，涵攝冥合自覺個體與羣體存在間共存共融的主體意識，在形神相依的身體語言裏與自我主體的價值體系中，實踐順化自然生機而無所執著的意涵，以任其自任的生命態度而擁有生機盎然的意蘊，其間的關鍵核心端在乎契合窈冥靜默之理序，如是，在面對任何當下的意境，皆得開化啟發體玄極妙的生命哲思。

二、「玄」字訓義考辨

〔註1〕 本文關於《莊子》之原文，皆出自〔清〕郭慶藩：《莊子集釋》，北京：中華書局，1997 年版八刷之本為主。以下重複出現原文資料時，皆引用此本，僅隨文注出篇名、頁數，版本資料不再注出。

· 198 ·

《漢語大字典》中以「玄」字歷代的字形（《漢語大字典》，頁 309），說明其演進過程。然《說文‧玄部》釋「玄」字說明：「玄，幽遠也。黑而有赤色者為玄。象幽而入覆之也。凡玄之屬皆从玄。」，其聲韻為 xuán，《廣韻》胡涓切，平先匣。真部。（《故訓匯纂》，頁 1437）以「玄」字為基體的論述主軸中，我們應理解在任何的歷史訓詁文獻詮解中，皆應以經典中作者原初的論述為後人詮釋的主軸，盡量貼近文句中上下義理的意涵而不失誤解。以郭象《莊子注》中「玄」字所謂：

> 任自然而覆載，則天機玄應，而名利之飾皆為棄物也。（《莊子‧
> 應帝王》：「名實不入」注，頁 301）

郭象以自然之主軸，說明所謂「任」的關鍵思想核心，是以順任自然而然的自我身心實踐，全然覆載於自然的真實精神，以順應的實踐態度，順任自我的身心機體，聚焦自我整體盎然的生機，以「玄應」的自然態度，詮說了以自我主體的生命實踐，相應了自然而然的主體生命，郭象所謂任何的名利框架，皆無法限制扞格自我主體生命的自任而然，因此名利皆外在形式的拘限，皆是為棄物也。因此，在端視郭象所謂「自然」的意涵，是相異於《莊子》的宇宙論，其思想精義是順任自我主體的生命源發，意謂以主體生命的自我架構，順化所謂「天機」的盎然生機而源源不輟，此自然而然主體生命的存有論，是涵攝郭象整體「自然」的思想真義，並詮解了《莊子》「名實不入」的拋卻名利束縛的詮解，在殊途同歸的思想詮釋中，任何的自然覆載，皆體現了郭象自然的主體生命關懷。

因此端視「玄」字在訓詁文獻中的沿革，其義理詮解的意涵，以聚焦郭象詮解「玄冥」思想理路為中軸思考，茲敘述以符合郭象「玄應」於自然生命的主軸邏輯概念中，茲說明如下：

（一）「玄」，詮解為「遠」之意涵

《莊子‧天地》：「玄古之君天下」，成玄英疏（《故訓匯纂》，頁 1437），以「玄古」字詞說明「玄」為狀語詞，意謂悠遠的古代；《張衡〈東京賦〉》：「睿哲玄覽」，李善注引《廣雅》（《故訓匯纂》，頁 1437），所謂睿哲之士，當擁有超乎常人的長遠見識；同樣《陸機〈文賦〉》：「佇中區以玄覽」，張銑注（《故訓匯纂》，頁 1437），亦謂長遠的見識；另《張衡〈思玄賦〉》：「仰先哲

之玄訓」，張銑注（《故訓匯纂》，頁 1437），釋為仰望先哲長遠的訓示之意；《陸機〈演連珠〉》：「器淺而應玄」，李善注引《廣雅》（《故訓匯纂》，頁 1437），所謂「通於變者，用約而利博」，因此「名其要者」，當能擁有善應長遠的計策能力；《張華〈勵志詩〉》：「大猷玄漠」，李善注（《故訓匯纂》，頁 1437），意謂以悠遠的大道指引著思緒方向，另《陸機〈答張士然〉》：「秘閣峻且玄」，李善注（《故訓匯纂》，頁 1437），意謂深峻悠遠的秘閣之意。

（二）「玄」，詮解為「幽深精微」之意涵

《故訓匯纂》：「玄，深也」（《故訓匯纂》，頁 1437），以「玄」釋為深之意；「玄」字釋為「幽深也」（《故訓匯纂》，頁 1437），如《荀子・解蔽》：「水勢玄也」，楊倞注（《故訓匯纂》，頁 1437），形容幽深的水勢；《申鑒・雜言下》中：「幽深謂之玄」（《故訓匯纂》，頁 1437），荀悅說明著「玄」為幽深之意。「玄」字釋為「深微之稱」（《故訓匯纂》，頁 1437），如《詩・商頌・長發》：「玄王桓撥」，朱熹集傳（《故訓匯纂》，頁 1437），說明《詩經》中形容膽識深微的玄王商契威武剛毅之意。《故訓匯纂》：「玄，取其幽微也」（《故訓匯纂》，頁 1437），以「玄」釋為「幽微」之意，如《太玄・玄數》：「神玄冥」，范望注（《故訓匯纂》，頁 1437），揚雄以「幽微」之意形容其對天道特有的宇宙觀詮釋。《故訓匯纂》：「玄，亦幽深難測也」（《故訓匯纂》，頁 1437），以「玄」釋為「幽深難測」之意，如《荀子・解蔽》：「疑玄之時正之」，楊倞注。（《故訓匯纂》，頁 1437），荀子以其理性的思維，說明人們在戚忽之間幽深難測的心思。另《故訓匯纂》：「玄，謂幽深難知」（《故訓匯纂》，頁 1437），以「玄」釋為「幽深難知」之意，如《荀子・正論》：「上周密則下疑玄矣」，楊倞注。（《故訓匯纂》，頁 1437），荀子認為君主隱蔽不顯的狀態，如此為下的臣民就難以猜測君主的心思了。而《故訓匯纂》：「玄、幽，謂道之深邃也」（《故訓匯纂》，頁 1437），以「玄」釋為「道之深邃」之意。《故訓匯纂》亦釋：「玄，幽微精微也。」（《故訓匯纂》，頁 1437），以「玄」釋為「幽微精微」之意。

（三）玄，詮解為「寂靜、清淨」之意涵

《漢語大字典》列舉「玄」釋為「寂靜、清淨」之意，如《淮南子・主術》：「天道玄默，無容無則。」（《漢語大字典》，頁 309），《淮南子》以寂靜玄默形容天道的存在狀態；三國魏嵇康《述志詩》：「晨登箕山巔，日夕不知饑；玄居

養營魄，千載長自綏。」（《漢語大字典》，頁 309）說明嵇康以靜默的居處休養著自我身體形魄。

（四）玄，詮解為「微妙、神妙」之意涵

《故訓匯纂》：「玄，妙也」（《故訓匯纂》，頁 1437），以「玄」釋為妙之意；另《故訓匯纂》以「玄者，微妙也名」例舉《書·舜典》：「玄德升聞，孔穎達疏。」（《故訓匯纂》，頁 1437）形容君主微妙的德性。《漢語大字典》說明「玄，神妙，深奧」之意（《漢語大字典》，頁 309），如例舉《老子》第一章：「玄之又玄，眾妙之門。」說明《老子》中道體無盡神妙的存有狀態。

統整以上釋「玄」之意涵，當聚焦訓釋為「遠─幽深精微─寂靜清淨─微妙神妙」的整體思維概念，以釐清建構郭象「玄」字概念整然的哲學體系，譬若郭象所云：

> 夫聖人之心，極兩儀之至會，窮萬物之妙數。故能體化合變，無往不可，旁礡萬物，無物不然。世以亂故求我，我無心也。我苟無心，亦何為不應世哉！然則體 玄 而極妙者，其所以會通萬物之性，而陶鑄天下之化，以成堯舜之名者，常以不為為之耳。孰弊弊焉勞神苦思，以事為事，然後能乎！（《莊子·逍遙遊》：「之人也，之德也，將旁礡萬物以為一，世蘄乎亂，孰弊弊焉以天下為事！」注，頁 31～32）

郭象說明聖人之心，在陰陽兩儀交會、窮究萬物變化之妙，因此能體化合變，在自然萬象變化中，而能無往而不可，在磅礡萬物中，無所不然。郭象以《莊子》「世蘄乎亂」的關鍵觀點，詮解世以亂故求我之實踐方式，是「無心」的生命實踐，因此，我若無心，怎能無所應世？故郭象聚焦會通萬物之性、陶鑄天下之化，以成堯舜之名者，常以不為而成其為之之效，以「無心」的實踐方式，善應萬物之變，又何苦陷入勞神苦思、以事為事的困境呢？所謂「體玄而極妙者」，郭象以「幽遠神妙」的形容，詮解聖人之德涵攝融通了天下萬物，以「靜默」的無心，成就其不為而為之的聖人之名，此回歸扣準郭象以幽遠神靜默的形容詞，詮釋了「體玄而極妙」的精微思維。

三、「冥」字訓義考辨

《漢語大字典》中以「冥」字歷代的字形（《漢語大字典》，頁335），說明其演進過程。而《故訓匯纂》中所謂以《說文·冥部》：「冥，幽也。從日，從六，一聲。日數十，十六日而月始虧幽也。凡冥之屬皆從冥。」，其聲韻為míng，《廣韻》：莫經切，平青明。耕部（《故訓匯纂》，頁206），以「冥」字為基體的論述主軸中，在盡量貼近文句中上下義理的意涵而不失誤解的範疇中，以郭象《莊子注》中「冥」字的詮解意涵為要：

> 常以純素守乎至寂而不蕩於外，則冥也。（《莊子·刻意》：「純素之道，唯神是守；守而勿失，與神為一。」注，頁546）

《莊子》「唯神是守」的思想概念，是心靈神凝的精神層次，郭象以精神生命純一無雜的實踐工夫，收攝在至寂心靈而不受外相干擾擺蕩的靜定境界，是所謂「冥」的境界，在契近《莊子》「守而勿失，與神為一」的生命實踐上，郭象以純素的靜定無蕩，實踐其至寂心靈的生命境界。

因此端視「冥」字在訓詁文獻中的沿革，其義理詮解的意涵，以聚焦郭象詮解「玄冥」思想理路為中軸思考，茲敘述以符合郭象「冥應」於自然生命的主軸邏輯概念中，茲說明如下：

（一）「冥」，詮解為「幽」之意涵

《說文·冥部》：「冥，幽也」（《故訓匯纂》，頁207），以「幽」意解，《詩·大雅·靈臺序》：「民始附也」，鄭玄箋，而「民者，冥也」，陸德明釋文引《字林》云（《故訓匯纂》，頁207）；《楚辭·九歌·東君》：「杳冥冥兮以東行」，洪興祖補注（《故訓匯纂》，頁207），《楚辭》以幽幽渺茫的狀語，形容滄幽的人生途路；在《天問》：「冥昭瞢闇」，洪興祖補注（《故訓匯纂》，頁207）中，亦表達瞢瞢幽闇的思境；《孫綽〈遊天台山賦〉》：「非夫遠寄冥搜」，呂延濟注（《故

訓匯纂》，頁207），與《郭璞〈遊仙詩〉》：「中有冥寂士」，李周翰注（《故訓匯纂》，頁207）之「冥」字，皆傳達了「幽」的細微意義。

（二）「冥」，詮解為「幽闇」之意涵

開展「冥」釋為「幽」之意解，《故訓匯纂》：「冥，闇也」（《故訓匯纂》，頁207），以「闇」為「冥」解，《莊子·至樂》：「支離叔與滑介叔觀於冥伯之丘」，成玄英疏（《故訓匯纂》，頁207），以「闇」之狀語形容冥伯之丘成其丘名之謂；《漢書·五行志下之上》：「其廟獨冥」，顏師古注（《故訓匯纂》，頁207）中，形容其廟獨為幽闇；《漢書·高帝紀上》：「是時雷電晦冥」，顏師古注（《故訓匯纂》，頁207），形容是時雷電晦闇的景況；《漢書·張敞傳》：「晝冥宵光」，顏師古注（《故訓匯纂》，頁207），形容白晝昏闇的景象。另「冥」作「昏暗」解，《故訓匯纂》：「冥，昏暗」（《故訓匯纂》，頁207），《史記·龜策列傳》：「飄風日起，正晝晦冥。日月並蝕，滅息無光」（《漢語大字典》，頁335）亦形容昏暗的白晝。「冥」作「幽闇」解，《故訓匯纂》：「冥，幽闇也」（《故訓匯纂》，頁207），《楚辭·大招》中：「冥凌浹行」，朱熹集注（《故訓匯纂》，頁207），形容幽黯茫然的景況，同樣的，《故訓匯纂》：「冥，幽冥也」（《故訓匯纂》，頁207），亦以《楚辭·大招》：「冥凌浹行」，蔣驥注（《故訓匯纂》，頁207）之蔣驥注解說明。另「冥」以「冥昧」解，《故訓匯纂》：「冥，取其冥昧」（《故訓匯纂》，頁207），《太玄經·玄數》：「神玄冥」，范望注（《故訓匯纂》，頁207）；《故訓匯纂》：「冥，幽昧也」（《故訓匯纂》，頁207），與「冥立，謂與冥昧之道相會而立也」（《故訓匯纂》，頁207）亦作此解。而「冥」釋為「幽隱」之意解，《故訓匯纂》：「冥，幽隱也」（《故訓匯纂》，頁207），《荀子·正名》：「說不行則白道而冥窮」，楊倞注（《故訓匯纂》，頁207）。

（三）「冥」，詮解為「幽寂」之意涵

「冥」釋作「幽寂」解，《故訓匯纂》：「冥者，幽寂之稱」（《故訓匯纂》，頁207），《莊子·大宗師》：「於謳聞之玄冥」，成玄英疏（《故訓匯纂》，頁207）。另「冥」作「玄默」解，《故訓匯纂》：「冥，玄默也」（《故訓匯纂》，頁207），而「窈、冥、昏、默，皆了無也」（《故訓匯纂》，頁207）之解，《莊子·在宥》：「至道之精，窈窈冥冥；至道之極，昏昏默默」，郭象注（《故訓匯纂》，頁207），以「窈窈冥冥」「昏昏默默」形容幽擊昏默之意解。

（四）「冥」，詮解為「幽遠」之意涵

「冥」意解為「久遠」，《故訓匯纂》：「冥邈，久遠也」（《故訓匯纂》，頁207），而釋為「玄遠」之意，《故訓匯纂》：「窈窈冥冥，言玄遠也」（《故訓匯纂》，頁207），如《素問‧徵四失論》：「窈窈冥冥」，王冰注（《故訓匯纂》，頁207）。另「冥」釋為「高遠」之意，《漢語大字典》：「冥，高遠」（《漢語大字典》，頁335），如漢張衡《思玄賦》：「遊塵外而瞥天兮，據冥翳而哀鳴」（《漢語大字典》，頁335）狀渺茫高遠之意。

（五）「冥」，詮解為「幽深」之意涵

「冥」字釋作「深」解，《故訓匯纂》：「冥，深也」（《故訓匯纂》，頁206），若《易‧豫》：「冥豫成」，陸德明釋文引王廙（《故訓匯纂》，頁206）云，以豫卦第六爻，其爻辭上六：「冥豫成，有渝无咎」說明極深的逸樂；亦釋作「窈」解，《故訓匯纂》：「冥，深也」（《故訓匯纂》，頁206），《陸機〈歎逝賦〉》：「或冥邈而既盡」，李善注引《說文》曰（《故訓匯纂》，頁207），其所謂深邈之意；《故訓匯纂》亦云：「冥奧者，冥冥深奧也」（《故訓匯纂》，頁207），所謂「冥奧」者，即是「冥冥深奧」之幽深意；《故訓匯纂》中謂「冥，深闇之窈也」（《故訓匯纂》，頁207），如《詩‧小雅‧斯干》：「噲噲其冥」，毛傳「冥，幼也」，孔穎達疏：「冥，幼，釋言文。爾雅亦或作窈。孫炎曰：冥，深闇之窈也。」（《故訓匯纂》，頁207）；「冥」字釋為「幽深」意，《故訓匯纂》：「冥，幽深也」（《故訓匯纂》，頁206），《漢書‧揚雄傳上》：「窮冥極遠者」，顏師古注（《故訓匯纂》，頁207），作窮冥幽深意，另若《漢語大字典》中「冥」字釋作「深、幽深」解（《漢語大字典》，頁335），如《太玄‧達》：「中冥獨達」（《漢語大字典》，頁335），晉傅咸《鸚鵡賦》：「言無往而不復，似探幽而測冥」（《漢語大字典》，頁335）皆形容深層冥幽之意。

統整以上釋「冥」之意涵，當聚焦訓釋為「幽—幽黯—幽寂—幽遠—幽深」的整體思維概念，聚焦釐清建構郭象「冥」字概念整然的哲學體系，如郭象所云：

> 窈冥昏默，皆了無也。夫莊老之所以屢稱無者，何哉？明生物者無物而物自生爾。自生爾，非為生也，又何有為於已生乎！（《莊子‧在宥》：「至道之精，窈窈冥冥；至道之極，昏昏默默。」注，頁381～382）

郭象所謂「窈冥昏默」之意，是建基在生機盎然的個體生命發展，深靜無為的能動基礎上，此生命能動所趨，若全然有為的行動造作，則生命將落入耗竭枯索的困頓，因此郭象體認窈冥昏默的關鍵核心，是「了無」的實踐思維，此相應《莊子》「至道之精，窈窈冥冥；至道之極，昏昏默默。」幽深靜默的宇宙道體思維，而轉化開展生物自生自爾的生命動能。

四、「玄妙」詞義的哲學詮釋

《故訓匯纂》中以「玄」「冥」連接二字詞語的記載，所謂「玄者，冥也」，《老子・一章》：「同謂之玄」，王弼注（《故訓匯纂》，頁 1438），以「玄」「冥」二字同意註解；亦註解為「玄，謂玄冥，言天色高遠，尚未盛明也」（《故訓匯纂》，頁 1438），所謂《素問・陰陽應象大論》：「其在天為玄」，王冰注」（《故訓匯纂》，頁 1438），此處意指玄冥是天色高遠，尚未聖明之象，相應幽深未明之景況，藉因形容天色之景象，隱喻「玄冥」冥默幽遠的意境。

因此端視「玄冥」詞語在訓詁文獻中的沿革，其義理詮解的意涵，以聚焦郭象詮解「玄冥」思想理路為中軸思考，茲敘述以符合郭象重構於個體生命的主軸邏輯概念中，詮解《莊子・秋水》中「且夫知不知是非之竟，而猶欲觀於莊子之言，是猶使蚊負山，商蚷馳河也，必不勝任矣。且夫知不知論極妙之言而自適一時之利者，是非埳井之鼃與？且彼方跐黃泉而登大皇，無南無北，奭然四解，淪於不測；無東無西，始於玄冥，反於大通。」之意涵，郭象注曰：「言其無不至也。」（《莊子・秋水》注，頁 604）這段內容，對於知識論的「真知」概念，化解於《莊子》的「先驗」思路上，形成見似衝突，卻推昇《莊子》特有的境界智慧，因此在〈秋水〉篇中《莊子》提出的「玄冥」詞語，所謂「始於玄冥，反於大通」，《莊子》以無南無北、無東無西的無限制的方位概念，呈顯了「無」的真實動態，此動態的平衡，源自於「玄冥」的境界，是返於「大通」的真實效驗，承繼郭象以《莊子》知識論的思考，因承轉化於無是無非的境界義，註解此「玄冥」之境，是「其無不至也」的哲學意涵。郭象在《莊子・序》中言及：

> 然莊生雖未體之，言則至矣。通天地之統，序萬物之性，達死生之變，而明內聖外王之道，上知造物無物，下知有物之自造也。……至人仁極乎無親，孝慈終於兼忘，禮樂復乎已能，忠信發

乎天光。用其光則其朴自成，是以神器獨化於 玄冥 之境而源流深

長也。（《莊子·秋水》注，頁27）

郭象在《序》中推崇《莊子》通達天地之統與死生之變，明乎內聖外王之道的言詞〔註2〕，已然實踐轉化「上知造物無物」的主體概念，其註解《莊子》所謂至人對於世間所有的仁義孝慈皆自化於兼忘自成的融通化境，此「神器獨化於玄冥之境」的總體思維，是郭象實踐自我主體的內化實踐，其深涵的內化意境，是個體獨自專注在自我寂靜清默的安住中，涵攝於幽深神妙的「玄冥」意境。

聚焦「獨化於玄冥」的思想〔註3〕，郭象詮解《莊子·齊物論》中：「景曰：『吾有待而然者邪？吾所待又有待而然者邪？吾待蛇蚹蜩翼邪？惡識所以然！惡識所以不然！』」注曰：

世或謂罔兩待景，景待形，形待造物者。請問：夫造物者，有耶無耶？無也？則胡能造物哉？有也？則不足以物眾形。故明眾形之自物而後始可與言造物耳。是以涉有物之域，雖復罔兩，未有不獨化於 玄冥 者也。故造物者無主，而物各自造，物各自造而無所待焉，此天地之正也。（《莊子·齊物》注，頁118～119）

郭象在強調始可言造物者的真正意涵，端在乎明白眾形自務之真理，因為在不

〔註2〕 牽涉到郭象所謂神器獨化於玄冥之境的關鍵詞句，康中乾認為「玄」者深遠也，「冥」者幽昏也；「玄冥」者幽深、深邃貌，指一種幽深奧妙的境或境界、境域。在郭象看來事物的「獨化」是一種幽深莫測的境或境域，這種境域當然不可用感官來把握，也無法用理性來把握，它是一種直覺的意會。很明顯「獨化」是有「玄冥」性或境界性這層涵義的。請參看康中乾，郭象「獨化」範疇釋義〔J〕，哲學研究，2007，（11），頁41。而許瑞娟認為因為想要創造整體和諧，因此說神器獨化於玄冥之境，主張「名教即自然」，郭象是玄學家中少數能伸展政治抱負者，也知道知識份子能否有權位實踐政治抱負非完全操之在己，須是自身條件與種種機緣遇合才能實現。郭象提供人人皆有逍遙可能的理論，也保留最高境界的論述。聖王身雖處廟堂之上，但因為順自然而為，不將天下據為己有，因此能不受制於外，心可以像處山林一般自由自在，達到遊外宏內、內外相冥、跡冥圓融的無待逍遙之境。請參看許瑞娟，郭象注《莊》的詮釋意義——以「逍遙」為討論中心〔J〕，臺灣大學哲學論評，2020，（60），頁27。

〔註3〕 余開亮認為玄冥指的即是物我相因、俱生、無待、自得的關係。我和物的關係，就如同形與影的關係一樣，二者之間不是因形生影的因果有待關係，而是形影俱生無待的關係。「外無所謝，而內無所矜」表明的是，「我」與「物」的相遇，既不是讓「物」來擾亂「我」的自生獨化，也不是讓「我」去點染「物」的獨化。因為「物」與「我」是各自因自身本性而獨化的。「物」與「我」雖各自獨化，但又相因相濟，遂成就一種物我玄冥的「適性逍遙」。請參看余開亮，郭象玄冥觀與審美意象創構的玄學理路〔J〕，學術月刊，2019，51（02），頁131。

斷生成的物化歷程中，所謂「罔兩／景／形」間，應是自然流暢而無所待焉，郭象將此現象歸諸於獨化於「玄冥」也，因為無所待，故萬物皆能各自自性自足，面對郭象所謂萬物面對外界的關鍵核心，是建基在萬物滿足於自性自足的基礎上，能通同於彼我相因、形景俱生的核心價值，即是讓彼我萬物皆能回歸於自體中的自性，在觀察本體內在核心的自性動力時，透過「彼我相因，形影俱生」的核心思想，郭象以冥默遠妙的「玄冥」境界，融通於物各自造的天地之正，以善擁不待於外逍遙自任的哲學思維。

五、結　論

　　綜上所論，本文的立論主旨，是聚焦郭象《莊子注》中「玄」「冥」二字訓詁釋義與思想義理共構的思想脈絡，藉以尋繹闡論開展了郭象對主體生命的中心思想。在通過郭象詮解通貫於「自然」的生成脈絡上，以「人」為主體的根源性思考，敞開實踐者生命獨任自性的流通無礙，在闡明了「生物者無物」紛冥昏默的狀態體系中，統整訓釋「玄」的「遠─幽深精微─寂靜清淨─微妙神妙」，與訓釋「冥」的「幽─幽黯─幽寂─幽遠─幽深」整體思維概念，自是冥合尊重了萬物自生自爾而無所干涉，在自然客體窈冥昏默的觀照下，萬物生命得以順任自我機體生命而呈顯著多元生命的生生姿態，此正涵攝「玄」「冥」詞語「幽深冥默遠妙」義理脈絡中，體現了訓詁與義理共構體系脈絡的哲學價值所在。

六、參考文獻

1. 孟琢，2023，「訓詁通義理」的現代之路：論中國訓詁學的闡釋學方向，《中國社會科學》第 3 期。

2. 張江，2022，「訓詁闡釋學」構想，《學術研究》第 12 期。

3. 許瑞娟，2022，郭象注《莊》的詮釋意義——以「逍遙」為討論中心，《臺灣大學哲學論評》第 60 期。

4. 余開亮，2019，郭象玄冥觀與審美意象創構的玄學理路，《學術月刊》第 51 卷第 2 期。

5. 陳少明，2018，由訓詁通義理：以戴震、章太炎等人為線索論清代漢學的哲學方法，《中國社會科學》第 7 期。

6. 康中乾，2007，郭象「獨化」範疇釋義，《哲學研究》第 11 期。

7. 〔清〕郭慶藩，1997，《莊子集釋》，北京：中華書局。

《楚辭·九歌》「與佳期兮夕張」小議[*]

凌嘉鴻[*]

摘　要

　　利用傳世文獻與出土文獻的異文材料，綜合考察楚辭《湘夫人》「與佳期兮夕張」句的意義，解釋其大意為「數著日子向西瞻望」。

關鍵詞：楚辭；夕張；瞻；秋

＊　基金項目：本文為中山大學饒宗頤研究院 2022 年度「饒學」研究招標課題「饒宗頤古文獻釋讀方法研究」（RY22001）的階段性成果。

＊　凌嘉鴻，男，1994 年生，廣東湛江人，主要研究方向為出土文獻與古文字。廣東第二師範學院文學院，廣州 510303。

自屈原賦《離騷》至劉向集成《楚辭》近三百年，再至王逸作《楚辭章句》，又有百餘年。《楚辭》原文古奧，又摻雜有楚地方言的因素，讀解不易，再加上經歷了四百年的文字輾轉傳抄，文字形體由楚文字至古隸，又變而為漢隸，使得今日所見之《楚辭》文本難以索解之處更多。饒宗頤1978年曾提出以考古資料來印證《楚辭》，本文所釋《楚辭・九歌》「與佳期兮夕張」句即是一例。

《湘夫人》「與佳期兮夕張」句前後文見下：

> 帝子降兮北渚，目眇眇兮愁予。嫋嫋兮秋風，洞庭波兮木葉下。〔登〕白蘋兮騁望，與佳期兮夕張。鳥萃兮蘋中，罾何為兮木上？沅有芷兮醴有蘭，思公子兮未敢言。荒忽兮遠望，觀流水兮潺湲。麋何食兮庭中？蛟何為兮水裔？朝馳余馬兮江皋，夕濟兮西澨。聞佳人兮召予，將騰駕兮偕逝。築室兮水中，葺之兮荷蓋。……（《楚辭・九歌・湘夫人》）

其中「白蘋兮騁望」句，《文選》尤本、六臣本句前有「登」字；洪興祖校云「一本『佳』下有『人』字，一云『與佳人兮期夕張』」。〔註1〕王逸注：「佳，謂湘夫人也。不敢指斥尊者，故言『佳也』。張，施也。修設祭具，夕早灑掃，張施帷帳，與夫人期，歆享之也。」〔註2〕此說從者甚眾。〔註3〕此種理解有兩個立足點：一是「與佳期」有異文作「與佳人期」或「與佳人兮期夕張」，二是「夕張」之「張」，訓為「施」。

關於「夕張」之「張」訓「施」之說，姚小鷗（2002）曾撰《〈楚辭・九歌〉「與佳期兮夕張」解》駁正。姚氏舉漢代文獻「瞻」與「章（彰）」相同證「夕張」讀為「夕瞻」。姚說可信，但可惜的是姚氏在「章」與「瞻」通轉至「章」與「張」通之間未舉出例證，即無「張」與「章」通的例子將「張」與「瞻」聯繫起來。這是因為姚文發表年代較早，北大簡《趙正書》未出。傳世文獻之「章邯」，《趙正書》簡47正作「張邯」，〔註4〕可證姚說實屬有見。

「夕張」可讀為「夕瞻」，但其確切意義應是「西瞻」，意指「向西瞻望」。朝陽自東方升起，夕陽在西方落下，這是古人樸素的生活經驗。所以古人會

〔註1〕《楚辭補注》，第97～98頁。
〔註2〕《楚辭章句》，第50～51頁。
〔註3〕諸家之說近同處頗多，此不備舉，可參《楚辭集校集釋》，第809～813頁。
〔註4〕《北京大學藏西漢竹書》（三），第173、193頁。

以「朝」「夕」表示「東向」與「西向」，如《周禮‧秋官‧司儀》「凡行人之儀，不朝不夕，不正其主面，亦不背客。」鄭玄注：「不正東向，不正西向……」，賈公彥疏：「朝謂日出時，為正向東；夕謂日入時，為正向西。」從鄭、賈注疏可以看到漢唐時仍有這種觀念。《湘夫人》下文即云「朝馳余馬兮江皋，夕濟兮西澨」，《離騷》亦有「朝發軔於天津兮，夕餘至乎西極」，均是這種生活觀念的體現。西晉陸機《招隱詩》有句作「朝採南澗藻，夕息西山足」，也反映了這種觀念。不僅「夕」與「西」關係密切，「夕」「西」與「秋」也有密切的聯繫，《離騷》有「朝飲木蘭之墜露兮，夕餐秋菊之落英。」先秦兩漢文獻多見「西」「秋」「愁」並舉者，如：《尸子》「秋為禮。西方為秋。秋，肅也。萬物莫不肅敬，禮之至也。」又《禮記‧鄉飲酒義》「西方者秋，秋之為言愁也，愁之以時，察守義者也。」又《尚書大傳‧唐傳‧堯典》「西方者何也？鮮方也。鮮，訊也，訊者，始入之兒。始入者，何以謂之秋？秋者，愁也。愁者，萬物愁而入也，故曰『西方者秋也』。」又《素問‧金匱真言論》：「西風生於秋」。蔡邕《獨斷》云：「天子父事天，母事地，兄事日，姊事月，常以春分朝日於東門之外，亦有所尊，訓人民事君之道也。秋夕朝月於西門之外，別陰陽之義也。」可見《湘夫人》「嫋嫋兮秋風，洞庭波兮木葉下」「白蘋兮騁望，與佳期兮夕張」與「朝馳余馬兮江皋，夕濟兮西澨」前後相承，文意一貫。

既然後一立足點不成立，那「與佳期」意為「與夫人期」也就很可疑了。原文本作「與佳期兮夕張」，異文作「與佳人期」或「與佳人兮期夕張」，兩種異文的文意有同有異，相同之處在都是指「與夫人」，不同之處在一個是「與佳人（夫人）相期」，一個是「與佳人（夫人）相期於『夕張』」。過去有學者認為第二種異文不可信，〔註5〕前舉姚文釋「夕張」為「夕瞻」之後，此說不攻自破。至於第一種異文「與佳人期兮夕張」，聞一多於此有過討論：「當從一本於『佳』下補『人』字。下文『聞佳人兮召予』，亦作「佳人」可資佐證。（曹丕《大牆上蒿行》『與佳人期為樂康』，又《秋胡行》『朝與佳人期，日夕殊不來』，語法仿此。）《文選》謝希逸《月賦》注、謝玄暉《晚登三山遠望京邑》注引並作『佳人』。」〔註6〕聞說所引下文「聞佳人」與「與佳人期」句法

〔註5〕《楚辭集校集釋》，第 809～813 頁。
〔註6〕轉引《楚辭集校集釋》，第 810 頁。

結構不同，一是動賓結構，一是用連詞「與」聯結隱含的「我」與「佳人」作為主語，「期」作為謂語。聞氏引曹丕之詩句之「與佳人期為樂康」、「朝與佳人期，日夕殊不來」與「與佳人期」句法結構相同，但曹丕詩句晚出，距《九章》創作的年代已遠，作為證據可靠性較弱。《文選》注引的材料或即洪興祖所本，也不能確證「佳」後有「人」字。且如解作「與佳人相約向西遠眺」也與文意不合。所以第一種異文可能是由於「佳人」是慣常用語，書手誤在「佳」字後增「人」字所致。但也不能排除是由於原文作「與佳期兮夕張」，語法結構與「與……期」類似，抄手理解為「與某人相約」而誤增一字。

如果原文不誤，「〔登〕白蘋兮騁望，與佳期兮夕張」應與下文「荒忽兮遠望，觀流水兮潺湲」句句法結構類似，即「兮」前的形容詞「荒忽」描述動詞詞組「遠望」的狀態，或「兮」後的形容詞「潺湲」描述動賓詞組「觀流水」中賓語的狀態。此句中的「夕張（瞻）」作為一個狀中結構的動詞詞組出現在「兮」之後，那麼這裏解作描述動賓詞組中賓語的狀態自然不可能。因此，「與佳期」是作為一個形容詞性的結構描述「夕張（瞻）」這個動詞詞組的狀態。王夫之釋「與佳期兮夕張」謂「與，如《禮記》『生與來日』〔註7〕之與，數也。……目極白蘋之浦，而望神之降落，因豫數吉日……」〔註8〕結合王說，此句相當於說「數著日子向西瞻望」。下文有「沅有芷兮醴有蘭，思公子兮未敢言」句，此之「公子」應即「西望」所思之人，由思念而產生愁緒，從而與上文言「愁」「秋風」「木葉下」等語相呼應。還可與《九章·思美人》中的「指嶓塚之西隈兮，與纁黃以為期」相比較，《思美人》篇主旨亦與《湘夫人》「思公子」句詩境相合。故《思美人》「與纁黃以為期」可看作《湘夫人》「與佳期兮夕張」句的注腳。《九章·思美人》「與」字，馬茂元注「數也」，〔註9〕甚是。王逸注「纁黃」「蓋黃昏時也」，此句即謂「計算落日的餘暉來作為約定的時日」。

本文在前輩學者釋讀的基礎上，贊同姚小鷗將《楚辭·九歌》「與佳期兮夕張」之「夕張」讀作「夕瞻」；進而在姚說基礎上，將「夕瞻」之「夕」與「西」「秋」等文學意象聯繫起來，提出「夕瞻」之「夕」應是意指「西向」，

〔註7〕《禮記·曲禮上》「生與來日，死與往日」，鄭玄注「猶數也。」
〔註8〕《楚辭集校集釋》，第811頁。
〔註9〕《楚辭集校集釋》，第1658～1661頁。

「夕瞻」可解作「向西瞻望」；確定「夕瞻」的語義之後，通過分析「與佳期兮夕張」及相關句子的句法結構，贊同馬茂元將「與」字訓「數」，從而將此句譯作「數著日子向西瞻望」。

參考文獻

1. 〔宋〕洪興祖撰，黃靈庚點校，2015，《楚辭補注》，上海：上海古籍出版社。

2. 〔漢〕王逸撰，黃靈庚點校，2017，《楚辭章句》，上海：上海古籍出版社。

3. 北京大學出土文獻研究所編，2015，《北京大學藏西漢竹書》（三），上海：上海古籍出版社。

4. 崔富章、李大明主編，2003，《楚辭集校集釋》，武漢：湖北教育出版社。

5. 饒宗頤，2009，騷誌說——附「楚辭學及其相關問題」，《饒宗頤二十世紀學術文集・卷十一・文學》，北京：中國人民大學出版社。

6. 姚小鷗，2002，《楚辭・九歌》「與佳期兮夕張」解，中國屈原學會編《中國楚辭學》（第一輯），北京．學苑出版社。

《漢語大詞典》讀後箚記數則[*]

劉　曄[*]

摘　要

　　本文擇取了閱讀《漢語大詞典》時所見問題及疑惑數條，涉及不當節引所致例證與釋義不合、引證有誤及句讀問題、釋義不當等方面。嘗試結合古書閱讀提出一己之見，以期得到專家指正並對大型辭書的修訂有所幫助。

關鍵詞：《漢語大詞典》；句讀；節引；釋義；辭書修訂

---

[*]　基金項目：本文受天津市哲學社會科學規劃項目的資助，項目編號：TJZW19-007。

[*]　劉曄，女，1979 年，遼寧瀋陽人，博士研究生，講師，主要研究方向為漢語言文字。天津理工大學語言文化學院，天津 300384。

　　本文擇取了閱讀《漢語大詞典》（行文中簡稱《大詞典》）時所見問題及疑惑數條，完善成箚記，以按語形式呈現。內容主要涉及不當節引所致例證與釋義不合、引證有誤及句讀問題、釋義不當等三方面。為免繁複，若所涉詞語例證較多，則僅擇取與要討論的內容相關的例證，其他一概省去。

一、不當節引致例證與釋義不合

　　〔慮囚〕（第 7 冊第 692 頁右欄）

　　〔慮囚〕訊察記錄囚犯的罪狀。慮，通「錄」。《漢書·雋不疑傳》「每行縣錄囚徒還」唐顏師古注：「省錄之，知其情狀有冤滯與不也。今云『慮囚』，本錄聲之去者耳。」宋王觀國《學林·慮囚》：「前漢、後漢皆稱錄囚，《唐史》、《五代史》皆稱慮囚，二字皆是也。」

　　按：考王觀國關於「慮囚」的原文為：

　　　　《前漢·雋不疑傳》：「不疑為京兆尹，每行縣錄囚徒。」顏師古注曰：「省錄之，知其情狀有冤滯與否也。今云慮囚，本錄聲之去者耳，音力具反。而近俗不曉其意，訛其文，遂為思慮之慮，失其源矣。」

　　　　觀國按：《前漢》、《後漢》皆稱錄囚，《唐史》、《五代史》皆稱慮囚，二字皆是也。錄者，省錄之也；慮者，謀議之也。《周禮·朝士》：「若邦凶荒札喪寇戎之故，則令邦國都家縣鄙慮刑貶。」鄭氏注曰：「慮，謂謀也，謂當圖謀緩刑貶減也。」《雨無正》詩曰：「昊天疾威，弗慮弗圖。舍彼有罪，既伏其辜。」鄭氏箋曰：「慮、圖皆謀也」。由此觀之，則史言慮囚者，謀議之欲不失其情也。顏師古乃謂近俗不曉其意，訛為思慮之慮，失其源，蓋師古未嘗稽攷，而遽生非訾耳。〔註1〕

　　《大詞典》引王觀國一例有兩處錯誤：

　　其一，「前漢」「後漢」標點有誤。據王氏文意，應指《漢書》《後漢書》兩部史書，而《大詞典》用下劃綫標示，不妥。

　　其二，曲解王氏觀點。茲不論王氏之說可取與否，顯而易見的是，王氏之

───────────

〔註 1〕〔宋〕王觀國《學林》，田瑞娟點校，中華書局，1988 年，第 89 頁。

意乃謂「慮囚」、「錄囚」皆是，並非二者相通而為一義也。其明言「慮」為謀議之義，「錄」為省錄之義，《唐史》、《五代史》作「慮囚」是「謀議之欲不失其情」之義，而《前漢》、《後漢》作「錄囚」乃是視察並記錄之義，此二義施之文意皆通。《大詞典》在「慮」通「錄」下節引王觀國此條為證，是斷章取義，曲解王氏之意。《大詞典》此舉影響至其他辭書，《古代漢語通假字大字典》也在「慮」通「錄」下節引王觀國《學林·慮囚》為證。〔註2〕（參見是書第311頁）竊謂此條例證當刪。

當代大型辭書在徵引古人見解時，不應斷章取義，曲解原意。類似於上例之節引便有不當節引之誤，致使舉證與釋義觀點不合，甚至相悖。

二、引證有誤及例證句讀商榷

《大詞典》偶見引證有誤之現象，包括誤字、缺字、引證中沒有被釋詞等，以下列舉二例。

1.〔二代〕（第1冊第122頁右欄）

〔二代〕兩个朝代。《文選·上儼〈褚淵碑文〉》：「孰能光輔五君，宣亮二代者哉？」李善注：「五君，宋文、明、順、齊高、武。」張銑注：「二代，謂齊宋也。」

按：「宣亮」不辭，應為「寅亮」。考《文選》卷第五十八《碑文》上《褚淵碑文》作「寅亮」〔註3〕。唐抄本作「夤亮」〔註4〕。《大詞典》釋〔寅亮〕一詞，引《褚淵碑文》不誤，原文如下：「自非坦懷至公，永鑒崇替，孰能光輔五君，寅亮二代者哉！」一本作「夤亮」。（見第3冊第1504頁右欄）。可見，〔二代〕一詞下徵引同一例證作「宣亮」，乃因「宣、寅」二字形近而誤「寅」為「宣」。

〔註2〕 王海根編：《古代漢語通假字大字典》，福建人民出版社，2006年1月，第311頁。原文在引證後下按語云：「宋王觀國《學林·慮囚》：『《前漢》《後漢》皆稱『錄囚』，《唐史》、《五代史》皆稱『慮囚』，二皆是也。』是編者認為「慮」通「錄」。

〔註3〕 〔梁〕蕭統編，〔唐〕李善注：《文選》（全六冊），上海古籍出版社，1986年8月，第2517頁。

〔註4〕 佚名編選：《唐鈔文選集注匯存》（全三冊），第3冊，上海古籍出版社，2000年7月，第850頁。

2.〔文學〕（第 6 冊第 1543 頁左欄）

〔文學〕詞條下義項 6 作：特指有關獄訟的文書、文件。《史記·蒙恬列傳》：「恬嘗書獄典文學。」司馬貞索隱：「謂恬嘗學獄法，遂作獄官文學。」

按：《史記》卷八十八《蒙恬列傳》：「恬嘗書獄典文學。」《索隱》謂恬嘗學獄法，遂作獄官，典文學。〔註5〕《大詞典》引《索隱》內容中少一「典」字。此「典」乃掌管、主持、任職義，即蒙恬學獄法，作獄官，主持掌管法律文書等工作。若依《大詞典》作「作獄官文學」，則不辭。

3.〔決〕（第 5 冊第 1017 頁右欄）

「決¹」義項 14 釋例如下：

果斷。銀雀山漢墓竹簡《孫臏兵法·將義》：「將者不可以不智勝。」（餘例略）

按：此例中未見被釋字「決」。考《銀雀山漢墓竹簡（貳）·論政論兵之類》一九「將義」條為：「將者，不可以不智（知）勝，不智（知）勝……則軍无口。故夬（決）者，兵之尾也。」〔註6〕（曄注：原釋文中作「決」者應即「決」。）

《大詞典》引證不全，未及被釋字「決」所在原文，使得引證失去意義，應校改。

《大詞典》還偶見例證句讀問題，如：

4.〔出路〕（第 2 冊第 499 頁左欄）

〔出路〕②前途；發展的方向。南朝宋劉義慶《世說新語·豪爽》：「乃開後閣，驅諸婢妾數十人，出路任其所之。」（餘例略）

按：考《世說新語》余嘉錫箋疏本、徐震堮校箋本、龔斌校釋本皆作：「乃開後閣，驅諸婢妾數十人出路，任其所之。」〔註7〕竊以為諸本斷句較《大詞典》為佳。此句「出路」應指出門義。考《世說新語》此條為：「王處仲世許

〔註5〕〔漢〕司馬遷撰；〔宋〕裴駰集解；〔唐〕司馬貞索隱；〔唐〕張守節正義：《史記》（全十冊），修訂本，中華書局，2014 年 8 月，第 3113 頁。初版 1963 年 6 月第 2565 頁同。

〔註6〕銀雀山漢墓竹簡整理小組編：《銀雀山漢墓竹簡（貳）》，文物出版社，2010 年 1 月，第 157 頁。

〔註7〕余嘉錫：《世說新語箋疏》，中冊，中華書局，2007 年 10 月第 2 版，第 702 頁；徐震堮《世說新語校箋》，中華書局，2001 年 8 月，第 326 頁；龔斌：《世說新語校釋》（增訂本），第二冊，上海古籍出版社，2019 年 10 月第 2 版，第 1280 頁。

高尚之目。嘗荒恣於色，體為之弊，左右諫之，處仲曰：『吾乃不覺爾，如此者甚易耳。』乃開後閣，驅諸婢妾數十人出路，任其所之，時人歎焉。」「乃開後閣」表明「出路」應指出閣門，而非「前途」義。此條意在表明王敦性格之豪爽，劉孝標注引鄧粲《晉紀》曰：「敦性簡脫，口不言財，其存尚如此。」龔斌校釋：「簡脫，亦作『簡倪』，謂簡易通脫，落拓不羈。葛洪《抱朴子・外篇・譏惑》：『抑斷之儀廢，簡脫之俗成。』脫，簡易，疏略，與『簡』義近。《左傳》僖公三十三年：『輕則寡謀，無禮則脫。』杜預注：『脫，易也。』楊伯峻注：『脫，簡易也。』《史記》二三《禮書》：『凡禮始乎脫，成乎文，終乎稅。』司馬貞《索隱》：『脫，猶疏略也。』」〔註8〕以上皆意在表明王敦性簡脫豪爽，故當左右就其「荒恣於色，體為之弊」而諫之，其曰：「吾乃不覺爾，如此者甚易耳。」於是開後閣，將數十婢妾驅趕出門，由此可見其「簡脫」。若將「出路」屬下，釋為「前途，發展的方向」義，則與前文「乃開後閣」意不相屬。

「出路」可指出門，《大詞典》最早例證為宋陶穀《清異錄・千里燭》：「我半生不曾使一文油錢，在家則為扇子燈，出路則為千里燭，意其日月也。」竊以為此例嫌晚。隋代《妙法蓮華經文句》卷第二：「時人笑之：『累世難通，一生非冀。』唶然歎曰：『在家為姊所勝，出路為他所輕。』」（《大正新脩大藏經》第 34 冊第 17 頁）〔註9〕此「出路」與「在家」對言，可知「出路」即出門。此例較《大詞典》例證更早。

綜上，竊以為此句當斷為「驅諸婢妾數十人出路」即指驅趕諸婢妾出閣門之義，此較《漢語大詞典》句讀更合文意。

三、釋義不妥

1.〔冰衿〕（第 2 冊第 393 頁左欄）

〔冰衿〕猶拂袖。南朝宋劉義慶《世說新語・規箴》：「郗太尉晚節好談，既雅非所經，而甚矜之。後朝觀，以王丞相末年多可恨，每見，必欲苦相規誡。王公知其意，每引作它言。臨還鎮，故命駕詣丞相，丞相翹須厲色上坐。

〔註8〕 龔斌：《世說新語校釋》（增訂本），第 1281 頁。
〔註9〕 此例採自中華電子佛典協會（CBETA）網站。

便言：『方當乖別，必欲言其所見。』意滿口重，辭殊不流。王公攝其次曰：『後面未期，亦欲盡所懷，願公勿復談。』郗遂大瞋，冰衿而出，不得一言。」

按：《大詞典》該詞項下僅一例，且以「猶」關聯與文意相近的詞語作為釋義，不甚嚴謹，並未闡明詞義之來由。

今讀龔斌《世說新語校釋》，此段原文作：

> 郗太尉晚節好談，既雅非所經，而甚矜之。後朝覲，以王丞相末年多可恨，每見必欲苦相規誡。王公知其意，每引作它言。臨還鎮，故命駕詣丞相，丞相翹須屬色，上坐〔註10〕便言：「方當乖別，必欲言其所見。」意滿口重，辭殊不流。王公攝其次曰：「後面未期，亦欲盡所懷，願公勿復談。」郗遂大瞋，冰衿而出，不得一言。〔註11〕

余嘉錫《世說新語箋疏》云：「冰衿」，唐寫本作「冰矜」。〔註12〕龔斌《校釋》亦同，其詳如下：

> 唐寫本作「冰矜」。王世貞云：「冰矜二字未解。」凌濛初云：「冰矜，意者寒戰也。人怒極恆有此。冰矜二字，愚意謂襟懷不得達，冷結而出也，不識是否？」《世說音釋》：「《通鑑》曰：『猶言冷也。』《正字通》曰：『言懷抱冷也。』案：『衿』同『襟』，似謂熱懷頓冷也。」余箋謂「冰衿」不可解，當從唐寫本作「冰矜」，「蓋郗公不善言辭，故瞋怒之餘，惟覺其顏色冷若冰霜，而有矜奮之容也。陳僅《捫燭脞存》一二謂『冰衿謂涕泗沾衿』，未是。」周一良《魏晉南北朝詞語小札》「冰矜」條從余箋，謂嵇康《家誡》，「而勿大冰矜，趨以不言答之，勢不得入，行自止也。」正作矜。矜蓋謂矜持之意，冰則謂其嚴厲。（下略）目加田誠氏日譯本《世說新語》譯冰衿為胸如冰結，解釋為猶如爽然自失。馬瑞志英譯本亦譯為胸襟如冰，皆不知冰衿之當作冰矜也。按，周說是。〔註13〕

〔註10〕余嘉錫本「上坐」屬下，即「上坐便言」。見《世說新語箋疏》，中冊第 666 頁。徐震堮《校箋》云：「丞相」二字唐寫本及沈校本無，則「翹須屬色」者乃郗也。當讀「翹須屬色，上坐便言」。見第 310 頁。皆與《大詞典》所引句讀有別。

〔註11〕龔斌：《世說新語校釋》（增訂本），第二冊，第 1221～1222 頁。

〔註12〕余嘉錫：《世說新語箋疏》，中冊，第 667 頁。

〔註13〕龔斌：《世說新語校釋》（增訂本），第二冊，第 1223～1224 頁。

竊謂龔按所引余氏校箋及周氏小札理據較為充分，結論或可從。首先，《世說》此句中「冰衿」作生氣大怒理解，於義雖通，但於詞面的聯繫很難理解；其次，唐寫本作「冰矜」；最後，嵇康《家誡》一例，「冰矜」的解釋較各家更勝。《重編國語辭典修訂本》釋「冰衿」一詞為：「神色冷冰驕矜」，與余箋、周說近似，較《大詞典》更勝。詞典中涉及孤證的釋義或可多從古今學者的著作中尋覓一些綫索。

2.〔釣磝〕（第 11 冊第 1208 頁左欄）

〔釣磝〕水中便於垂釣之石。南朝宋劉義慶《世說新語·雅量》：「王僧彌、謝車騎共王小奴許集。僧彌舉酒勸謝云：『奉使君一觴。』謝曰：『可爾。』僧彌勃然起，作色曰：『汝故是吳興溪中釣磝耳！何敢譸張！』」清錢謙益《吳門送福清公還閩》詩之七：「釣磝自攜新煉石，臥床還弄舊書雲。」

按：「釣磝」確可指水中垂釣之石，如引錢謙益詩。然以此義施於《世說新語》一例中，則文意不達。王僧彌勃然作色，為何要罵謝玄為「水中便於垂釣之石」呢？令人費解。龔斌《世說新語校釋》此條「釣磝」校釋云：

《世說箋本》：「『磝』疑當作『褐』，褐，賤者所服。」

李慈銘云：「案『磝』當作『羯』，玄之小名也。《世說》作『遏』，以封、胡推之，作『羯』為是。蓋取胡、羯字為小名，寓簡賤之意，如犬子、狗子（亦作『苟子』）、佛大之類，古人小名，皆此義也。此舉其小名，故曰釣羯。」

余箋：「《御覽》四四六引《語林》：『謝磝絕重其姊。』正作『磝』。蓋羯、磝通用。……謝玄平生性好釣魚，故王珉就其小字生義，詆為吳興溪中釣磝，言汝不過釣魚之羯奴耳。』」

王利器校：「案『磝』疑當作『褐』，《左》哀十三年傳：『余與褐之父睨之。』晉杜預注：『褐，寒賤之人也。』《孟子·公孫丑章》上曰：『視刺萬乘之君，若刺褐夫。』《荀子·大略篇》：『衣則豎褐不完。』唐楊倞注：『豎褐，童僕之褐也。』此處的『釣褐』，也就是和『豎褐』意同。」

楊箋、朱注同王校。

按，謝玄出身名族，為車騎將軍，非寒賤之人。王校不可從。當以李慈銘、余箋為是。〔註14〕

竊謂龔按結論較《大詞典》理據充分，更為合理。《世說新語》中多見以人名諱做譏諷文章之例，如《排調》二：「晉文帝與二陳共車，過喚鍾會同載，即駛車委去。比出，已遠。既至，因嘲之曰：『與人期行，何以遲遲？望卿遙遙不至。』會答曰：『矯然懿實，何必同群。』帝復問會：『皋繇何如人？』答曰：『上不及堯舜，下不逮周孔，亦一時之懿士。』」「遙遙不至」之「遙」指鍾會之父鍾繇，晉文帝「駛車委去」卻反稱鍾繇遲來，是對鍾會的大不敬。而鍾會以「矯然懿實，何必同群」一語，將文帝父司馬懿、陳泰父陳群、祖父陳寔一併反譏，體現了「魏晉人物賞鑒重才智，嘲戲一能表現人物之應對遲速及語言能力」。〔註15〕《排調》三三載庾翼子庾園客答孫盛的精彩回合，也是以父名為戲表現其才智之高〔註16〕，可見魏晉人的活潑情致。上述兩條與「釣碣」異曲同工，故竊以為「釣碣」取余箋之說更勝，即「釣羯」，義為「釣魚之羯奴」。

3.〔淵注〕（第5冊第1485頁右欄）

〔淵注〕深入灌注。南朝宋劉義慶《世說新語·言語》：「謝中郎經曲阿後湖，問左右此是何水？答曰：『曲阿湖。』謝曰：『故當淵注渟著，納而不流。』」

按：《辭海》同《大詞典》。竊疑此義有誤。釋為深入灌注，是以「注」為灌注，「淵」為深，則「淵注」為偏正結構，與下文「渟著」連屬，則文意不通。「注」本有聚集義。如：《周禮注疏》卷四《天官·獸人》：「令禽注于虞中。」賈公彥疏：「注猶聚也。」〔註17〕《老子》第四十九章：「百姓皆注其耳目，聖人皆孩之。」朱謙之案云：「『注』猶聚也，《周禮·獸人》及《樊田》疏：『注猶聚也。』注其耳目，即聚其耳目。」〔註18〕則「注」有集中、聚集義。「淵注」之「注」亦如此，水流聚集一處，則呈現水深的狀態。「渟」指水聚集不

〔註14〕龔斌：《世說新語校釋》（增訂本），第二冊，第817～818頁。

〔註15〕龔斌：《世說新語校釋》（增訂本），第三冊，第1660～1661頁。

〔註16〕《世說新語·排調》三三：「庾園客詣孫監，值行，見齊莊在外，尚幼，而有神意。庾試之曰：『孫安國何在？』即答曰：『庾稚恭家。』庾大笑曰：『諸孫大盛，有兒如此！』又答曰：『未若諸庾之翼翼。』還語人曰：『我故勝，得重喚奴父名。』」參見龔斌：《世說新語校釋》（增訂本），第三冊，第1708頁。

〔註17〕《文淵閣四庫全書》，經部，第90冊，第81頁。

〔註18〕朱謙之：《老子校釋》，中華書局，2000年9月，第196～197頁。

流。《史記・李斯列傳》：「禹鑿龍門，通大夏，疏九河，曲九防，決淳水致之海。」〔註19〕《文選》卷十八馬融《長笛賦》：「於是山水猥至，渟涔障潰。」李善注引《埤蒼》曰：「渟，水止也。」〔註20〕

竊謂「著」應通「貯」，聚集也。《集韻・語韻》：「貯，展呂切，積也。或作箸、著，通作褚。」《史記・貨殖列傳》：「子贛既學於仲尼，退而仕於衛，廢著鬻財於曹、魯之間，七十子之徒，賜最為饒益。」裴駰《集解》曰：「徐廣曰：《子贛傳》云『廢居』。著猶居也。著讀音如貯。」司馬貞《索隱》云：「著音貯。《漢書》亦作『貯』，貯猶居也。《說文》云：『貯，積也。』」〔註21〕《鹽鐵論校注》卷四《貧富》：「子貢以著積顯於諸侯、陶朱公以貨殖尊於當世。」〔註22〕「著積」同義連文。

「淵注渟著」應指水流積聚不流的狀態。龔斌《世說新語校釋》注云：「淵注，水深貌。《文選》左思《吳都賦》：『振盪注流。』劉淵林注：『注，流水深貌。』渟，水積聚不流貌。《文選》王融《三月三日曲水詩序》：『嶽鎮淵渟。』李善注引《孫子兵法》『其鎮如山，其渟如淵。』（此處引文有節略）《晉書》九四《董京傳》：『靜如川之渟。』渟著，義同『渟蓄』，謂水積聚不流。仲長統《意林》：『人之性，有山崎淵渟者，患在不通。』（《全後漢文》八九）『淵注渟著』，義同『淵渟』，指曲阿湖水不流動。」〔註23〕

綜上，則「淵注」與「渟著」乃近義連文，指水深而靜止的狀態，是對水的靜態描寫。如將「注」釋為灌注，則失其意蘊。將「深入灌注」置於此句中，文意不達。故《大詞典》引《世說新語》為例，釋「淵注」為「深入灌注」，不妥，當校改為「水流積聚貌，水深貌」。

4.〔怨毒〕（第7冊第449頁右欄）

〔怨毒〕①怨恨，仇恨。《戰國策・趙策一》：「今足下功力，非數痛加於秦國，而怨毒積惡，非曾深凌於韓也。」

〔註19〕 〔漢〕司馬遷撰；〔宋〕裴駰集解；〔唐〕司馬貞索隱；〔唐〕張守節正義：《史記》（修訂本），中華書局，2014年8月，第3098頁。

〔註20〕 〔梁〕蕭統編，〔唐〕李善注：《文選》，上海古籍出版社，1986年8月，第809頁。

〔註21〕 〔漢〕司馬遷撰；〔宋〕裴駰集解；〔唐〕司馬貞索隱；〔唐〕張守節正義：《史記》（修訂本），第3955頁。

〔註22〕 王利器校注：《鹽鐵論校注》（定本），中華書局，1992年7月，第221頁。

〔註23〕 龔斌：《世說新語校釋》（增訂本），第一冊，第299頁。

　　按：竊謂此例之「怨毒」並非怨恨、仇恨義，而是「積蓄的怨恨」，「怨毒」與「積惡」對文，「怨」、「積」同義，皆是積蓄義。「怨」從「夗」得聲，《說文解字》（注：以下簡稱《說文》）七上夕部：「夗，轉臥也。从夕从卩，臥有卩也。」段玉裁注曰：「凡夗聲、宛聲字皆取委曲意。」〔註24〕《說文》十三上虫部：「蟺，夗蟺也。」段注：「夗，轉臥也，引申為凡宛曲之稱。夗蟺疊韻，謂凡蟲之冤曲之狀。」〔註25〕委曲、宛曲、冤曲皆謂曲折輾轉，繼而則有蘊蓄堆積義，故從「夗」得聲之字亦有蓄積義。揚雄《方言》十三：「宛，畜也。」華學誠《校釋匯證》曰：「宛，戴震《方言疏證》：『郭璞《葬書》：「言宛而中蓄。」正合此義。』章炳麟《新方言·釋言》：『《爾雅》：「宛中、宛丘。」孫炎曰：「中央下。」蓋中窊可積蓄者為宛，故盌亦從夗聲。淮南謂圈席蓄米為宛，因名其物為宛積，讀若窩。籠簟之屬亦曰宛，蜃蛤之屬亦曰宛，音在畏彎之間，皆以中央宛下得名。《考工記》「恆當弓之畏」，故書作「威」，杜子春云：「威謂弓淵。」《釋名》：「淵，宛也。」言曲宛也。宛、淵、畏、彎，一音之轉。』按：《文選》陶潛《始作鎮軍參軍經曲阿作》：『宛轡憩通衢。』張銑注：『宛，讀為蘊。』《孔子家語·五儀》：『富則天下無宛財。』王肅注：『宛，私積也。』《史記·律書》：『言陽氣冬則宛藏於虛。』張守節《正義》：『宛，音蘊。』財物積聚謂之宛，心有所鬱積亦謂之『宛』。《玉篇·宀部》：『宛，心所鬱積也。』《禮記·內則》：『兔則宛脾。』鄭玄注：『宛，或作鬱。』《說文·林部》：『鬱，木叢者。』段玉裁注：『鄭司農注《考工記》曰：「惌，讀如『宛彼北林』之宛。」《桑柔》傳曰：「菀，盛兒。」按，宛、菀皆即鬱字。』」〔註26〕《史記》卷一百五《扁鵲倉公列傳》：「病蟯得之於寒溼，寒溼氣宛篤不發，化為蟲。」裴駰《集解》：「宛，音鬱。」〔註27〕朱駿聲《說文通訓定聲·乾部》：「論語曰：『怨乎？』皇疏：『恨也。』《賈子·道術》：『施行得理謂之德，反德為怨。〔叚借〕為「蘊」、為「鬱」。《荀子·哀公》：『富有天下而無怨財。』」〔註28〕朱以為「怨」之蘊蓄、鬱積義乃假

〔註24〕〔漢〕許慎撰，〔清〕段玉裁注：《說文解字注》，上海古籍出版社，1981 年 10 月，
　　　　第 315 頁。
〔註25〕同註 1，第 671 頁下欄。
〔註26〕華學誠等：《揚雄方言校釋匯證》，2006 年 9 月，第 898～899 頁。
〔註27〕〔漢〕司馬遷撰，〔宋〕裴駰集解，〔唐〕司馬貞索隱，〔唐〕張守節正義：《史記》
　　　　（修訂本），中華書局，2014 年 8 月，第 3395 頁。
〔註28〕〔清〕朱駿聲撰：《說文通訓定聲》，武漢市古籍書店 1983 年 6 月，第 710 頁上欄。

借，實則「怨」之本有之義。「夗」為影母元部字，「蘊」為影母文部字，二者雙聲，韻部旁轉，聲近義通。

近日讀《義府續貂》「怨」條，引《韓非子·外儲說右下篇》：「故恆公巡民，而管仲省腐財怨女。」「蓄積有腐棄之財，則人飢餓；宮中有怨女，則民無妻。」蔣氏讀怨為蘊。又引《新序·雜事篇》「後宮多幽女者，下民多曠。」曰：「以幽代怨，是怨非怨憤之確證也。」並謂「怨」訓積蓄義，章太炎《膏蘭室札記》已有詳證。蔣文補證說，「怨有蘊積之義，非止怨財、怨利、怨女」等，尚有「怨民」「怨士」等搭配，如：《商君書·去彊》：「國無怨民曰彊國。」「無怨民，謂民咸致之於耕戰，無不盡其用者也。」劉向《九歎·愍命》：「叢林之下無怨士兮，江河之畔無隱夫。」「怨與隱為對，謂棄而不用也。凡此諸怨字，其義一也。」〔註29〕

「毐」有怨恨、憎恨義，與「惡」同義。銀雀山漢墓竹簡《孫臏兵法·行篡》：「死者不毐，奪者不溫（慍）。」〔註30〕《後漢書》卷七十四上《袁紹傳》：「頃之，卓議欲廢立，謂紹曰：『天下之主，宜得賢明，每念靈帝，令人憤毐。董侯似可，今當立之。』」李賢注：「毐，恨也。」〔註31〕

何建章《戰國策注釋》卷中《趙策一》釋《大詞典》例證為：「《荀子·哀公》『富有天下而無怨財』楊注：『讀為蘊，言富有天下而無蘊蓄私財也。』則『怨』有『積』、『蓄』的意思。毐，《廣雅·釋詁三》『惡也』。則『怨毐』、『積惡』義同。」〔註32〕何說甚的。

如上可明證《戰國策》「怨毐積惡」之「怨」乃蘊積義，非怨恨義，《大詞典》將《趙策》一例之「怨毐」看作同義連用，釋義不確，當校如下：

〔怨毐〕①積蓄的怨恨。「怨」讀作「蘊」。《戰國策·趙策一》：「今足下功力，非數痛加於秦國，而怨毐積惡，非曾深凌於韓也。」

〔註29〕蔣禮鴻：《義府續貂》，見《蔣禮鴻集》第 2 卷，浙江教育出版社，2001 年 8 月，第 147 頁。

〔註30〕銀雀山漢墓竹簡整理小組編：《銀雀山漢墓竹簡》一，文物出版社，1985 年 9 月，釋文部分第 65 頁。

〔註31〕〔宋〕范曄撰，〔唐〕李賢等注：《後漢書》，中華書局，1973 年 8 月，第 2374～2375 頁。

〔註32〕何建章：《戰國策注釋》，中冊，中華書局，2019 年 6 月，第 685 頁注 10。

5.〔卒而〕（第 1 冊第 877 頁左欄）

〔卒而〕突然。《淮南子·人間訓》：「單豹倍世離俗，巖居谷飲，不衣絲麻，不食五穀，行年七十，猶有童子之顏色，卒而遇饑虎，殺而食之。」《後漢書·竇武何進傳論》：「卒而事敗閹豎，身死功癈，為世所悲，豈智不足而權有餘乎？」

按：竊以為《大詞典》釋義有誤，將「卒而」釋為「突然」，於兩例引證文意不合。《人間訓》將單豹與張毅對比，「豹養其內而虎食其外，毅脩其外而疾攻其內」，以此表明「直意適情，則堅強賊之；以身役物，則陰陽食之。此皆載務而戲乎其調者也。」〔註33〕意在表明單豹、張毅二人皆因不能彌補自己的不足，各有偏廢而失去生命，告誡世人養生需「形」、「精」並重。由此可見，「卒而遇饑虎」並非描述一次具體的經歷，而是說單豹隱居一世，保養如童子之面，而最終卻為餓虎所食。「卒而」即最終，終了。《大詞典》例二為《竇何列傳》中「論曰」的內容，此例上句為：「竇武、何進藉元舅之資，據輔政之權，內倚太后臨朝之威，外迎群英乘風之埶」〔註34〕，故此後「卒而事敗閹豎，身死功癈，為世所悲」中的「卒而」顯為「最終」之義，釋為「突然」則文意不通。

今讀《史記·鄭世家》：「遂許晉，與盟，而卒立子蘭為太子，晉兵乃罷去。」〔註35〕王叔岷《史記斠證》引作「遂許晉與盟，卒而立子蘭為太子。」王氏引《史記會注考證》云：「梁玉繩曰：『卒而當作而卒。』中井積德曰：『而字疑衍。』」而王氏案云：「『卒而』不當作『而卒』，而字亦無緣致衍。『卒而』猶『終於』也。唐景龍碑本《老子》二十三章：『故從事而道者，道德之；同於德者，德德之。』而、於互文，《秦本紀》：『亡鄭厚晉，於晉為得矣，而秦未有利。』而、於亦互文，明其義相同。」〔註36〕竊以為王氏說《鄭世家》「而卒」當作「卒而」之說可再考，「而卒」於義亦可通，不必非作「卒而」。然其釋「卒而」為「終於」之見解，可從。

《大詞典》所引二例皆可見「卒而」有「最終」「終於」義。由此，則竊以

〔註33〕何寧：《淮南子集釋》卷十八，中華書局，1998 年 10 月，第 1298 頁。
〔註34〕〔宋〕范曄撰，〔唐〕李賢等注：《後漢書》，第 2253 頁。
〔註35〕〔漢〕司馬遷撰，〔宋〕裴駰集解，〔唐〕司馬貞索隱，〔唐〕張守節正義：《史記》（修訂本），第 2131～2132 頁。
〔註36〕王叔岷：《史記斠證》，中華書局，2007 年 7 月，第 1576 頁。

為《大詞典》對「卒而」的釋義當校正為「最終，終於」。

6. 〔督過〕〔督責〕（第7冊第1228頁左欄）

〔督過〕①督察責罰。《戰國策·趙策二》：「守四封之內，愁居懾處，不敢動搖，唯大王有意督過之也。」《史記·項羽本紀》：「聞大王有意督過之，脫身獨去，已至軍矣。」明馮夢龍《智囊補·兵智·趙臣》：「明日璋置酒款臣，固叩之：軍門督過我也？璋受侮鄰讎將逮勘耶？」

按：竊以為「督過」當為同義連用，即責備義。《史記·李斯列傳》：「大賢主者，必且能全道而行督責之術者也。督責之，則臣不敢不竭能以徇其主矣。」《索隱》：「督者，察也。察其罪，責之以刑罰也。」〔註37〕

王叔岷《史記斠證》案云：「督不當訓察，『督責，』複語，督亦責也。《張儀列傳》：『唯大王有意督過之也。』《索隱》：『督者，正其事而責之。』是也。王氏《雜志》云：『督、過，皆責也。』『督過，』亦複語也。」〔註38〕

據上揭案語看《大詞典》「督過」下例證，其中「督過」應為同義連用，即責備義，其說甚的。前引《李斯列傳》一句下文繼而云：「故《申子》曰『有天下而不恣睢，命之曰以天下為桎梏』者，無他焉，不能督責，而顧以其身勞於天下之民，若堯、禹然，故謂之『桎梏』也。」又云：「故《韓子》曰『慈母有敗子而嚴家有格虜』者，何也？則能罰之加焉必也。故商君之法，刑棄灰於道者。夫棄灰，薄罪也，而被刑，重罰也。彼唯明主為能深督輕罪。夫罪輕而督深，而況有重罪乎？」

以上引文中「督責」與「罰」義同而辭異，「督責」即下文之「深督」「督深」之「督」，可知「督責」為同義連文，「督」即責、罰義。

又本傳下文又見「若此，則可謂能督責矣。」（見3103頁）據王叔岷《史記斠證》引《史記會注考證》：「張文虎曰：『蔡本、中統、王、柯、毛本、《治要》，皆無責字。』」又引施之勉云：「景祐本、黃善夫本皆無責字。」王氏案云：「景祐本無責字，《春秋後語》亦無責字。」（見是書第2640頁）可知「督責」又可單作「督」，二者同義，亦可證「督」「責」乃同義也。

而《大詞典》訓為「督察責備」，顯將其看作並列結構，「督」釋為「督察」。

〔註37〕〔漢〕司馬遷撰；〔宋〕裴駰集解；〔唐〕司馬貞索隱；〔唐〕張守節正義：《史記》（修訂本），第3099～3100頁。

〔註38〕王叔岷：《史記斠證》，第2636頁。

此其誤也。《重編國語辭典》（修訂本）注「督過」為「責備」，並引《史記·項羽本紀》「聞大王有意督過之，脫身獨去，已至軍矣。」為證，甚的。《大詞典》應校。

又上揭《李斯列傳》之「督責」一詞，《大詞典》取《索隱》之義，釋為「督察責罰；督促責備」，其例證如下（第 7 冊第 1228 頁左欄）：

《呂氏春秋·驕恣》：「故若簡子者，能厚以理，督責於其臣矣。」〔註39〕

《史記·李斯列傳》：「夫賢主者，必且能全道而行督責之術者也。」

司馬貞索隱：「察其罪，責之以刑罰也。」

唐柳宗元《田家》詩之二：「各言官長峻，文字多督責。」

清侯方域《豫省試策五》：「不正其本，而躬行督責，天下豈信之哉？」

葉聖陶《倪煥之》三：「學生做這些事，那樣地勤奮，那樣地自然，那樣地不用督責，遠超過對於其他作業。」

竊以為《大詞典》釋義與例證有不符之處。考《呂氏春秋·驕恣》原文，趙簡子乃怨鸞徼「長其過而絀其善」，故「沈之於河」，「以理督責於其臣」應即以理責罰鸞徼，沉其於河即責罰之的表現。故此句中「督責」當為同義連用，「督」亦「責」也，「督責」即「責罰」義。

《李斯列傳》中「督責」亦如是，正如王叔岷斠證取王念孫所云。《楚辭·九章·思美人》：「信讒諛之溷濁兮，盛氣志而過之。」王逸注云：「呵罵遷怒，妄誅戮也。」洪興祖補注曰：「《漢書》曰：『聞將軍有意督過之。』」〔註40〕《朱熹集注》：「過之，猶所謂督過之也。」（聽雨齋本卷四頁四二）蔣驥注：「過，督責也。」〔註41〕《楚辭今注》：「過，責怪。」〔註42〕是「督責」即同義連用，義為責罰、責備、責過等。

侯方域文之「督責」也應取責罰義。考其文全篇意在論述人主之賞罰，涉及《大詞典》例證的上下文為：「民殘而俗弊，此雖日誅十數人，未必當也。不

〔註39〕 筆者考許維遹《呂氏春秋集釋》（中華書局，2009 年，第 576 頁）、陳奇猷《呂氏春秋新校釋》（上海古籍出版社，2001 年，第 1415 頁），皆作「能厚以理督責於其臣矣」，中間無斷句。

〔註40〕 〔宋〕洪興祖撰，白化文等點校：《楚辭補注》，中華書局，1983 年 3 月，第 150 頁。

〔註41〕 〔清〕蔣驥：《山帶閣註楚辭》，《景印文淵閣四庫全書》，集部，第 1062 冊，第 691 頁上欄。

〔註42〕 湯炳正等注：《楚辭今注》，上海古籍出版社，1997 年 4 月，第 162 頁。

正其本，而躬行督責天下，豈信之哉？夫法設而不立，不如其無設也。天下猶知有法也，法立而不行，不如其無立也，天下猶知法之必不可犯也。」〔註43〕參其文意，此處「督責」顯然為責罰義，「督責」同義連用。

柳宗元《田家》詩二全詩如下：「籬落隔烟火，農談四鄰夕。庭際秋蟲鳴，疎麻方寂歷。蠶絲盡輸稅，機杼空倚壁。里胥夜經過，雞黍事筵席。各言官長峻，文字多督責。東鄉後租期，車轂陷泥澤。公門少推恕，鞭朴恣狼籍。努力慎經營，肌膚真可惜。迎新在此歲，唯恐踵前跡。」〔註44〕

從文意來看，「督責」可作「督促責罰」理解，正如葉聖陶《倪煥之》一例。

由此，則「督責」有兩種組合方式，其一為同義連文，「督」即「責」；其二為並列結構，「督」為「督促」，「責」為「責罰」義。故文中出現「督責」，應據上下文意定其結構和含義，不可逕作統一解釋。

7.〔經始〕（第 9 冊第 863 頁左欄）

〔經始〕開始營建；開始經營。《詩·大雅·靈台》：「經始靈臺，經之營之。」

按：此釋義將「始」釋為開始，《辭源》同，不妥。「經始」應為同義連用。證如下：

（1）《詩經·大雅·靈台》「經始靈台，經之營之」，毛傳：「經，度之也。」鄭箋云：「文王應天命，度始靈台之基趾，營表其位。」「經始勿亟」鄭箋：「度始靈台之基趾，非有急成之意。」〔註45〕以「度始」釋「經始」，表明「經、度、始」皆有謀劃、勘測之義。有「經度」一詞指經營規劃。《舊五代史·周世宗紀》「帝悉心經度」即是。

（2）《大詞典》「始」下義項④謀劃。《詩·大雅·綿》：「爰始爰謀，爰契我龜。」（第 4 冊第 335 頁左欄）馬瑞辰曰：「始，亦謀也。始謀謂之始，猶終謀謂之究。『爰始爰謀』猶言『是究是圖』也。《爾雅》基、肇皆訓為始，又皆訓

〔註43〕〔清〕侯方域：《壯悔堂文集》卷八，《四庫禁毀書叢刊》集部，第 51 冊，第 562 頁下欄。

〔註44〕〔唐〕柳宗元著：《柳河東集》（全二冊），上海古籍出版社，2008 年，第 734 頁。

〔註45〕〔漢〕毛亨注，〔漢〕鄭玄箋，〔唐〕孔穎達正義：《毛詩正義》，北京大學出版社，2000 年，第 1224 頁。

謀，則始與謀義正相成耳。」〔註46〕綜上，則《大詞典》釋《詩經》此句之「經始」為「開始營建」，以「經」為開始義，釋義有誤。

上述舉例除引證有誤及句讀外，涉及釋義問題主要表現在同一例證釋義矛盾、釋義含糊、將同義連用的詞語分開訓釋等。筆者認為，《大詞典》的詞義訓釋或可更多關注古今著作中有價值的觀點，辨正分析，審慎採納，以使釋義更為精確。

四、參考文獻

1. 漢語大詞典編輯委員會、漢語大詞典編纂處，1986～1994，《漢語大詞典》，北京：漢語大詞典出版社。

2. 中華電子佛典基金會 https://www.cbeta.org/

3. 《教育部重編國語辭典修訂本》臺灣學術網路第六版
   https://dict.revised.moe.edu.tw/search.jsp?md=1&la=0&powerMode=0

4. 〔清〕紀昀、永瑢，2008，《景印文淵閣四庫全書》，臺北：臺灣商務印書館。

5. 四庫禁毀書叢刊編纂委員會，1997，《四庫禁毀書叢刊》，北京：北京出版社。

〔註46〕馬瑞辰：《毛詩傳箋通釋》，中華書局，1989年，第816～817頁。

民國《灌縣志》雙音節詞考釋四則[*]

馬康雅*

摘　要

　　民國二十二年（1933）《灌縣志》卷十六《禮俗紀・方言》分「今音」「古音」「音轉」三類，記載了 127 條尚未被充分研究的方言語料。「音轉」部分記有 4 組音義相同或相近、詞形存在聯繫的雙音節詞。其中，「末殺」「縱臾」兩組詞在內部只具備字形區別和音近通轉關係，詞義無別，屬於異形詞。兩例「合式」雖然音近形同，但語義不出一源，屬於同形詞。「瓜毛」一形統領了五個「音近義通」的同源詞，核義素為「凸起如瓜狀」。通過詞語考釋，歸納纂志者考證方言的不周之處，總結出綜合利用形、音、義，考訂方志方言材料的意義。

關鍵詞：民國二十二年（1933）《灌縣志》；方言語料；異形詞；同形詞；同源詞

---

* 基金項目：國家社科基金重大招標項目「明清以來西南官話區地方志方言俗語集成」（批准號：17ZDA313）。

* 馬康雅，女，2000 年生，四川西昌人，碩士研究生，主要研究方向為漢語言文字學、文獻方言。四川大學文學與新聞學院，成都 610207。

一、《灌縣志》語料綜論

葉大鏞等修、羅駿聲總纂《灌縣志》十八卷首一卷，附文徵十四卷掌故四卷，始編於民國十四年（1925），歷時七年，於民國二十二年（1933）鉛印出版。民國時的灌縣即今四川省都江堰市，志書記載的方言詞形、音、義，是現代都江堰話的前身。全志體例採用《漢書》體，分六書、四表、二傳、四紀，在《禮俗紀》中特載《方言》一篇。該志《叙例》對各部分入志的原因和目的進行了簡要的闡發，論及《禮俗紀·方言》時，曰：

> 而言語根於傳習變化，局於方隅；欲其從同，實難相強。溝而
> 通之，必須互證。

在《禮俗紀·方言》篇前題解亦有：

> 華夏泱泱大國，書能同文，而言不一致。蓋音有古今之殊，地
> 有方隅之限，水土化之，積習而又熏之，其趨於雜糅者，勢也。然
> 即委屈窮源，端倪可素。俚雅互證，固有自來。昔人撰述方言，皆
> 關學術，茲仿其意綴輯焉。

兩段表述集中體現了纂志者對方言的四個認識：首先，強調方言當中「言文不同」，語音與字形非一一對應。其次，方言的「言語」變化受到時、空影響，在縱向的發展過程中不斷「傳習」，產生區別；在橫向的空間「方隅」裡，孕育出獨特的地方性特徵。第三，承認方言差異存在的客觀性，是「勢也」；言語「求同」，乃人為勉強的結果。但是，纂志者也看到了語言內部存在的深層聯繫，認為「委屈窮源，端倪可素」；可以實現雅俗互證，覓得本源。兩段簡潔有力的論述，樸素地說明了語言受到時空變化的影響產生了區別，但本質上具有內在相關性，可以進行比較。這與何九盈（2003）提出的「散點多綫」漢語語音史框架〔註1〕有異曲同工之妙，即：承認語言發展自古及今，但由於空間區隔產生了較大的地域分歧；通過同一歷史階段音系的平行比較，能夠讓語音史的描寫更加可靠。這也是現代學者研究分地、斷代漢語史，討論方言接觸與融合時遵循的底層邏輯。篇前題解最末「昔人撰述方言，皆關學術」，體現了纂志者對前代方言著述學理層面的理解：所關學術，應當是在調查、輯錄方言詞的基礎上，繼續進行深入考證、溯源等一系列研究活動。

〔註1〕何九盈：《漢語語音史框架研究》，參何九盈《語言叢稿》，北京：商務印書館，2006年，第95～107頁，原載於《民俗典籍文字研究》第1輯，商務印書館，2003年。

纂志者在輯錄、編纂方言詞條時，以《叙例》和《禮俗紀·方言》篇前題解為綱，切實做到了承認差異，發現聯繫。篇中輯錄了 127 條當時當地流行的方言俗詞，按照「今音」「古音」「音轉」三類編排。這種按照語音進行劃分的模式，首先是纂修者對篇前題解「泱泱大國，書能同文，而言不一致」的響應，是重視方言語音的體現。在方言當中，語音對詞彙的表徵是第一性的，而方言字形依聲而記，無論是口音、聽感的區別還是對語音的認識不一，都會導致記音時發生書寫變異。其次，據《灌縣志》（1933）卷十《選舉表》載，總纂羅駿聲是灌縣本地人，光緒二十八年（1902）壬寅恩科代補庚子科舉人，檢選知縣。按照現代方言調查發音合作人的選取標準，具有灌縣方言背景和一定知識文化水平的羅駿聲，應當具備較強的辨音能力；志書經他審定後，仍分「今音」「古音」「音轉」。可見，這樣的分類輯錄，不只是纂修者的憑空臆斷，而是切實地認識到方言語音存在古今殊異、共時區別的體現，是方志記載方言的突破性嘗試。

二、四組詞語的分別考釋

《禮俗紀·方言》「音轉」部分記有 4 組音義相同或相近、但詞形存在區別的雙音節詞，包括〔木殺　抹鐵〕〔縱夬　慫憑　慫涌〕〔瓜乇〕〔合式〕。纂志者在輯錄這些方言詞條時，遵循的基本體例是：詞頭；方言義；（引書釋義溯源）；方言音。這樣的體例安排，展現了纂志者注重形、音、義匹配和嘗試求索詞源的態度，為後來者提供了進行詞語考釋和源流考察的指向標。

〔末殺　抹鐵〕

> 末殺：掃滅也。俗作抹鐵。抹，讀磨上聲。

白維國、江藍生、汪維輝主編《近代漢語詞典》（2015：1305）收「抹搬」「抹殺」「抹煞」，三個詞語的共有義項包括「斷絕；避開」「否定；貶低；批倒」「以手撚捏死；以刀抹頸死」。《漢語大詞典》則將「抹殺」「抹煞」統領於「抹搬」詞條下，以三者同詞異形，釋義為「勾銷；掃滅」。但《大詞典》將「末殺」單獨分列，是因其除了「掃滅」義外，在唐宋之際還出現了一個「減輕，降低」義，例見《新唐書·張鎰傳》。

表「掃滅」義的「末殺」最早出現在《漢書·谷永傳》中，方以智《通雅·

釋詁五》以「抹摋」為「末殺」的後起增旁字。「抹摋」見於唐韓愈《貞曜先生墓誌銘》，用作「斷絕；避開」義。唐玄應《一切經音義》卷十三《馬有八態譬人經》：「摩抄，桑何反，《聲類》：摩抄，猶捫摸也。摩抄，亦抹摋也。摸，音莫割反；摋，音蘇割反。」據此說，「摩抄」「捫摸」「抹摋」當音近義通。蘭佳麗《連綿詞族叢考》（2012）認定該組詞為同源詞，核義素為「手上下移動」〔註2〕，又以「掃滅」為「抹摋」的引申義。蓋因「掃」和核義素當中的「移動」之間存在動作形態的引申，「滅」則是動作的結果。「抹殺」「抹煞」在宋代才出現，是「抹摋」的同音異形詞。在實際文獻使用中，「抹殺」在「抹摋」意義的基礎上引申出「壓倒」義，明屠隆《綵毫記》一六出：「我高力士一生好漢，被這廝抹殺了。」

「抹鎩」一形不見於既有辭書，該詞形最早出現在明金日昇輯《頌天臚筆》卷十四上《起用》：「然其生平，斷難抹鎩。」之後，該用法在明茅坤的文學雜稿中出現過四次，在其餘明代文學作品中，也偶有例見。明、清、民國文獻中的「鎩」字，多與「羽」「翼」「翮」連用，作「摧殘，傷害（羽翅）」義；本方志後附《灌志文徵》卷八收清代蜀人馬繼華《自悼五首》，有「飆風鎩翎羽，烈日槁秋禾。」一句，此處的「鎩」亦指「摧殘，傷害」。「鎩」與「殺」「摋」音同，字形相近，明代以後通行的「摧殘」義與「滅」通，故「抹鎩」詞形的產生有迹可循。方志中的「俗作抹鎩」，當是有明一代的詞形遺存。

總之，方志所錄〔末殺　抹鎩〕是一組典型的同音異形詞，該組詞與「摩抄」「捫摸」構成了核義素為「手上下移動」的同源關係。「末殺」是該組同音異形詞最早出現的詞形，「抹鎩」始見於明代。

〔縱臾　慫憑　慫涌〕

　　縱臾：相勸勉也。《漢書·衡山王傳》：「日夜縱臾王謀反事。」
　　如淳曰：「臾，讀曰勇。縱臾，猶勉強也。」師古曰：「謂獎勸也。」
　　俗作慫憑，或作慫涌，並非。

方志所錄「縱臾」詞條，表「相勸勉」義，引顏師古注《漢書·衡山王傳》說明了音義和詞形的來源。「俗作慫憑，或作慫涌」記錄的是當時方言詞的常見寫法。條末所注「並非」，不是指寫法字形訛誤，而是意在說明本字非此。

〔註2〕蘭佳麗·《聯綿詞族叢考》，上海：學林出版社，2012 年，第 89～90 頁。

　　詞形方面，《漢語大詞典》「縱臾」「慫恿」分為兩個詞條：「縱臾」亦作「縱踴」，釋義為「慫恿；鼓動別人做壞事。」其後引顏師古注作書證，與《灌縣志》（1933）同。「慫恿」條釋作「從旁勸說鼓動。」書證引西漢揚雄《方言》卷十：「慫恿，勸也。南楚凡已不欲喜而旁人說之，不欲怒而旁人怒之謂之食閻，或謂之慫涌。」是漢代南楚方言詞。纂志者以為非本字的「慫恿」「慫涌」詞形，實際上早於《漢書》中出現的「縱臾」，是其考察失誤也。《大詞典》「慫恿」條注與「慫恿」同，通過「慫恿」將「縱臾」「慫恿」「慫涌」系聯成了一組異形詞。《漢書》以後，「縱臾」詞形長期未見用例；唐柳宗元《貞符并序》中：「增以驪虞神鼎，脅驅縱臾。俾東之泰山石閭，作大號，謂之封禪。」柳文之後，「縱臾」的詞形才為大觀。在宋代，還出現了「從恿」「慫恿」等異形詞，其中的「恿」字後起，當是受到「臾」「恿」「恿」存在於同一共時平面，以及「慫」的偏旁類化影響而產生的俗字。

　　語音方面，《說文·糸部》：「縱，緩也。一曰舍也。从糸，從聲。」《說文·心部》：「慫，驚也。从心，從聲。讀若悚。」二字皆形聲字，聲旁為「從」，可以視為諧聲。顏師古引三國如淳注：「臾，讀曰勇。」遍檢歷代音注，「臾」注為「勇」音者僅此一見，後人輾轉相引，不出如淳注；今見宋本《漢書》及後世引例皆作此，非為文獻訛誤。「臾」「勇」雙聲，「臾」上古在侯部，「勇」上古在東部，「臾」與上古東部的「容」是實質性的陰陽對轉，故「臾」「勇」可視為通轉。

　　概而言之，方志中所記錄的「慫恿」「慫涌」「縱臾」皆在漢代出現，是表示「勸」義的同音異形詞。此處的同音，是「臾」「勇」二字陰陽對轉的結果。

　　〔合式〕

　　　　合式：和以處眾也。式，讀若寺。彼此相契，如重疊規矩。

　　　　合式：鬻物者召牙人會食也。如云打合式，讀若各肆。

　　據現有辭書記載，「合式」是宋代出現的漢語詞彙。但在西晉佚名《赤書玉篇真文》卷中已有：「惟清齋合式，即能無窮九天。」此處「合式」意為「合齋醮之法式」；又北齊魏收《魏書》卷九《肅宗紀》：「絹布繒綵，長短合式。」此處「合式」指向「合尺寸之式」，已經複合成詞。因此，可以將「合式」出現的時間上推至中古早期，詞的源初語義可以歸納為「符合或按照一定的格式」，是

由單音節「合」「式」連用形成述賓結構，在語法構造過程中逐漸固定下來的。隨著合成詞「合式」使用頻率增加，在不同語境的影響下，「適宜」「投合」「湊巧」「合意」等意義逐漸引申出來。方志輯錄的第一條「合式」表「和以處眾」義，即情事相同，契合規矩，是「合式」一詞的通行用法。

但是方志輯錄的第二條「合式」為什麼可以作「鬻物者召牙人會食」義？若從「符合或按照一定的格式」引申出「會」尚且可通，但「食」的意思自何而來？此處「合式」當本源於「會食」，「合式」只是當時用來記錄方音的詞形，具備一定的任意性。東漢司馬遷《史記・淮陰侯列傳》：「令其裨將傳飧，曰：今日破趙會食！」上古已見此詞形，義為「相聚進食」；其出現時間早於「合式」，更加不可能是「合式」的孳乳形式。而「鬻物者召牙人」這樣的特殊用法，需要聯繫廣泛的社會文化背景。專名為「牙人」的職業買賣介紹人，是宋代才出現的受僱「中介」；但「中介」最早的形態，可以上溯至西周時的「質人」。據劉鋒《明清四川市鎮經濟與研究》（2020：123～126），明清時四川地區的牙人、牙行把持行業，具有一定的壟斷性；客商與牙人、牙行之間往往需要增進感情。劉鋒論文舉出：川西南「鍋莊」主人會熱情地招待茶商、藏商，這是牙人對商人的籠絡；外商來到內江鬻糖，需要主動結交牙戶，這是商人對牙人的打點疏通。故「鬻物者召牙人會食」的情況應比較常見，「合式」「打合式」等詞形與「會食」聲音相近，「依聲托字」而成，當是在明清以來四川地區市鎮貿易文化影響下產生，隨後留存下來的行業隱語。

纂志者標注的「讀若寺」和「讀若各肆」，反映了語音的歷史音變和方言音變。「式」中古書母入聲，「寺」中古邪母去聲，「肆」中古心母去聲。從聲調角度看，在中古音向現代演變的過程中，普通話中的全清入聲「式」確實派入了去聲，《灌縣志》（1933）以去聲字注，符合語音歷時演變的規律。從聲母角度看，在中古向現代漢語普通話演變的過程中，書母的「式」在知、莊、章組合流後，聲母讀作[ʂ]，而邪母的「寺」清化後，與心母的「肆」一樣，聲母讀作[s]；書母字讀為心、邪母字，應當是方言音變的反映。據周及徐、周岷等《岷江流域方音字匯》（2019：21～23）通過現代漢語方言調查，歸納整理出的都江堰河東話、河西話音系，今河東話仍分[ʂ][s]，但「式」發[s]音，河西話則全入[s]音，足證方志記錄的民國灌縣語音存在[ʂ][s]混同的情況，並延續至今。

　　綜上，複合詞「合式」在中古時期已經出現，表「鬻物者召牙人會食」的「合式」是上古時期已經產生的「會食」的記音形式，可以視作明清時期遺留下來的行業隱語。纂志者所注兩讀若音，是四川方言[ʂ][s]相混的例證。兩個「合式」的詞形相同，語音偶然相通，語義有部分重疊，但實非同出一源，當將二者視作同形詞。

〔瓜乇〕

　　瓜乇：錢名。此錢幕穴凸起如腹，故名。瓜乇，音姑都，俗讀古老。

　　瓜乇：襪腹也。襪腹，則腹瓜乇然，故以襪腹為瓜乇，俗讀古肚。

　　瓜乇：羹名。《仇池筆記》：「羅浮穎老取飲食雜煮之，名骨董羹。」
按：羹即今罎子肉，珍錯匯於一罎，形瓜乇然也，音轉骨董。俗謂售古器者為骨董，係引申義。

　　瓜乇：樹本也。讀若格兜。形瓜乇然。亦引借義。

　　方志以「瓜乇」一形，統領了五個聲近義通的詞語。作為錢名的「瓜乇」，因「錢幕」凸起而得名，「錢幕」即「錢鏝」，指錢幣的背面，《說郛》卷八四引明董遹《錢譜・平錢》：「今開元通寶錢鏝，有文如初月者」。遺憾的是，目前暫未找到錢背凸起的「瓜乇」錢的文物實體。表示「襪腹」的「瓜乇」，即「兜肚」，唐姚思廉《陳書・周迪傳》：「迪性質樸，不事威儀，冬則短衣布袍，夏則紫紗襪腹。」在穿著「襪腹」或「兜肚」時，由於人體「腹瓜乇然」，使「襪腹」凸起，故言「瓜乇」。作為羹名的「瓜乇」或作「骨董羹」，指的是「罎子肉」，今山東濟南、湖南彬州、四川漢源等地仍有壜子肉，基本都是以醬醃肉類裝滿土製陶壜的做法，大抵與方志所載「珍錯匯於一罎」相似。「瓜乇」羹從壜形腹部凸起得名，而售賣古器者也因販賣物件多為壇壇罐罐，被稱為「骨董」。表「樹本」的「瓜乇」，可以用專門的「榾柮」表示，《漢語大詞典》釋為「木柴塊，樹根疙瘩。」引前蜀貫休《深山逢老僧》詩之一：「衲衣綫粗心似月，自把短鋤鋤榾柮。」證之。

　　《灌縣志》（1933）在「瓜」條中，揭示了「瓜乇」的來源，即：「瓜，腹大貌。工于切。《集韻》：『胍肛，大腹也。』初止作瓜，言腹突起如瓜狀。今

謂腹飽曰『瓜乇』是也。長言為瓜乇，乇乃瓜之餘聲。後人增肉旁作胍胇。」纂志者以「瓜乇」為「瓜」發音拖長所致，即分音構成了雙音節聯綿詞，不誤。

從語音角度看，方志記「音姑都」「俗讀古老」「古肚」「音轉骨董」「讀若格兜」，證明五個詞語之間存在音近的聯繫：聲紐均為牙音／舌上音的形式，聲母可以相互通轉；韻部雖然相對雜亂，上古分屬魚、物、鐸、幽、東、侯等部，但從中古開合與等的情況看，以合口、一等韻居多，韻母的音理相近，還是能夠形成一定的通轉關係。從詞的意義方面，「凸起」「圓鼓」當是「瓜乇」的語源義，上述「瓜乇」一組「錢幕穴凸起如腹」「襪腹瓜乇然」「珍錯匯於一罐，形瓜乇然」等，皆「凸起如瓜狀」之具象引申。

「瓜乇」是一組由「凸起」「圓鼓」的核義素孳乳生成的同源詞。纂志者不明詞形，依聲托字，以「瓜乇」統領諸詞，強化了同源詞「聲近義通」的特點，但忽視了對原本詞形的追考。

三、形音義綜合考訂的意義

《灌縣志》（1933）卷十六《禮俗紀·方言》中的詞條，在今天看來，更為直接的用途是引作書證。雖然，纂志者盡量效法前代方言專著，側重以語音為脈絡，進行「皆關學術」的紮實考證，具備一定的參考價值；但在歷史局限和方言複雜性的影響下，纂志者對方言詞語的訓詁成果仍然具有可以討論的空間。正如李榮《考本字甘苦》（1997）：「書證不僅用來推論，並且是推證的出發點。」前文的考釋將方言條目放在了推證的焦點位置，始終堅持形、音、義三要素綜合運用的原則，不偏倚一端，解決了纂志者在輯錄方言詞條時，尚未考證或考證不周的部分問題。整體上看，考釋方志方言條目時，堅持形、音、義相統一的意義在於：

（一）能夠通過三要素的聯繫與區別，辨析詞語類型。馮蒸《論音義學的研究對象——兼論別義異讀詞與同源詞的關係》（2021）、曾昭聰《方言俗語辭書中的同源詞與異形詞》（2022）等文章，皆結合具體的詞彙實例，從形、音、義配合、互動的角度來解決詞語類型判定的問題。本文在對《灌縣志》（1933）相關詞條進行考釋的同時，也關注了詞的屬性，得出了可供參考的劃分標準，如下：

	形	音	義
異形詞	不同	同／可考音變	同
同形詞	同	偶然相近	不同
同源詞	不一定相同	相近	從同一核義素孳乳

（二）辨明盲目依據「音近義通」，濫用音轉系聯同源的問題。例如：兩例「合式」形同，音近，纂志者集二者於《禮俗紀‧方言》的「音轉」部分，並認為表「鬻物者召牙人會食」是「合式」的引申意義。但只要稍微細究詞義，「合式」或可因「投合」引申出「會」義，但「食」的意義不知所從。表「鬻物者召牙人會食」的「合式」與「符合一定程式」的「合式」並非同源。

（三）細緻分析音、義，在歷史文獻材料當中覓形，考察詞形的本來面目。方志以「瓜乇」統領五個詞語，沒有找到可以準確表明詞彙的詞形。據「襪腹」的意義和「瓜乇」的語音形式，可以追溯到「兜肚」的詞形；據「樹本」的意義和「瓜乇」的語音形式，「楄柮」是準確表示「樹本」義的詞形。

四、結　語

明清民國以來的方志，在方言辭書和志書編纂體例優化的影響下，開始有意識地記錄當時當地的方言條目。這些存在於志書中的方言材料，雖然存在大量使用方言造字、審音粗放、釋義不精的瑕疵，但切切實實地反映了一時一地的方言面貌。在利用這些條目考察方言詞的發展、方言語音流變之前，對詞語進行形、音、義的綜合釋詁很有必要。

五、參考文獻

1. 〔民國〕葉大鏘等修、羅駿聲總纂，1933，《灌縣志》，北京：國家圖書館藏美利利印刷公司鉛印本。

2. 白維國、江藍生、汪維輝主編，2015，《近代漢語詞典》，上海：上海教育出版社。

3. 漢語大詞典編輯委員會、漢語大詞典編纂處，1986～1994，《漢語大詞典》，北京：《漢語大詞典》出版社。

4. 華學誠等匯釋，2006，《揚雄方言校釋匯證》，北京：中華書局。

5. 何九盈，2003，漢語語音史框架研究，《民俗典籍文字研究（第1輯）》，北京：商務印書館。

6. 李　榮，1997，考本字甘苦，《方言》第1期。

7. 劉，峰，2020，《明清四川市鎮經濟與市場機制研究》，武漢大學博士論文。

8. 蘭佳麗，2012，《聯綿詞族叢考》，上海：學林出版社。

9. 曾昭聰，2022，方言俗語辭書中的同源詞與異形詞，《中國訓詁學報》第 1 期。

10. 鍾昆兒，2017，漢語方言語詞考本字研究方法綜述，《重慶交通大學學報（社會科學版）》第 5 期。

11. 曾昭聰，2017，論方言詞考源，《煙台大學學報（哲學社會科學版）》第 6 期。

論「詞義」、「用字」與「詮釋」對出土文字釋讀的參照與糾結——以「尻」讀為｛居｝、｛處｝皆可為例[*]

黃武智[*]

摘　要

　　出土文獻所載古文字的釋讀，除須應及「詞義」與「用字」外，不同的「詮釋」方式亦可能造成不同的讀法，例如出土文獻中未見「処」、「處」二字，「尻」字可兼表｛居｝、｛處｝二詞，故部分文獻中「尻」字之釋讀，須同時慮及上述面向。藉由學者所辨｛居｝、｛處｝二詞的意義與用法，並參考「居」、「尻」二字的使用情況，可以發現《楚帛書》甲篇「尻于雷澤」句、清華三《赤鵠之集湯之屋》「帝命二黃蛇與二白兔尻后之寢室之棟」句、郭店《成之聞之》「君衰経而尻位」、「讓而尻賤」二句、清華八《邦家之政》「具尻其鄉」句中「尻」字，以及上博二《容成氏》、上博五《季庚子問於孔子》中諸「尻」字讀為｛居｝、｛處｝皆可通，或有可詮釋的空間，故在未出現更多論據之前當保留其讀法。此外，《漢語大字典》「居」字「居住」義項可增改為「居住、棲息」，並補入「治理」義項。出土文獻未經後人整理，故其釋讀當綜合考慮各種面向，此即一例。

關鍵詞：詞義辨析、尻、居、處、《漢語大字典》

* 基金項目：本文為教育部 2023 年人文社會科學規劃基金項目「上博楚簡儒家文獻思想面貌、體系及定位研究」（23YJA720003）研究成果之一。另，本文依託於「百色市語言學及應用語言學重點實驗室」完成，特此致謝。

* 黃武智，男，1973 年生，臺灣省高雄市人，百色學院文學與傳媒學院副教授、語言研究所首席專家，主要研究方向為出土文獻之思想史、學術史和文字學。百色學院文學與傳媒學院，百色 533000。

一、前　言

　　傳統上對於出土文獻所載古文字的讀法，除考慮所讀「詞義」是否適用於所屬語境外，有時也可同時參照書寫者的「用字」習慣。然而，部分個案中「詞義」與「用字」皆無法提供有效論據解決釋讀問題，或此二種面向的推求結果相互矛盾。此外，對於文本的不同「詮釋（Interpretation）」，有時亦使不同的讀法皆有意義可言。以下，本文即以出土文獻中的「尻」字為例，考察該字在部分文獻中讀為｛居｝、｛處｝皆可的情況，討論出土古文字釋讀須參照的「詞義」、「用字」面向，並以個案說明「詮釋」與古文字釋讀的關係。

（一）「尻」字當隸釋為「居」或「處」的討論

　　許慎《說文解字》（以下簡稱《說文》）載：

　　　　尻，處也，从尸几，尻得几而止也。《孝經》曰：「仲尼尻。」

　　尻，謂閒居如此。（段玉裁，1993：十四篇上，頁 28 下）〔註1〕

　　於此，段玉裁（1993：十四篇上，頁 28 下）認為「尻」為｛居｝一詞的本字，〔註2〕其云：

　　　　《方言》、《廣雅》尻処字皆不作居……

指出《方言》、《廣雅》等字書中皆不用「居」表示｛居｝一詞。此外，其注「居」字云：

　　　　《說文》有尻，有居……凡今人居處字古祇作尻處。（段玉裁：

　　1993，八篇上，頁 70 下）

因此，在楚簡尚未大量出現之前，學者多將「尻」字釋作｛居｝，例如《鄂君啟節》中的「尻」字，殷滌非、羅長銘（1958：8～11）、郭沫若（1958：3～6）、于省吾、周法高（1982：3439～3440）與饒宗頤（1968：3）等皆釋作「居」。不過，由於《鄂君啟車節》中另有「尻」字，故容庚（1985：922）認為「尻」字當釋作｛處｝，商承祚（1963：51～52）同意其說；其後，隨著《包山楚簡》簡 32 中出現「居尻」二字連用的文例，曾憲通（1999：89～90）認為「居、尻同時出現於簡文中，可見二字自古有別」，而將《楚帛書》「尻」字釋作「處」，並認為《說文》所云亦可視之為「以今字（處）釋古字（尻）」。緣此，近年學

〔註1〕本文所引古籍刻本同時標註卷、頁，下同。
〔註2〕為便於讀者閱讀，本文表示詞語（words）的「居」、「處」另加花括符｛｝，以｛居｝、｛處｝標示；表示文字（word）或其他意義仍用一般的引號「」標示。

者釋讀楚簡時，逐漸有將「凥」字直接釋讀為 {處} 的傾向，〔註3〕唯仍有學者依段注之說將「凥」字視作「居」的本字，只是在楚簡中亦可用作 {處}。

（二）《說文》「凥」、「処」原為同字異體之說

以上，學者討論的焦點在於為「凥」找出「一個」今字，只有主張「居」字還是「處」字的差別。另一方面，近代古文字出土之後，學者提出《說文》「凥」、「処」原為同字異體之說：高田忠周（1982：卷十六，頁 38 下）認為作為偏旁從「人（尸）」與從「夊」可通，故「從夊從几」的「処」字即「從尸（人）從几」的「凥」字異構，後人為加以分別，於是再於「処」字加上「虍」旁，其後逐漸分化為二字。馬叙倫（1985：卷二十七，頁 73）認為「凥」、「処」二字從字形論可以視為同字，且讀音相近、意義相通。廖名春（2003：232）認為「凥」、「処」為一字異體。季旭昇（2014：930）師認為「凥」、「処」皆為「處」字省略而來的同字異體。此外，張世超（2010：35）認為「凥」、「居」二字皆由「處」字演變而來，為同字異體。在這些討論中，學者循著《說文》段注「凥」為「居」本字的理解，主張小篆「凥」、「処」二字原屬同字異體。由於「凥」字後世作「居」，而「処」字後世作「處」，故今「居」、「處」二字，在先秦古文字中寫法相同，作「凥」或「処」。換言之，先秦「凥」字可對應「兩個」今字：「居」或「處」。

以上，主要從「字」的層面討論「凥」字的隸釋問題，以及「凥」、「処」、「居」、「處」等字的關係。在此基礎上，張世超（2010）從「字詞關係」的角度討論楚簡中的「凥」字釋讀，認為 {居}、{處} 為「同源詞」，且在楚簡中同時使用「凥」「居」二字表示。其後，黃武智（2022）調查出土楚文獻中「凥」、「居」二字的使用，並從「異文」的角度分析「凥」字的用法，認為楚簡中「凥」字雖可同時表示 {居}、{處} 二詞，但已經出現使用「居」字表示 {居} 一詞，而讓「凥」表示 {處} 一詞的傾向。

（三）本文觀點及參考說法

綜上所述，楚簡中「凥」字可用作 {居}、{處} 二詞，故在不同的文獻中其讀法仍待討論。關於此一問題，張世超（2010：35）云：

〔註3〕舉例而言，郭店《老子》甲本簡 22 載：「國（域）中又（有）四大安（焉），王凥（處）一安（焉）。」（荊門市博物館：112）其中「凥」字原釋釋作 {居}，其後裘錫圭（1999：49）、劉釗（2005 年：18）、陳偉（2009：10）等則徑釋讀為 {處}。

> 楚文字中的「凥」字並不等同於後世的「處」。因此，為了穩妥
> 起見，我們主張在遇到「凥」的釋讀時，應先將它隸定，然後再按
> 後世的語言習慣讀為相應的字。

主張先隸定為「凥」，再按後世的語言習慣讀為｛居｝或｛處｝，值得參考。必須說明的是，儘管｛居｝、｛處｝二詞在當時同時使用「凥」字，但已經分化為兩個詞，故「凥」字當有對應的特定詞語｛居｝或｛處｝，因此此種判讀並非只是純粹依後人的語言習慣「改讀」而已，而是嘗試考查當時「凥」字的讀法。

此外，前述學者從「凥」、「居」二字的同時出現，而判斷「凥」字讀法的思路也值得借鑑。緣此，有關於「凥」字讀法，可以從「詞義辨析」與「用字」兩個視角予以考察：以前者而言，當「凥」字所表示的意義為｛居｝或｛處｝特有的意義或用法時，可依此判斷其讀法（黃武智，2023、2024）；以後者而言，當「居」、「凥」二字同時出現於同一語境時，「凥」字當讀為｛處｝，尤其是出現在同一文句中。然而，部分文本中的「凥」字可訓作｛居｝、｛處｝二詞皆有的意義，或讀｛居｝讀｛處｝皆有可以「詮釋」的空間；且同篇中僅出現「凥」字，而未出現「居」字，或雖然同時出現「居」、「凥」二字，但「居」字僅出現一例，使用「居」、「凥」二字分別表示｛居｝、｛處｝二詞的情況並不明顯。在這種情況下，從「詞義」或「用字」方面皆無法確認其讀法，當予以保留。於此，本文藉由學者所辨｛居｝、｛處｝二詞的意義與用法，以檢視「凥」字在文獻中的意義，並參考「居」、「凥」二字的使用情況，討論楚文獻中所見幾處讀為｛居｝、｛處｝皆可的「凥」字。

（四）｛居｝、｛處｝皆有義項「居住」、「位於、處於」詞義辨析

必須先說明的是，有關｛居｝、｛處｝二詞的詞義辨析，王鳳陽（2011：824～825）認為二詞在泛指時有時可以通用，但二詞在「留住」、「住」和「住處」等意義上仍有區別，其云：

> 在留住義上，「居」多指人在室內作較長時間的停留，如：《荀子·勸學》「君子居必擇鄉，遊必就士」；柳宗元〈捕蛇者說〉「曩與吾祖居者，今其室十無一焉」。

以上所舉文例，當指由「留住」引申出的「居住」義，然則｛居｝較偏向長時間、正式地待在某一地方。除了時間長短的差別之外，王鳳陽（2011：824）

認為｛居｝指的是「正式性」的居住，｛處｝則屬「臨時性」居住，其云：

> 在表示住的久暫和住處的臨時性、正式性時，二者是有區別的。
> 范仲淹《岳陽樓記》「居廟堂之高則憂其民，處江湖之遠則憂其君」，
> 和上例「穴居而野處」：前者用「居」，後者用「處」，就是因為「廟
> 堂」和「穴」（上古黃土高原一帶是半穴居的，穴是正式住處），是
> 正式的長久的住處，「野」和「江湖」是相對暫短的住處的緣故。

指出了「正式性」和「臨時性」的差別，乃就心理狀況而言，不只考慮到時間的長短，值得參考。此外，王先生（王鳳陽，2011：824～825）認為用作動詞「停留」，｛居｝的時間較長，而｛處｝的時間較短；用作動詞「住」，｛居｝屬長時間、正式性的行為，｛處｝則偏向短時間、臨時性的行為；另外｛居｝作為名詞可以表示「住所」。

循此思路，黃武智（2024）比較《漢語大字典》所載「居」、「處」二字義項，加以分析、綜整，並參考《故訓匯纂》所載予以補充，整理出二詞義項的異同。其中，有關二詞皆有的義項有「停止」、「居住」、「位於、處於」、「未出仕」、「安、安頓」、「審度、辨查」、「地位」、「自居」、「處置、辦理」等，且認為在表示「位於、處於」時，二詞在時間的長短與心理的正式性、臨時性方面仍有所不同，而在表示「安」時，｛居｝一般用做形容詞，｛處｝則除形容詞外，尚可比照動詞使用。其中，針對前引王鳳陽之說，其云：

> 唯所舉范仲淹「居廟堂之高則憂其民，處江湖之遠則憂其君」
> 句，當指所任官職性質的不同：「居廟堂之高」指在朝廷任職，而「處
> 江湖之遠」則指在地方當官，故｛居｝、｛處｝二詞當訓作「位於、
> 處於」，而非「居住」。由此觀之，另一個二詞皆有的引申義「位於、
> 處於」，在時間上或心理上當亦有長短、正式臨時之分。（黃武智：
> 2024，234～235）

本文有關｛居｝、｛處｝二詞詞義異同的說法，即參考上述結果為說。

以下，本文依「居」、「處」二字是否出現在同篇文獻中的情況，分別討論同篇中僅出現「尻」字，以及同時出現「尻」、「居」二字的「尻」字讀法。

二、同篇中僅出現「尻」字

如前所述，｛居｝、｛處｝二詞可同時表示「居住」、「位於、處於」的意義，

但二詞間的詞意仍有所差別，故若「凥」字訓作上述意義，且從語意脈絡中無法判斷其意義更傾向｛居｝或｛處｝，則讀為｛居｝或讀為｛處｝皆可通，當保留其讀法。今就所見楚文獻中符合上述情況者，例如清華三《赤鵠之集湯之屋》、《楚帛書》甲篇中訓作「居住」的「凥」字，以及郭店《成之聞之》、清華八《邦家之政》中訓作「位於、處於」的「凥」字加以討論，如下。

（一）訓作「居住」：《楚帛書》甲篇、清華三《赤鵠之集湯之屋》

例一，《楚帛書》甲篇載：

> 曰古有熊伏，出自華需，**凥**于雷澤。（劉波，2009：21～38）〔註4〕

其中「凥」字，學者或讀為｛居｝、或讀為｛處｝（劉波，2009：21～38），其後的「雷澤」為地名大抵為學界共識，故「凥」當訓作「居住」，從語境脈絡中仍無從確定是「長居」還是「暫止」，故讀｛居｝讀｛處｝皆可。

例二，清華簡三《赤鵠之集湯之屋》載：

> 眾鳥乃訊巫鳥曰：「夏后之疾如何？」巫鳥乃言曰：「帝命二黃蛇與二白兔**凥**后之寢室之棟，其下舍后疾，是使后疾疾而不知人。帝命后土為二陵屯，共**凥**后之牀下，其上剌后之體，是使后之身疴蠚，不可及于席。」（簡 7-9）

> 小臣曰：「帝命二黃蛇與二白兔**凥**后之寢室之棟，其下舍后疾，是使后棼棼眩眩而不知人。帝命后土為二陵屯，共**凥**后之牀下，其上剌后之身，是使后昏亂甘心。」（簡 11-13）（李學勤，2012：167）

以上「凥」字，原釋劉國忠、邢文未進一步釋讀；王昆（2016：68）讀為｛居｝，無說；黃武智（2022：426）認為讀為｛居｝、｛處｝皆有可通之處，其云：

> 「居」、「處」皆有「止」義，且可以引申出「居住、棲息」之義，唯「居」的時間較長，「處」的時間較短。徐鍇《說文繫傳》「処」字下云：「《詩》曰：『爰居爰處』，以為居者定居，處者暫止而已。」而此處從語境脈絡中乃無法確定帝是令黃蛇、白兔、后土「長居」還是「暫止」。

訓作「居住、棲息」。案：以上，「帝命二黃蛇與二白兔凥后之寢室之棟」中之

〔註4〕 出土文獻文字釋讀問題較為複雜細瑣，為清眉目，文本所引出土文獻內容，除「凥」字外，其餘諸字皆直接破讀，下不另注。

「凥」訓作「居住、棲息」可通，唯「帝命后土為二陵屯，共凥后之牀下」中的「凥」字，由於主語「二陵屯」，故訓作「位於、處於」較通，且由於「陵屯」當屬長時間的「位於、處於」，故讀為｛居｝較能表達文義。儘管如此，楚簡中同一個字有兩種讀法的情況亦不能排除，故另一個「凥」字仍有讀為｛處｝的可能。因此，「帝命二黃蛇與二白兔凥后之寢室之棟」中的「凥」字讀｛居｝讀｛處｝皆可通，當保留其讀法。

附帶一提的是，在表示「居住、棲息」的義項上，《漢語大字典》（四川辭書出版社，2018：508、1471）「處」字作「居住；棲息」，而「居」字僅有「居住」、未見「棲息」。然而，楚地亦有使用「居」字表示「棲息」的用法，例如《楚辭·九章·涉江》：「深林杳以冥冥兮，猨狖之所居。」（洪興祖：2002，130）。因此，「居」字在楚語中亦可訓作「棲息」。

（二）訓作「位於、處於」：郭店《成之聞之》、清華八《邦家之政》

例一，郭店楚簡《成之聞之》載：

> 君衰絰而凥位，一宮之人不勝其☒。（簡8）
>
> 朝廷之位，讓而凥賤。（簡34）（陳偉，2009：204）

以上「凥」字，《郭店楚墓竹簡》釋文整理者釋作「処」，注釋者裘錫圭認為「似乎此字確當釋讀為『處』」（荊門市博物館，1998：168～169）、陳偉（2009：206）從之。案：「衰絰」是喪服，「衰絰而凥位」，意指喪禮時「君」身著「衰絰」而「位於、處於」應處的位置上。由於｛居｝、｛處｝二詞均有「位於、處於」的意思，故「凥」字讀為｛居｝、｛處｝二詞皆可通。此外，「朝廷之位，讓而凥賤」句中所「凥」者為朝廷之位，故「凥」字可訓作「位於、處於」，讀為｛居｝、｛處｝二詞皆可通。

例二，清華八《邦家之政》載：

> 公曰：「然，邦家之政，何厚何薄，何滅何彰，而邦家得長？」
>
> 孔子答曰：「……無滅無彰，具凥其鄉，改人之事，當時為常。」（簡
>
> 11-13）（陳姝羽，2020：146）

以上為孔子回答某公詢問如何為政邦家方得長久的對話。「鄉」字，原釋隸作「翌」、釋作「昭」，學者多釋作「鄉」，今從；至於「鄉」的讀訓，王寧（2018，讀為「饗」）、心包（網名，2018，讀如字）、子居（2019）等學者訓作「合適的位置」、「所」；陳民鎮（2018）則讀為「享」，訓作「當」。「凥」字，

原釋讀為｛處｝。案：從下文「改人之事」句可知，本段所討論者為人事方面的問題。從上下文觀之，「無滅無彰，具尻其鄉」大抵指為政者無需刻意壓抑或彰顯某些人事，只須所有人位於個人的位置，使其善盡職責即可。於此，無論「尻」字讀為｛居｝或｛處｝皆可訓作「位於、處於」，「鄉」讀如字、訓作「所」皆可通，今從心包、子居之說。在此例中，「具尻其鄉」的字面意義是「位於個人的位置」，其意猶今所言「各就各位」，在此有希望各人善盡職責的意思。由於「職位」的授予是正式性的，但仍可異動，且前文云「無滅無彰」、後文云「改人之事」，從語境來看又難以確認此處所指職位是「正式的」還是「臨時的」，故「尻」字讀｛居｝讀｛處｝皆可通，訓作「位於、處於」。

三、同時出現「尻」、「居」二字

　　部分出土楚文獻雖然同時出現「尻」、「居」二字，但「居」字僅有一例孤證，故在「用字」方面，使用「尻」、「居」二字分別表示｛居｝、｛處｝二詞的現象並不明顯，則其讀法仍待保留。舉例而言，上博二《容成氏》「尻」字出現數例，但「居」字僅一例，且「尻」、「居」二字意義相承而來；上博五《季庚子問於孔子》「尻」、「居」二字各僅一例，且所屬文例可以對應。上述二篇中雖然同時出現「尻」、「居」二字，慮及簡本文獻的用字不似後世嚴謹，故仍不能排除抄寫者未刻意使用「居」、「尻」二字來區分｛居｝、｛處｝二詞的情況。換言之，「尻」仍有讀為｛居｝的可能，不應僅因同篇中出現「居」字而徑讀為｛處｝。

（一）「尻」字數例而「居」字僅一例：上博二《容成氏》

上博二《容成氏》載：

　　　　昔堯尻於丹府與藿陵之間……（簡6）（俞紹宏、張清松，2019：
　　173）

此外，篇中多次出現「某州始可尻」句：

　　　　禹親執畚耜，以陂明都之澤，決九河之塌，於是乎克州、徐州
　　始可尻。禹通淮與沂，東注之海，於是乎競州、莒州始可尻也。禹
　　乃通蔞與易，東注之海，於是乎并州始可尻也。禹乃通三江五湖，
　　東注之海，於是乎荊州、揚州始可尻也。禹乃通伊、洛，并瀍、澗，

東注之河，於是乎豫州始可凥也。禹乃通涇與渭，北注之河，於是
乎虞州始可凥也。（簡25-27）（俞紹宏、張清松，2019：第二冊173）

以上「凥」字，整理者李零釋讀｛處｝（馬承源，2002：254、269～271），
孫飛燕（2010：35）從之；王暉（2009：83）、黃人二（2012：311～312）讀
為｛居｝。案：以上「凥」字可訓作「居住」，為｛居｝、｛處｝二詞共有的義項，
然若從詞義而言，「居」傾向「定居」，「處」屬「暫住」，故「昔堯凥於丹府與
藋陵之間」中「凥」字讀為｛居｝，較能表達「定居」的意思，唯其餘諸「凥」
字，從上下文觀之訓作「定居」、「暫止」皆可，故讀｛居｝讀｛處｝皆可通。
然而，本篇中另有一「居」字，語境為：

天下之民居定，乃飭飲食，乃立后稷為經……（簡28）（俞紹宏、

張清松，2019：第二冊173）

指前述各州在禹治水之後已皆可居住，在天下之民已經居住安定之後，於是開
始任命「后稷」。若本篇中「居」、「凥」二字分別表示｛居｝、｛處｝二詞，則
前述「凥」字皆當讀為｛處｝，然本篇中「居」字只出現一次，且楚簡中同一
詞語使用不同文字的情況亦不能排除；另外，從上下文觀之，此處「天下之民
居定」，其文意乃承前述各州「始可凥」而來，故「凥」讀為｛居｝可謂文從
字順，故此篇「凥」字仍有讀為｛居｝的可能性。因此，在尚未出現其他線索
之前，當保留其讀法。

（二）「凥」、「居」各僅一例：上博五《季庚子問於孔子》——兼論不同詮釋下「凥」字讀法的不同

上博五《季庚子問於孔子》載：

葛歔今語肥也以凥邦家之術曰：「君子不可以不強，不強則不

立……」（簡8）（俞紹宏、張清松，2019：第五冊105）

以上「凥」字：原釋讀為｛居｝。季旭昇（2006）師認為讀為｛處｝似較好講，
並引《禮記・檀弓下》注訓作「安」；「凥邦家之術」謂安邦家之術。唐洪志
（2007：21）認為本篇中「為邦」、「凥邦」、「居邦」三個詞語均當表示「治理
邦國」的意思，並引《逸周書・作雒》：「農居鄙，得以庶士。」，讀為｛居｝，
訓作「治」，其云：

本篇第十四、十五簡提到「古之為邦者必以此」，第十簡提到「賢人之居

邦家也」，本簡又提到「𡰥邦家之術」，其中「為邦」、「居邦」、「𡰥邦」這三個詞語，有「為邦」、「𡰥邦」兩個詞語為季康子一人轉述。聯繫竹書上下文，這三個詞語表述的應該是同一個概念。典籍「為」可訓「治」，是「為邦」可訓為「治理邦國」。……。例此，則「𡰥邦」、「居邦」亦當訓為「治理邦國」，以求概念統一。「𡰥」、「居」同源，「居」訓「治」，參《逸周書・作雒》：「農居鄙，得以庶士。」

俞紹宏、張清松（2019：第五冊105）從之。案：季師所引「處」字用作動詞或使動用法且訓作「安」的出處為《禮記・檀弓下》「何以處我。」意思是「使……心安」，對象是人，然此處「𡰥」字的賓語是「邦家」，若訓作「安」當為「使……安定」的意思，二者用法與詞義略有不同，故此種讀法尚待更多文例證明。另一方面，儘管本篇出現的「為邦」、「居邦」、「𡰥邦」三個詞語的「基本意義」相同，所屬文句為「同義轉譯（paraphrase）」關係，但三個短語的「細微意義」仍可能有所不同。此外，唐洪志所引《逸周書・作雒》「居」訓作「治」為晉孔晁之說，用以訓解「農居鄙，得以庶士；士居國家，得以諸公、大夫」句，清陳逢衡則訓作「在」。〔註5〕（黃懷信、張懋鎔、田旭東，2007：531）本文以為此處「居」字訓作「在」即可通，即「位於、處於」的意思，有農夫、士各在其位、各盡其責的意思，用法與「居廟堂之高則憂其民」句相同；訓作「治理」當為引申義，雖亦可通，但僅從此句（「士居國家」）未見定當如此訓解的理據。

值得注意的是，《季庚子問於孔子》「居邦家」的出現，為《逸周書・作雒》「士居國家」句中的「居」字訓作「治理」提供了新的論據。眾所皆知，傳世典籍中「國」字在先秦多作「邦」，漢人因避劉邦諱而改為「國」，故《逸周書・作雒》「居國家」即《季庚子問於孔子》「居邦家」。由此可知，「居邦家」為常見用語，且從《季庚子問於孔子》的語境「葛虗今語肥也以居邦家之術」來看，「居」字訓作「治理」文意妥適。從「居邦家」與「𡰥邦家」文例的對應來看，則「𡰥」可讀為「居」。附帶一提的是，從上述討論觀之，《漢語大字典》「居」字條的義項未收「治理」，建議可考慮補入。

然而，若從另一角度詮釋此一現象，則「𡰥」字亦可讀為｛處｝：由於

───────────

〔註5〕「得以庶士」、「得以諸公、大夫」大抵有兩種解釋方向，其一為得以進升為士、公、大夫，其一為得助於士、公、大夫，兹不討論。

「{居}、{處}」二詞皆有「位於、處於」的意思，故在「特定語境」下當可同時引申出「治理」的意思，唯其間意義仍有些微不同。至於同篇中為何要使用不同的詞語來表述「治理」的概念，可有的詮釋是《季庚子問於孔子》在表述兩段內容時，由於評價的不同，故有意使用{居}、{處}二詞來凸顯其間義涵的細微差異，其作法近似經學中的「微言大義」。試比較{居}、{處}二詞的語境：

> 葛戲今語肥也以尻邦家之術曰：「君子不可以不強，不強則不立……不威，不威則民狎之……大罪殺之，臧罪刑之，小罪罰之。苟能周守而行之，民必服矣。」（簡8＋簡21＋簡22）

> 丘聞之，臧文仲有言曰：「……是故賢人之居邦家也，夙興夜寐，降瑞以比，民之播美，棄惡毋歸。慎小以合大，疏言而密守之。毋禁遠，毋稽邇。惡人勿陷，好人勿貴。救民以辟，大罪則赦之以刑，臧罪則赦之以罰，小則訕之。凡欲勿掌，凡失勿坐，各當其曲以成之……」（簡9＋簡10＋簡19＋簡20＋簡23）（俞紹宏、張清松，2019第五冊：105）

前者「尻（處）邦家」的內涵是強調君主必須以「強」、「威」的態度徹底實施「刑」、「罰」，讓人民服從，因而稱為「術」，且為孔子反對；後者強調賢人勤政（夙興夜寐）的態度與其效用（民之播美，棄惡毋歸），以及公正開明（毋禁遠，毋稽邇。惡人勿陷，好人勿貴）、寬以待民（大罪則赦之以刑，臧罪則赦之以罰，小則訕之）的作法，是孔子的主張。先秦儒家政治思想中有所謂的「道」、「術」之分，兩者的性質不同。要言之，「道」指的是源自於儒家價值觀的中心思想，而「術」則是指治理國家的實際方法與策略，故而「道」須長存心中，屬恆常「不變」的觀念，而「術」則可與時俱進、因地制宜，屬可以「變動」的觀念。至於二者的關係，從本末關係來看，「道」是本、「術」是末；從主從關係來看，「道」是主、「術」是從，故就二者在儒家政治思想的地位與重要性而言，「道」皆高於「術」。此處葛戲今所言之「術」，其觀念又與孔子所言「導之以政、齊之以刑，民免而無恥」的情況相近，（劉寶楠，1990：41）故孔子對其所云不以為然。因此，由於葛戲今所云內容屬不甚高明之「術」，而「處」的詞義原本即偏向「短時間、臨時性」的「位於、處於」，故由此引申出的「治理」義更能表現出其「治術」的「變動性」，以及孔子的不

表贊同。另一方面，臧文仲所云內容為賢人夙興夜寐、公正開明、寬以待民等態度與作法，源自於內在的德行，在性質上較契合「道」、以及由「道」而生的「高明之術」，而「居」字的詞義原本即偏向「長時間、正式性」的「位於、處於」，故由此引申出的「治理」義更能表現出其「治道」的「恆久性」，以及孔子的主張。

以上，從「詞例」的角度觀之，「凥」當讀為﹛居﹜，但從「用字」的角度觀之，「凥」當讀為﹛處﹜；至於從詞義的角度觀之，則讀﹛居﹜讀﹛處﹜則皆有說解的空間。〔註6〕因此，「凥邦家」句中「凥」字的讀法，在未出現更多論據之前當予以保留。

四、結　語

由於出土戰國楚文獻中「凥」字可同時用以表示﹛居﹜、﹛處﹜二詞，故有關其讀法須參考「凥」字詞義及所屬同篇中的「用字」情況綜合判斷。在論據尚不足以判斷的情況下，「凥」字讀法應該先予保留。於此，本文分別就所見出土楚文獻中讀為﹛居﹜、﹛處﹜二詞皆可通的「凥」字，及其所屬文例予以疏解，如下：

第一、同篇文獻中僅出現「凥」字、未出現「居」字，並訓作「居住」、「位於、處於」，且從上下文脈絡觀之無法判斷「凥」字詞義屬「長時間、正式性」地「定居」，還是「短時間、暫時性」的「暫住」，例如《楚帛書》甲篇「凥于雷澤」句、清華三《赤鵠之集湯之屋》「帝命二黃蛇與二白兔凥后之寢室之棟」句中的「凥」字。

第二、同篇文獻中僅出現「凥」字、未出現「居」字，並訓作「位於、處於」，且從上下文脈絡觀之無法判斷「凥」字詞義屬「長時間、正式性」的「位於、處於」，還是「短時間、暫時性」的「位於、處於」，例如郭店《成之聞之》「君衰絰而凥位」句「讓而凥賤」句、清華八《邦家之政》「具凥其鄉」句中的「凥」字。

第三、上博二《容成氏》中同時出現「凥」、「居」二字，但「凥」字數例

〔註6〕值得注意的是，由於「凥」字可讀為﹛居﹜、﹛處﹜二詞，故對「凥」字詮釋的不同亦可能導致讀法的改變，然則部分傳世文獻中「居」、「處」二字的異文，即可能是後人面對先秦文獻中「凥」字所屬文句的不同詮釋，而導致的讀法不同所致，唯此非本文主要研究問題，故不申論。

而「居」字僅一例，皆訓作「居住」且文意相承。從文意脈絡來看「尻」字依「居」字讀為｛居｝較通，但若考慮「用字」因素則又當讀為｛處｝。由於簡本文獻中使用不同文字表示同一詞語的情況並不罕見，故在「居」字「僅有一例」的情況下，亦不能排除抄寫者未刻意使用「居」、「尻」二字來區分｛居｝、｛處｝二詞，故「尻」字仍可能讀為｛居｝。

第四、上博五《季庚子問於孔子》中同時出現「尻」、「居」二字，各為一例，皆可訓作「治理」。從「詞例」的角度觀之，「尻」當讀為｛居｝，但從「用字」的角度觀之，「尻」當讀為｛處｝；至於從詞義的角度觀之，則讀｛居｝讀｛處｝則皆有詮釋空間。

其間，並據出土文獻而對《漢語大字典》「居」字提出建議，計有：「居住」義項可增加「棲息」而改為「居住、棲息」，並補入「治理」義項。

出土文獻未經後人整理，故其中文字的釋讀訓詁除須慮及「詞義」與其所屬「語境」外，尚需考量其「用字」方面，且不同的「詮釋」方式亦可能造成不同的讀法。準此，本文以「尻」字的釋讀為例，從上述諸方面辨析其釋讀問題，認為就目前所得「詞義」、「語境」、「用字」等方面的線索而言，並慮及不同的「詮釋」方式，以上「尻」字讀為｛居｝或讀為｛處｝皆可；在未見更多論據之前，當保留其讀法。

五、參考文獻

1. 曾憲通，1999，楚帛書文字新訂，《中國古文字研究》第一輯，長春：吉林大學出版社。

2. 陳民鎮，2018，《清華八〈邦家之政〉初讀》第49樓，簡帛網，2018年12月4日。http://www.bsm.org.cn/bbs/read.php?tid=4376。檢索日期2022年11月2日。

3. 陳姝羽，2020，《〈清華大學藏戰國竹簡（捌）〉集釋》，東華師範大學中國語文學系碩士論文。

4. 陳偉，2009，《楚地出土戰國簡冊十四種》，北京：經濟科學出版社。

5. 段玉裁，1993，《說文解字注》，臺北：黎明文化事業股份有限公司，影印清嘉慶二十年經韻樓藏本。

6. 高田忠周，1982，《古籀篇》，臺北：大通出版社，影印說文樓藏版。

7. 郭沫若，1958，關於鄂君啟節的研究，《文物參考資料》第4期。

8. 漢語大字典編纂處編，2018，《漢語大字典（第二版縮印本）》，成都：四川辭書出版社。

9. 洪興祖，2002，《楚辭補注》，北京：中華書局。

10. 黃懷信、張懋鎔、田旭東，2007，《逸周書匯校集注》，上海：上海古籍出版社。

11. 黃人二，2012，《戰國楚簡研究》，上海：上海古籍出版社。

12. 黃武智，2022，出土文獻中「処」、「處」、「尻」、「居」用字調查及其形義關係析論，《第三十三屆中國文字學國際學術研討會論文集》。

13. 黃武智，2023，詞義辨析視角下楚簡「尻」字釋讀數則──以讀為｛居｝為例，《中國文字》2023 夏季號（總第 9 期）。

14. 黃武智，2024，｛居｝、｛處｝二詞詞義辨析及其在楚簡釋讀上之參考作用──以「尻」讀為｛處｝為例，《第二屆漢語音義學研究國際學術研討會論文集》，臺北：花木蘭文化事業有限公司。

15. 季旭昇，2006，《上博五芻議（上）》，武漢大學簡帛網，2006 年 2 月 18 日。http://www.bsm.org.cn/?chujian/4416.html。2022 年 11 月 6 日檢索。

16. 季旭昇，2014，《說文新證》，臺北：藝文印書館。

17. 荊門市博物館，1998，《郭店楚墓竹簡》，北京：文物出版社。

18. 李學勤，2012，《清華大學藏戰國竹簡（參)》，北京：中西書局。

19. 廖名春，2003，《郭店楚簡老子校釋》，北京：清華大學出版社。

20. 劉寶楠，1990，《論語正義》，北京：中華書局。

21. 劉波，2009，《楚帛書‧甲編》集釋，吉林大學文學院碩士論文。

22. 劉釗，2005，《郭店楚簡校釋》，福州：福建人民出版社。

23. 馬承源，2002，《上海博物館藏戰國楚竹書（二)》，上海：上海古籍出版社。

24. 馬敘倫，1985，《說文解字六書疏證卷》，上海：上海書店，影印科學出版社 1957 年本。

25. 裘錫圭，1999，郭店《老子》簡初探，《道家文化研究（郭店楚簡專號)》第 17 輯（另收錄於裘錫圭，2021，《老子今研》，中西書局)。

26. 饒宗頤，1968，楚繒書疏證，《中央研究院歷史語言研究所集刊》第 40 本。

27. 容庚，1985，《金文編》，北京：中華書局。

28. 商承祚，1963，鄂君啟節考，《文物精華》第二集，北京：文物出版社。

29. 孫飛燕，2010，《〈容成氏〉文本整理及研究》，清華大學博士論文。

30. 唐洪志，2007，《上博（五）孔子文獻校理》，華南師範大學碩士學位論文。

31. 王鳳陽，2011，《古辭辨》，北京：中華書局。

32. 王暉，2009，《古史傳說時代新探》，科學出版社。

33. 王昆，2016，《清華簡〈尹至〉、〈尹誥〉、〈赤鵠之集湯之屋〉集釋》，河北大學碩士學位論文。

34. 王寧，2018，《清華簡八〈邦家之政〉讀札》，復旦大學出土文獻與古文字研究中心網站，2018 年 11 月 29 日。http://www.fdgwz.org.cn/Web/Show/4348。檢索日期 2022 年 11 月 2 日。

35. 心包（網名），2022，《清華八〈邦家之政〉初讀》第 50 樓，簡帛網，2018 年 12 月 4 日。http://www.bsm.org.cn/bbs/read.php?tid=4376。檢索日期 2022 年 11 月 2 日。

36. 殷滌非、羅長銘，1958，壽縣出土的「鄂君啟金節」，《文物參考資料》第 4 期。

37. 于省吾，1966，「鄂君啟節」考釋，《考古》第 8 期。

38. 俞紹宏、張清松，2019，《上海博物館藏戰國楚簡集釋》，北京：社會科學文獻出版社。

39. 張世超，2010，居、尻考辨，《中國文字研究》第十三輯，鄭州：大象出版社。

40. 周法高，1982，《金文詁林補》，中央研究院歷史語言研究所。

41. 子居，2019，《清華簡八〈邦家之政〉解析》，中國先秦史網站，2019 年 2 月 15 日。https://www.preqin.tk/2019/02/15/707/。檢索日期 2022 年 11 月 2 日。

《廣東省土話字彙》的
語音系統：聲韻調歸納

陳康寧[*]

摘　要

　　1828 年出版的《廣東省土話字彙》，第一次用拉丁字母給粵方言注音，初步形成了一套粵語的字母注音系統。馬禮遜一共設計了聲母 23 個，韻母 58 個，還有聲調的相關情況。這套用字母注音的系統，簡單明瞭，一改古音標注的繁難和模糊不定的情況，給後來的研究者以啟示。

關鍵字：粵方言語音系統；聲母；韻母；聲調

* 陳康寧，男，1992 年生，廣東雷州人，澳門科技大學國際關係博士，上海電子信息職業技術學院外語學院講師。主要研究方向為翻譯、中西語言文化交流。上海電子信息職業技術學院外語學院，上海 201411。

　　1828 年，英國傳教士羅伯特・馬禮遜（Robert Morrison，1782～1834）的粵方言對譯英語的雙語字典《廣東省土話字彙》〔註1〕出版。這是第一部用拉丁字母給粵方言注音、用英文給粵方言詞語釋義的字典，意在給西方人學習粵方言提供幫助。《字彙》也因此留下了晚清時期廣州社會面貌的珍貴實錄。

　　《廣東省土話字彙》的注音系統是以拉丁字母作為標音符號的一套系統。它的先導，應該是之前 1605 年利瑪竇（Matteo Ricci）的《西字奇跡》，這可視為歷史上第一次比較有系統地用拉丁字母給漢字注音，「歸納它們的拼音條理，發現有 26 個聲母，43 個韻母，4 個次音和 5 個聲調符號」。1625 年金尼閣（Nicolas Trigault）的《西儒耳目資》，「書中關於聲、調、韻的分類，有十分之八和利瑪竇相同。」是從利瑪竇的「這個條理擴充而成的」。羅常培在《漢語音韻學的外來影響》中稱它們為「兩種最重要的材料」。（《語言學論文集》362 頁）利瑪竇在他的書中收錄了四幅西洋宗教畫「寶像圖」，他根據畫作的情節寫成了四篇傳教性質的漢語故事，並附上了拉丁字母注音。不過這只是對這幾篇文章用到的漢字作了注音，並非全部漢字。後來，1820 年前後，馬禮遜的《華英字典》，第一次用拉丁字母給漢語官話作了全面系統的注音。在這個基礎上，1828 年出版的《廣東省土話字彙》，也對粵方言全面進行了拉丁字母的注音和英文的對譯。

　　本文將根據《廣東省土話字彙》中的粵方言的拉丁字母注音情況，歸納出馬禮遜所創的粵語拼音系統，並簡要分析其聲、韻、調的情況。

　　馬禮遜所創的拼音系統，跟中國古代韻書中使用的反切上下字注音系統完全不同。中國古代的韻書字典，是採用兩個漢字給一個漢字注音的方法，上字取其聲母，下字取其韻母和聲調，拼合而成一個漢字的讀音。對初學漢語不識漢字的人來說，如同天書，是無法根據這種方法來學習拼說漢語的。馬禮遜在明末來華的傳教士利瑪竇（Matteo Ricci）和金尼閣（Nicolas Trigault）等人所創

〔註1〕《廣東省土話字彙》由三部分構成：第一部分「English and Chinese」（英漢（粵）字彙），第二部分「Chinese and English」（漢（粵）英字彙），第三部分「Chinese Words and Phrases」（漢語（粵語）詞和短語）。第一、第二部分的詞條按字音開頭的 26 個拉丁字母的順序排列；粵語注音也用拉丁字母構成的符號系統，無標調號。第三部分的詞語排列順序是按義分 24 類。由於《廣東省土話字彙》全書沒標頁碼，所以本文在引用此書內容時，相應地在文中引用詞語之後以（一）、（二）、（三）注明。或者用（一、英漢（粵）字彙）、（二、漢（粵）英字彙）、（三・類別名）如（三・世務類）表示。

製給漢字注音的符號系統的基礎上，根據漢語的特性，在編纂《華英字典》和《廣東省土話字彙》時，開創性地改造創製了漢語官話和粵方言不同的注音系統，對字典全面採用了拉丁字母的注音。

在此，以《廣東省土話字彙》的第二部分「Chinese and English」（漢（粵）英字彙）為例，通過窮盡查檢排列其中的粵語詞條的注音字母，得出其中粵語的聲、韻、調情況大體如下：

一、聲母 23 個

唇	p 伯	p 片	m 晚	f 花	
舌尖	t 弟	t 頭	n 腦	l 理	
舌尖前	ch 正	ch 茶	sh 叔	s 箱	
	ts 雀			sz 絲	tsz 子
牙喉	k 歌	k 旗	h 喜	g 銀	
	kw 國	kw 規			
零聲母	y 油	w 話			

對聲母的相關說明：

1. p，t，ch，k（kw），這四個聲母在粵語中有送氣和不送氣的區別，但在「字彙」的注音中沒有加以區分。因為英語語音中輔音的送氣與不送氣的差別是由讀音規則決定的，沒有書寫的區別，也就造成馬禮遜在給粵語詞注音時對聲母送氣與否不能明確標注。可是這樣一來，也就給學習者要掌握正確的粵語話音造成了不便和麻煩。

2. kw 國 kw 規，這個聲母可理解為是 k 和 w（u）的結合。當韻母有 u 介音時，聲母是 k，這個 u 就往往寫作 w，在跟 k 組合時轉換為 kw。

3. 這組舌尖前聲母：ts 雀 sz 絲 tsz 子，把它們另外區分開列，作者大概是從語音拼讀的精細辨音角度，聽得出當它們跟特定韻母拼讀時有所不同，所以另外分列。在今天的漢語方言著作和粵方言口語語音裏，都將它們視同一組。

二、韻母 58 個

單元音	複元音			鼻尾韻				塞尾韻		
a	ai	ay	aou	an	am	ang	aong	at	ap	ak
亞	買	姐	罩	晚	貪	橙	樣	紮	閘	黑

	ăw				ăn	ăm	ăng		ăt	ăp	ăk	
	頭				問	枕	行行路		桔	鴨	伯	
o	oo	oy	ooy	ow	oon	oan	ong	oang	oot	op	oak	ok
哥	壺	來	妹	膏	罐	杆	黃	贓	末	合	學	屋
e	ee	ei	ew		een	eem	eng	eong	eet	eep	ek	eok
衣	疑	弟	腰		片	欠	聽	香	別	葉	石	雀
(i)					in	im	ing				ik	
					認	唔	整				極	
u	wa	wei	uy		un	une	um	ung	ut	uet	uk	
珠	瓜	規	隨		粉	遠	甘	公	出	說	叔	

對韻母的相關說明：

1. 馬禮遜從英語人群的學習需要出發，根據粵方言發音的特點，跟英文語音相比較，設計了一些專用字母。並專門在《廣東省土話字彙》的「導言」後面用一篇「OWERS OF THE LETTERS」，對給粵語注音的這些字母的寫法和特定讀音作了統一說明，以方便學習粵語的西方讀者。在此針對馬禮遜的說明，略加以解釋：（「OWERS OF THE LETTERS」原文請參考本文「對照英、粵兩語，在注音和詞類等方面形成自己的特點」）

OWERS OF THE LETTERS（字母的歸類）

A，總是讀作 Shall 中的 a。即這個音應該讀成 [ɑ]

ă，讀音像 Hat 中的 a 那麼短促。即這個音應該讀成 [æ]

ai，像 Lie 的 ie 的讀音。即這個音應該讀成 [ai]

ăw，讀音短促、突然。

aou，長而廣的音。

e，在字音中間出現時讀作 Met 中的 e。即這個音應該讀成 [e]

e，在字音末尾出現時讀作 Me 中的 e。即這個音應該讀成 [i]

ee，讀音像 Seen 中的 ee。即這個音應該讀成 [iː]

ei，讀音像 Height 中的 ei。即這個音應該讀成 [ai]

i，讀音像 Sit 中的 i。即這個音應該讀成 [i]

o，讀音像 Long 中的 o。即這個音應該讀成 [ɔ]

ŏ，在短輔音字母前讀音像 Hot 中的 o。即這個音應該讀成 [ɔ]

ów，讀音像 How 中的 ow。即這個音應該讀成 [au]

oy，讀音像 Boy 中的 oy。即這個音應該讀成 [ɔi]

u，單獨用時讀音像法語 Peu 中的 eu。即這個音應該讀成 [ø]

uy，sze，這兩個是特有的漢語語音。即兩個音應該分別讀成 [ui] [zi]。

馬禮遜對字音的辨析很精細，從以下的舉例可見一斑：

2. 單元音的 e 有兩個讀音，分別是 [e] 和 [i]。

shek 石，其中的 e 讀作 [e]；tsze 子，其中的 e 讀作 [i]。

tsei 仔，其中的 ei 讀作 [ai]

單元音的 i，作者依據英文的讀音，認為在粵方言語音裏也無相應的單獨作韻母的字音；而把「衣服」中的「衣」注音為「e」或「ee」，把「醫生」的「醫」注音為「ee」。

3. 複元音的一組 wa wei 的說明：wa 話，wa 畫。wei 為，wei 會。這組字音中的 w，原來是複元音的韻頭 u。用現在的話說這屬零聲母，字音構成的聲母部分不是（或者說沒有）輔音字母，於是把韻頭的 u 改寫成 w。

4. 《字彙》在注音時對粵語語音中不同的塞音韻尾和合口鼻音韻尾都能正確清楚地給予標記，具體表現如下：

刮 kwat 物 mat，學 hoak 壽 tuk，搭 tap 入 yap，沉 chăm 陰 yăm

其中的塞音韻尾 -t、-k、-p 和合口鼻音韻尾 -m 在當時漢語官話音裏都已消失，馬禮遜在編纂《華英字典》時不可能用到。但這是粵語語音顯著的存古特點。馬禮遜自己的母語英語的發音，也有跟粵語語音相同相類的塞音韻尾和鼻韻尾：

wait [weit] boat [bout]，take [teik] book [buk]，pipe [paip] type [taip]，grime [graim] came [keim]

所以，他能準確地捕捉到粵語發音的這一特別之處，對其中保留的古音中的入聲韻和合口鼻音韻尾都給出了合適的注音。

三、關於聲調

由於英文的語音沒有聲調的區分，只有輕重音和長短音的差別。《字彙》也沒能給粵方言語音的聲調予充分合適的標注。這是個遺憾。像任何新生事物一樣，也說明馬禮遜初創的這個注音系統還有待進一步的完善。

其中有些跟聲調相關的情況還是值得我們關注：

1. 入聲韻尾的存在和標注屬於韻調合一的情況。粵語入聲韻既跟英文的發音標注巧合，也算是部分標注了聲調，即在《字彙》裏標明了平上去入四聲中的入聲。只不過這種標注還不能像現代的研究辨音那樣，將粵語的入聲分出陰入、中入、陽入三調的那麼精確罷了。現今粵語聲調分四聲九調。

2. 如上文出現的這些韻母，其上所標的有點像是現代漢語聲調的去聲、上聲標誌：ów，ă，ŏ，ăm，ăt ăp ăk；根據作者的解釋，它們跟字音的聲調並無關係。比如「yăm 陰」，「陰」的實際聲調是陰平，「wăn 魂」，「魂」是陽平，而這一組是入聲字「yăt 日 yăp 入 tăk 得」，它們的讀音也都不是上聲。這個在現代中文拼音看來是上聲的標記，其實是馬禮遜覺得某些粵語音因所處位置的不同，需要加以區別而作的標記。這個問題在「OWERS OF THE LETTERS（字母的歸類）」他已作具體的說明。

這也從一個方面說明作者著書做學問講求實際和科學的精神。

從以上的說明歸納可知，《字彙》創製的給粵方言詞語所作的拉丁字母注音系統，是一套有規則有條理的比較完整明確的語音系統。每條先列詞頭加注音，然後舉出例證；凡詞、語、句，都從口語和書證中列舉後，一一加上注音；在期間穿插英文的解釋。這樣對於西方學習者來說，完整的注音和注解，就是習得粵方言得心應手的工具。

《字彙》對粵方言的注音系統在漢語語音學史上的價值是顯而易見的。首先是在傳統的以漢字注漢字音、即反切等方法之外，創出了一條漢語注音的新的路子。其次是第一次用拉丁字母標注粵方言語音，留下了清代中期可信的方言語音材料。用字母注音的方法，簡單明瞭，一改古音標注的繁難和模糊不定的情況，給後來的研究者以啟示。當代的中文拼音方案就是在前人拉丁字母注音的基礎上進一步發展完善的。這也使中西方的語音交流和研究變得更加切實可行。

四、參考文獻

1. 馬禮遜，1828，《廣東省土話字彙》，澳門：澳門印刷所。

2. （英）馬禮遜夫人編，顧長聲譯，2004，《馬禮遜回憶錄》，桂林：廣西師範大學出版社。

3. 羅常培，2004，《語言學論文集》，北京：商務印書館。

鄂州贛語本字考[*]

皮曦、喻威[*]

摘　要

　　湖北鄂州方言包括江淮官話、西南官話和贛語，鄂州市東南部方言多隸屬贛語大通片。由於鄂州地理位置特殊，其方言成分複雜，保留較多古語詞。文章以鄂州東南部的碧石渡鎮為代表方言點開展田野調查，採用音義互證、文獻考據、方言對照等方法考察鄂州贛語方言本字，考釋出「鬮」「磴」「撚」「眇」「浸」「皺」諸字。最後提出在考察方言本字的過程中，需要辨析方言本字、源詞、記音詞的關係，論證語音對應關係時應區分文白層次、結合音變規律。

關鍵詞：鄂州方言；本字；考證

---

* 基金項目：本文是國家社科基金一般項目「出土涉醫文獻與古醫書經典化研究」
　（19BZS012）、國家社科基金重大項目「出土先秦兩漢醫藥文獻與文物綜合研究」
　（19ZDA195）的階段性成果。

* 皮曦，女，2000 年生，湖北鄂州人，漢語言文字學碩士在讀，主要研究方向為方言語法
　詞彙、近代漢語；喻威，男，1999 年生，湖北麻城人，清華大學人文學院、出土文獻研
　究與保護中心博士在讀，主要研究方向為出土文獻與古文字、訓詁學。首都師範大學文
　學院，北京，100089；清華大學出土文獻研究與保護中心，北京，100084。

　　鄂州位於湖北省東部長江南岸，與黃石市、大治市、武漢市毗連，北與黃岡市隔江相望，內轄鄂城、梁子湖和華容三區。《鄂州方言志》（萬幼斌 2000：4）中記載鄂州有江淮官話、贛語、西南官話三種方言：鄂州東部、西部和西北部屬江淮官話區，其東南和西南部地區屬贛語區，包括汀祖、澤林、碧石、東溝、沼山、太和、公友、涂家塯、梁子等九個鄉鎮，另有兩個西南官話方言島，分別是鄂城鋼鐵廠和程潮鐵礦。由此可見鄂州處於語言接觸地帶，具有較高的研究價值。鄂州方言中有許多有音無字的方言詞，考證其本字有利於推進鄂州方言的研究，對於方言的詞義引申、語言接觸和分區劃分都有積極的意義。

一、鄂州碧石話的語音系統

　　文中鄂州贛語以鄂州市鄂城區的碧石渡鎮話為代表。筆者之一為鄂州市鄂城區碧石渡鎮人，通過田野調查，得出鄂州碧石話方言有 6 個聲調（見表 1）、20 個聲母（見表 2），韻母 50 個（見表 3）。

表 1　碧石話聲調表（共 6 個單字調，不包括輕聲）

調類	陰平	陽平	上聲	陰去	陽去	入聲
調值	33	31	42	35	24	213
例字	梯方初胸	題房鋤雄	使體碗米	試替付注	事第件合	得滅適服

表 2　碧石話聲母表（共 20 個聲母，包括零聲母）

p	兵八百爸	pʰ	爬病派片	m	麥明	f	副飛飯風
t	多東壽對	tʰ	討天甜貼	n	腦南藍路		
ts	資租竹爭	tsʰ	刺茶抄床	ȵ	泥年嚴碾	s	些謝蚤絲	z	繞認仍茬
tɕ	酒主九急	tɕʰ	清柱權船			ɕ	書虛縣項
k	高告古箇	kʰ	開共空口	ŋ	我熬安眼	x	好灰活黃
ø	味熱月藥						

表 3　碧石話韻母表（共 50 個韻母，包括自成音節 [n̩]）

ɿ 資支知直日又	i 急希極其	u 故過木母	y 雨虛出豬
a 色~子蓋介海		ua 怪快壞歪	ya 帥揣拽錐
ε 色顏~北特沒		uε 國獲括	yε 缺月掘

e 蛇文姐舌	ie 野文鐵血夜文		ye 靴
a 飽保桃告	ia 交孝巧教		
ɔ 爬蛇白夾白	iɔ 野白夾文夜白亞	uɔ 花刮華括	yɔ 刷耍抓惹
o 河各郭活	io 確藥學覺	uo 臥倭窩闊	
ɤ 鬥燒召撩	iɤ 條叫笑要		
ɯ 耳日又而			
	iu 流秀削揪		
ai 第地踢倍		uai 桂貴會睡	yai 追吹墜瑞
au 鹿綠賭醜	iau 油九育幽		
ã 膽三含銜		uã 關完環幻	yã 涮
ẽ 根庚僧爭	iẽ 間文減廉連		yẽ 權船圓圈
ɤ̃ 短酸竿感		uɤ̃ 官碗寬觀	
ɔ̃ 黨桑床脹	iɔ̃ 講良想羊	uɔ̃ 光黃逛汪	
an 升深寸盆	ian 緊金音慶	uan 魂橫溫困	yan 雲暈勳永
	in 林鄰靈心		
aŋ 紅東空風	iaŋ 瓊窮胸融		
ŋ̍ 爾嗯			

二、方言詞語本字考釋

　　本文所考本字按照方言讀音的聲母音序排列，為了全文一致，聲調統一用數字標記。每個本字後先標音、釋義，再舉出鄂州贛語用例，並結合傳世文獻與其他方言資料進行論證。

　　1. 鬪／鬥[tɤ³⁵] 拼合，拼湊。如「筷子斷了，爾還能鬪起來？」

　　《廣韻》去聲候韻都豆切：「《說文》：『遇也。』又姓，《左傳》楚有大夫鬪伯比。」段玉裁注：「凡今人云鬪接者，是遇之理也。《周語》：『穀雒鬪，將毀王宮』謂二水本異道而忽相接合為一也。古凡鬪接用鬪字，鬥爭用鬥字。俗皆用鬪為爭競，而鬥廢矣。」南宋《朱子語類》：「此只將別人語言鬪湊成篇，本末次第終始總合，如此縝密！」據《現代漢語方言大詞典（全六卷）》（李榮 2002：3006～3071）收錄，表「拼合」「拼湊」義的「鬥」亦見於鄂州臨近的武漢方言，並廣泛分佈在其他西南官話區（如貴陽、柳州），贛語區（黎川）、湘語區（長沙）、閩語區（海口）等方言區中，其本字都應為「鬪」。

　　周文（2004）將鄂州方言中[tɤ³⁵]本字考為「挋」，唯引《漢語大字典》中

的「挻，方言。接起。如『挻攏；挻榫頭』」為證。然而，「挻」字在《廣韻》中為上聲緩韻都管切，同「短」，如《童子逢盛碑》：「命有悠挻，無可奈何。」聲韻調及詞義均不合，另有《集韻》去聲候韻大透切：「挻，四匊（掬）曰挻。」音與[tɤ³⁵]相似，但該詞為量詞，義為「四捧為一挻」，詞義又不和，因此《漢語大字典》中表示「接起」義的「挻」應為「鬮」的記音字，並非[tɤ³⁵]本字，而「拼合」義的「鬮」字則與碧石話的[tɤ³⁵]音義俱合，當為其本字，碧石話中亦有「鬮筆字」的表達，意為不按正確筆劃即拼湊筆劃而寫成的字。

2. 隥[tẽ⁴²]①石頭臺階。如「前面有個隥子，小心點。」②梯階。如「換燈泡的時候，爾千萬把隥子踩實咯！」

《廣韻》去聲嶝韻都鄧切：「梯隥。」《說文·阜部》：「隥，仰也。」段玉裁注：「仰者，舉也。登陟之道曰隥。」《廣雅·釋丘》：「隥，阪也。」用例如《穆天子傳》卷一：「乃絕隃之關隥。」注：「隥，阪也。」朱駿聲《說文通訓定聲》：「隥，字亦作墱，作磴，作嶝。」「墱」「磴」「嶝」即山路石階，亦泛指階梯、臺階。「隥」「墱」「磴」「嶝」又與「蹬」同源。《龍龕手鑒·足部》：「蹬，階級也，道也。」唐代岑參《與高適據登慈恩寺浮圖》：「登臨出世界，蹬道盤虛空。」

按照音韻對應關係，該字對應碧石話聲調應為陰去35，但在實際發音中卻讀上聲42，或可用變調構詞來解釋，「隥」的源詞應為「登」。《說文·癶部》：「登，上車也。」佐助人乘馬的腳踏稱之為「鐙」「䩦」，其語源就是「登」。「登」，平聲，動詞表上升，變調構詞後轉指輔助人上升的「石梯」，讀去聲，寫作「隥」。孫玉文（2015：109）亦認為「隥」是源詞「登」經過去聲變調構成的滋生詞。「隥」由「石頭臺階」引申為「像臺階的東西」（如「梯階」）是符合認知規律的，如山東牟平方言詞「磴兒」[tɤr¹³¹]義為「石頭臺階」和「像臺階的東西」（李榮 2002：3659）。在碧石話中還有俗語「打隥子」，形容人說話不流利，時常停頓的樣子。李榮（2002：5531）中記錄其他方言區如湖南婁底亦有「打磴」[ta¹⁴² tẽ⁴²]，與之音義相似。

3. 撚（捻）[lan³³]用食指、中指和拇指搓。如「伊在銀行做過事，總噶會撚（捻）錢。」

《廣韻》上聲銑韻乃殄切：「以指撚物。」《說文·手部》：「撚，執也。从手然聲。一曰蹂也。」段玉裁注：「執者，捕罪人也。引申為凡持取之稱⋯⋯

蹂者，獸足蹂地也。」可知最初「撚」有「持取」和「踐踏」義，用例如唐代杜牧《重送》：「手撚金僕姑，腰懸玉車轆轤。」《淮南子·兵略》：「前後不相撚，左右不相干。」高誘注：「撚，蹂蹈也。」「捻」亦有持取義，如《說文·手部》：「指持也。」用例如唐代杜甫《陪鄭廣文遊何將軍山林》詩之四：「盡捻書籍賣，來問爾東家。」「拈」亦有持取義，《釋名·釋姿容》：「拈，粘也，兩指翕之，粘著不放也。」朱駿聲《說文通訓定聲》：「謂以指取物也。」《古辭辨》（王鳳陽 1993：687）認為「拈」「捻」「撚」應是同源詞，且最初或許彼此是異體字。但我們根據平行例證僅能推斷「拈」「捻」為同源詞，「撚」或與之無關。《說文·阜部》：「陰，闇也。」陰暗處呈黑色。《說文·艸部》：「葚，桑實也。」成熟的桑葚呈黑紅色。《說文·黑部》載「黮，雖晳而黑也」「點，小黑也」。孔子弟子曾點字子晳，而《說文》「黮」字下曰「古人名黮字晳」，段玉裁明確指出「黮」「點」同音假借。其實上引「陰、葚、黮、點」在黑的意義上為同源詞。由咸聲可以溝通今聲、占聲。那麼，在「夾取」的意義上，「拈」「捻」當為同源詞，兩字上古音分屬談部和侵部，本同源，但「撚」屬元部，與談部、侵部聲韻聯繫相對較遠。除了「指持」的意義之外，三詞還共同引申出用手指搓撚的意思，如書中所引：北魏《齊民要術·種李》「手捻之，令褊」；北宋蘇軾《和柳子玉喜雪》「燈青火冷不成眠，一夜撚鬚吟喜雪」；南宋楊萬里《觀雪》「倩誰細拈成湯餅，換卻人間煙火腸」。後來『拈』和『撚』『捻』逐漸產生了分工，『拈』專用於指持義，而後兩字用於搓轉義，簡化漢字後『撚』並於『捻』」。由於數錢主要使用食指和拇指搓鈔票的邊角，今碧石話中有「撚（捻）錢」一詞，「撚（捻）」後加「子」尾後可轉指手指搓摩之物，如碧石話中「撚（捻）子」可指「鈔票」，該轉指用法亦見於長沙方言，如《長沙方言詞典》（李榮，鮑厚星 1998：204）中指出「『[lən³³]』是數鈔票時手的動作，重疊後帶上『子』尾變成了名詞，指鈔票，隱晦的說法」，其本字也應是「撚（捻）」。

4. 眇[miɤ³⁵] 看；瞟；瞥。如「聽說伊媳婦蠻好看，我也想眇一下。」

《廣韻》上聲小韻亡沼切：「《說文》曰：『一目小也。』」段玉裁注：「引申為凡小之稱，又引申為微妙之義」。《方言》卷十三：「眇，小也。」《廣雅》：「眇，小也。」《古辭辨》（王鳳陽 1993：152）指出《說文》中「小目」有兩解：「一指目小，《正字通》『眇，目偏小，不盲』；一指少目，《洪武正韻》『眇，

偏盲也』，『偏盲』即獨眼，一目盲。」後還可指眯起一只眼睛，用另一只集中視力這種動作，如《漢書・敘傳上》「離婁眇禾於毫分」。這是眯起眼使視力集中，故顏師古注『眇，細視也』，此義後寫作「瞄」。「眇」還可泛指一般的看，如《文選・木華〈海賦〉》：「群妖遘迍，眇睒冶夷。」李善注：「眇睒，視貌。」黃樹先、鄒學娥（2019）指出漢語裏原表「眼疾」的詞，發展為各種非正常的「看」，之後進一步發展為一般的「看、望」，是一條很常見的演變路徑，「眇」就是其中一例。《漢語大詞典》（第七卷）中也記載了「眇，方言。很快地看一下；偷看」。在鄂州方言中，「眇」對應碧石話聲調應為上聲 42，但在實際交流中讀陰去 35，應為「小目」義的上聲「眇」變調別義，「看」義「眇」讀作去聲。《現代漢語詞典》（第七版）中亦有同義詞「瞄」，釋義為「把視力集中在一點上；注視」，該字不見於古籍，當為後起字，其本字亦為「眇」。在碧石話中，「眇」可以指遠遠看一眼，如「我到上頭眇下子，伊還冇回」，也可指不經意間看到，如「我正道回家，眇到個狗子把車撞了」。據許寶華、宮田一郎（1999：4142），「眇」亦廣泛分佈在西南官話區（昆明、騰沖、楚雄）、吳語區（蘇州、丹陽、杭州），至於「瞄」的分佈則更為廣泛，在此不列舉。

5. 浸[tɕʰin³⁵]①泉水，如「浸子水」，亦可寫作「沁」②長時間處於某環境中，如「這伢人下學昏了頭，一天到黑浸到書底。」

《廣韻》去聲沁韻子鴆切：「《說文》作濅，浸漬也。漸也。」可知「浸」有「浸泡」義和「漸進」義。「浸」字多作名詞，指河流。《說文・水部》：「濅，水。出魏郡武安。東北入呼沱水。」《周禮・夏官・職方氏》：「其川三江，其浸五湖。」鄭玄注：「浸，可以為陂灌溉者。」作動詞，表示「泡（在液體裏）」，這種用法古今一致。引申為「滲透」義，如晉王嘉《拾遺記・燕昭王》：「香出波弋國，浸地則土石皆香。」根據《古辭辨》（王鳳陽 1993：526）可知，中古之後，「沁」經常借作「滲入」義的「浸」，見南宋范成大《垂絲海棠》：「曉鏡為誰妝未辦，沁痕猶有淚胭脂」。故碧石話中「浸子水」是指從地下滲出的泉水，亦可寫作「沁子水」，許寶華，宮田一郎（1999：2927）中亦收錄「沁水」[tɕʰin²¹³suei⁵³]，分佈於湖北隨州和四川成都。「浸」可由「浸泡」義引申為「長時間處於某環境中」，如「浸淫」就表示沉浸、被某物深深吸引。用例如茅盾《虹》：「但是有一天梁剛夫來，看見梅女士浸淫在書本裏。」許寶華，宮田一郎（1999：5130）中「浸」的第二條動詞義為「長時間沉浸在某種活動或環境

中」，代表方言點有福建廈門，如「三暝三日，攏浸蹛實驗室」。（三天三夜都泡在實驗室裏）還有廣東揭陽，如「伊互日浸在麻雀床塊，正經事攏唔理」。（他整天沉迷在麻將臺上，正經事都不理）。雖然未被收入詞典，碧石話「浸」亦有此引申用法，如「這伢人下學昏了頭，一天到黑浸到書底」。（這孩子都學昏了頭，一天到晚都泡在書裡）

6. 皺[tsaŋ³⁵]起皺紋。如「伊不高興爾還看不出來嗎？眉毛皺了一整天！」

《廣韻》去聲宥韻側救切：「面皺。俗作皷。」「皺」在碧石話中亦讀為[tsɑu³⁵]，是受共同語影響的文讀音，[tsaŋ³⁵]應為「皺」的白讀音。「皺」在白讀音中有鼻音韻尾，這屬於方言中的一種特殊音變現象──鼻音增生。據王雙成（2014）研究，鼻音增生即「原來的陰聲類韻母增生了一個鼻音韻尾而變為陽聲類，並和原有的陽聲類韻母合流」這種語音變化現象，它在西南官話中表現突出。鼻音韻尾增生多發生在鼻音聲母之後，但也有發生在其他聲母之後的，如李國正（1984）所記錄的「皺」，其在四川的自貢、華陽、青川、瀘州讀作[tsoŋ]，在五通橋讀作[tsʊŋ]，還有許多四川官話中非鼻音聲母的流、蟹兩攝字存在鼻音增生現象。碧石話中的「皺」雖並非是鼻音聲母，但其文讀音韻母亦屬於流攝，因此也發生了鼻音增生現象，疑是受到周邊強勢西南官話的接觸影響。根據李榮（2002：5530）可知，其他西南官話方言區也有鼻音化的「皺」字，如貴陽「皺皺」[tsoŋ²⁴ tsoŋ²⁴]、長沙「皺皮柑」[tsoŋ⁵⁵ pi¹³ kan³³]。

三、結　語

以上以音義對應為原則，參考傳世文獻和方言語料對以碧石話為代表的鄂州方言中的 6 個詞條進行了考釋，其中有對前人有誤考釋的修訂，如「闆」，也有對鄂州方言本字的創新考釋，如「隥」「撚」「眇」「浸」「皺」。在考察方言本字的過程，還有以下兩點值得注意的問題。

1. 辨析方言本字、源詞、記音字的關係

「本字」這一術語在不同情況下所指不同。游汝杰（2018：194）認為方言本字一般指「方言詞在歷史文獻中最初的書面形式」，而「源詞」則是反映一系列同源詞的同源義的最早出現的詞語，使用的字形也較為簡單。方言本字不等於源詞，如鄂州贛語中表示「石階」的[tẽ⁴²]本字為「隥」，但其源詞應為「登」，語義演變路徑為：表「上升」義的動詞「登」＞為「上升」而使用的

工具。至於記音字，大部分都是採用音近的字來記錄方言中有音無字的成分，並不像「本字」那樣能夠看出字形與字義的關係，或者像「源詞」那樣能夠推理出源義與所表詞義的引申關係，記音字只注重音的聯繫。例如前文所指出的「挕」只是表「拼湊」義的[tɤ³⁵]的記音字，在歷史文獻中找不到用來記錄該義的用例。作為全國第一部系統考察國內漢語方言用字情況的專著，《全國漢語方言用字表稿》（張振興 2023：212）就將「挕」定為記音字（同音字），而將其本字定為「鬥」。

2. 論證語音對應關係時應區分文白層次，結合一般和特殊的音變規律

方言考本字最基本的原則是音義對應，傳統的考本字方法是根據現代方言讀音在廣韻音系中找到一個音義都相合的字，再附書證。這種個案對應的考察法把握了考本字的核心，代表作有章炳麟《新方言》、黃侃《蘄春語》，但遇到方音存在不同層次和特殊語音演變規律的情況時就難以考出本字了。以鄂州贛語為例，「皺」的文讀音為[tsɑu³⁵]，但在方言口語中的發音是[tsaŋ³⁵]，如果不清楚該方言白讀音中存在「非鼻音聲母的流、蟹兩攝字韻尾常出現鼻音增生」的特殊演變規律，就無從確認[tsaŋ³⁵]為「皺」的白讀音，更無從找出該讀音所對應的廣韻音系中音義俱合的字。

文章在考察鄂州贛語本字時，首先論證了方音與所考本字內部語音系統的對應，這一過程結合了鄂州語言接觸的背景，特別注意區分方音層次和尋找特殊語音演變規律。其次參考了該本字在文獻字書中的用例以證明語義的對應。最後對照了方言詞在其他方言區的分佈來驗證所考本字的正確性。由於文獻資料的不完備和個人能力有限，仍有許多鄂州贛語本字未考出，不足之處，有待方家補充。

四、參考文獻

1. 黃樹先，鄧學娥，2019，看望與眼疾類詞語的語義關係，《民族語文》第 3 期。
2. 李國正，1984，四川話流、蟹兩攝讀鼻音尾字的分析，《中國語文》第 6 期。
3. 李榮，2002，《現代漢語方言大詞典（全六卷）》，南京：江蘇教育出版社。
4. 李榮等，1998，《現代漢語方言大詞典·長沙卷》，南京：江蘇教育出版社。
5. 孫玉文，2015，《漢語變調構詞考辨》，北京：商務印書館。
6. 萬幼斌，2000，《鄂州方言志》，成都：天地出版社。
7. 王鳳陽，1993，《古辭辨》，吉林：吉林文史出版社。

8. 王雙成，2014，漢藏語言的鼻音韻尾增生現象，《民族語文》第 5 期。

9. 許寶華，宮田一郎，1999，《漢語方言大詞典》，北京：中華書局。

10. 游汝杰，2018，《漢語方言學導論》（修訂本），上海：上海教育出版社。

11. 周文，2004，鄂州方言本字考略，《鄂州大學學報》第 3 期。

12. 張振興，2023，《全國漢語方言用字表稿》，北京：中國社會科學出版社。

吳方言量詞「記」動量時量的認知考察

傅瑜璐[*]

摘　要

　　在吳語方言中，量詞「記」以表動作量和時間量為主。動量和時量的區別實際並不完全嚴格，動量詞「記」往往帶有短暫時量特徵，時量詞「記」常常帶有微小動量特徵。「記」的內部存在壹個「量」連續統，可以大致劃分為：〔＋計事〕→動量詞記1　時量詞記2←〔＋計時〕。從認知角度來說，量的變化源於人對動量結構不同的認知。能進入「V壹記」動量結構的動詞存在壹個外部的界性連續統，可以大致劃分為：〔＋有界〕→瞬間自主動作動詞 V1　活動心理動詞 V2　持續自主動作動詞 V3　狀態心理動詞 V4　起始動詞 V5　結果動詞 V6　瞬間非自主動作動詞 V7　靜態動詞 V8←〔＋無界〕。有界特徵相同的動詞在不同的語境中情狀可能不同，有界特徵不同的動詞在相同的語境中情狀也可能不同，不同的謂語情狀使得動量結構認知圖式中顯著量不同，人的認知發生改變，從而發生量詞計量指稱的變化，最終體現為量詞的語法化。本文以動詞的分類為線索，對動量結構中「記」的動量時量變化進行認知考察，借助隱喻泛化與界性認知理論分析語法化動因。

關鍵詞：吳方言；「記」；量詞；界性；隱喻

---

[*] 傅瑜璐，1999年生人，女，浙江龍遊人，長江大學中國語言文學碩士研究生在讀，主要研究方向為漢語言文字學。長江大學中國語言文學系，荊州 434023。

　　吳方言中的專用動量詞「記」同時也用作專用時量詞，兼具「壹下」與「壹會兒」兩個義項。表「壹下」時與共同語中的「壹下」基本壹致，表輕微動量與短暫時量，表「壹會兒」時則與共同語中的「壹會兒」基本壹致。比較而言，方言中「壹記」同時承擔了共同語中「壹下」和「壹會兒」的語義和語法功能。經過考察，我們認為這種語法化的出現，本質上源於「記」的時間性語義特徵的變化。

　　「V＋壹＋量詞」是考察量詞的基本格式，我們同樣以此為基準。邵敬敏（1996）曾提出限制動量詞選擇的因素首先是動詞本身的語義特徵，其次是動量詞本身的語義特徵，有時候也會關涉到動作的有關對象。「記」與不同動詞的組合帶來了其語義的變化，這種變化同時也受到其本義的影響。從認知角度來看，「語義演變的機制有隱喻（類推）、轉喻（重新分析）」[註1]。簡言之，「記」的語法化過程或者或語義演變過程可以描述為：「記」的稱量範疇在隱喻泛化（類推）的過程中不斷擴大，時間語義顯著的動詞進入「V＋壹記」結構，最終發生了認知轉喻（重新分析），「記」的語義發生改變或說「記」發生了語法化。

　　據上述，我們需要將能與「記」組合的動詞，和「記」的不同用法進行分類，在分類組合中考察「記」的語法化。

一、動詞的分類

　　學界代表性的動詞分類研究多以情狀分類為主，且動詞的情狀特點與其本身時體特徵有關，也與其所在的語境有關。影響較大的一類是沈家煊（1992）將動詞分為持續性動詞與非持續性動詞。馬慶株（1992）還將持續性動詞又進壹步分為強持續性動詞和弱持續性動詞，認為強持續性動詞在「V＋了＋時量賓語＋了」句式中，不會引起時量賓語「表示動作行為持續的時間還是表示動作行為完成以後經歷的時間」[註2]的歧義，時量賓語只表示動作持續的時間，弱持續性動詞則與之相反。另一類是將動詞分為靜態動詞、兼態動詞、動態動

〔註1〕吳福祥（2019）認為類推和重新分析是就語言內部演變而言的唯二語言演變機制，從語言接觸角度看，還有「複製」（replication）。

〔註2〕馬慶株（1992）將由動詞加表示時量的賓語組成的述賓結構分為三種形式C1-3，其中C3為「V＋（了）＋T＋了」，又根據能不能加後綴「著」把出現在C1-3裏的動詞劃為兩類，其中能夠加「著」的動詞叫做持續性動詞，記為Vb，而在可以在C3句中出現會產生歧義的Vb類動詞就稱為強持續動詞，如「等了三天了」。

詞（戴耀晶 1997）。雖張松松等（2017）認為動態與靜態的動詞分類，和持續性與非持續性的動詞分類近似，但我們認為動詞的動態與持續性分類並非完全對應，因此不能混為壹談。

「數量詞對句法結構的制約實際上是『有界』『無界』對句法結構的制約」〔註3〕，因此，動詞謂語指稱的動作行為是否有界，是其能否被動量詞稱量的關鍵條件。但是「有界」「無界」其實是壹個相對的概念，「就漢語動詞而言，『有界』和『無界』之間並不存在截然分明的界限，它們之間存在著壹個『跨界』的過渡類型」〔註4〕，即動詞的「界性」是壹個連續統。

1. 分類依據

那麼，如何劃分動詞的「界性」連續統？我們認為可以依據：時間語義特徵及其他相關語義特徵。

首先，時間語義特徵是劃分的主要依據。動詞的主要語義特徵是占有時間邵敬敏（1996），我們認為對動詞的情狀分類，可以從語義類型角度看作是依據動詞的時間語義特徵進行的分類。

郭銳（1994）曾對漢語動詞的過程結構進行過系統的分類，認為這個過程可以看作「是以動作為中心向兩極（狀態和變化）過渡的連續統」。根據他的「三要素（過程開始的時點、過程結束的時點、過程持續的階段）」論述，我們認為他所作的分類是依據時間語義得出的動詞動作性過程結構。換言之，是壹個動詞動量界性連續統，動作圖式中動量越顯著越靠近「變化」，越隱沒越靠近「狀態」。

從本文的研究需求和認知角度來說，我們需要劃分的動詞時間性過程結構，則是動詞時量「界性」。根據時間語義，我們可以將動詞的時間性過程結構，或者說時量界性連續統劃分出來。

綜上，動量時量界性特徵可以看作是時間語義在認知上衍生的兩個維度，用坐標軸表示為（箭頭方向表示有界的顯著度）：

〔註3〕沈家煊（1995）提出人們感知和認識事物、動作、形狀，事物在空間上、動作在時間上、形狀在「量」或程度上都有「有界」和「無界」的對立，「有界」和「無界」時一種人類認知上的基本對立，而這種基本對立一定會在語法結構上有所反映。

〔註4〕稅錫昌（2005）使用「V＋了＋時量短語＋了」格式對活動過程動詞界性連續統進行考察，認為動詞界性可以表示為：無界到跨界到有界。

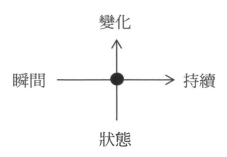

　　中間的「黑點」即為既可與「著」組合表持續又可與「了」組合表完成的動詞，它們的存在證明了兩個量界的交叉。動詞如同坐標軸上的散點，觀察能與「記」組合的動詞分布情況，就可以觀察到「記」在不同動量結構中的變化，明確其語法化認知動因。

　　其次，其他語義特徵也是劃分的重要依據。動作性、狀態性特徵和延續性、瞬間性特徵都與時間性特徵強相關，王洪軒（1987）就曾將動態靜態分類與延續性瞬間性分類（即持續性非持續性分類）歸為語義分類。而對動詞進行時量界性的劃分，必然需要考慮與時間語義特徵關聯性較強的其他語義特徵。我們考慮為：過程結構特徵（起始動詞、動作動詞、結果動詞），動作性和狀態性（動態動詞和靜態動詞），意願性和非意願性（自主動詞和非自主動詞），延續性和瞬間性（持續動詞和瞬間動詞），以及心理特徵、給予特徵。

2. 分類結果

　　綜上所述，我們參考前人研究，將動詞分類如下：

動詞類型	例　詞	與「記」組合	時量界性
瞬間自主動作動詞	〔＋給予〕給、遞	記1	
	拍、踢	記1/2	
活動心理動詞〔＋思維／認知〕	想、考慮	記1/2	
持續自主動作動詞	〔＋強持續〕看、哭、站	記1/2	
	〔＋弱持續〕吊、掛	記1/2	弱↓強
狀態心理動詞〔＋情緒／情感〕	開心	記1、記2	
起始動詞（＋結果／趨向詞）	拿走、掛起來	記2	
結果動詞	爆炸、死、醒	記2	
瞬間非自主動作動詞	醉、暈	記2	
靜態動詞活動心理動詞〔＋思維／認知〕	〔＋強持續〕睡、躺	記2	

註：「記1/2」表單說有歧義，「記1、記2」表單說無歧義。

這些動詞的時量界性是一個這樣的連續統：

〔＋有界〕→瞬間自主動作動詞 V_1　活動心理動詞 V_2　持續自主動作動詞 V_3　狀態心理動詞 V_4　起始動詞 V_5　結果動詞 V_6　瞬間非自主動作動詞 V_7　靜態動詞 V_8←〔＋無界〕

再依據前人提出的幾種主要謂語情狀類型（單變、達成、結束、活動、狀態情狀）將這 8 類動詞放置於「V 一記」的典型動量結構與該結構常現的四種句式中進行逐一說明，四種句式分別為：

　　　　C1：V＋一記

　　　　C2：V＋了＋一記

　　　　C3：V＋了＋一記＋罷（罷為方言完成體標記，相當於共同語中
　　的「了」，也可作經歷體標記）

　　　　C4：V＋一記＋起／先／添

其中 C4 句與時量語義的關係最為緊密，「起／先」「添」相當於共同語中的「先」「再」，都指向某一時段的起點，是方言時態語助詞。

二、「記」的分類

「記」的本義為「記住」，施動的信息對象不僅要被記憶主體攝取、處理、儲存，還需要被提取使用。因此，通過認知轉喻，包含對信息的攝取、處理、儲存和提取行為過程的動作就可以與「記」所指的行為動作等同，從而被「記」計量。接著，隱喻泛化又極大地擴展了動量詞「記」的稱量範疇。最終，「記」從只能出現在「V 一 V」結構中的借用動量詞發展為可以出現在「V 一記」結構中計量不同動作的專用動量詞。

而動量詞的基本功能是稱量動詞，因此，相對應的，我們認為漢語中動量詞的量語義也是一個「界性」連續統。劉街生（2003）曾以〔＋計事〕〔＋計時〕語義特徵對共同語中的量詞進行了如下劃分：

　　　　〔＋計事〕借用動量詞→頓 $_1$ 場 $_1$ 遍趟下 $_1$　次回　番通頓 $_2$
　　場 $_2$　陣下 $_2$←時量詞〔＋計時〕

劉街生的劃分對象囊括了漢語中常見的大部分動量詞，而沒有對單個動量詞的內部情況作劃分。這是因為共同語中沒有專用動量詞和專用時量詞是詞形一致的，唯一可探討的只有「下」。而方言中量詞「記」本身兼具動量義與時量

義，存在一個內部的語義「界性」連續統。量詞的主要語義特徵即為量特徵。參考劉街生，我們將動量詞「記」記作「記1」，時量詞「記」記作「記2」，量詞「記」內部量的「界性」特徵可以劃分為：

〔＋計事〕→記1　記2←〔＋計時〕

三、考察情況

因為時間短暫難以認知，所以「瞬間動詞＋記」在四個句式中均可出現，且大多數情況表動量。如：死、塌、點、砍、眨、開始等。

1. 瞬間自主動作動詞 V_1

依據馬慶株的定義，「自主動詞從語義上說是能表示有意識的或有心的動作行為的」〔註5〕。「有意識」意味著動詞的時間量可以由動作發出者確定，易於認知。因此 V_1 有明確的起終界點，持續時間短暫，是有界動詞，便於計量動量。如：踹、扇、敲等。

又因為動作過程短，該類動詞動作可以反復發生。所以這類動詞與「一記」組合時，容易產生歧義，如：

C1：踢一記1/2（踢一下）／（踢一會兒〈球等〉）

C2：拍了一記1/2（拍了一下／一會兒）

C3：咳嗽了一記1/2罷（咳嗽了一下了／有一會兒了）

C4：吹一記1/2起／先（先吹一下／一會兒〈吹涼、吹氣等〉）；

吹一記添（再吹一下／一會兒）

其中C1-3句單說都有歧義，「記」既可以看作動量詞也可以看作時量詞。當動作單次發生時，「記」計動量（如「咳了一下」），更常見的是動作反復發生，此時為單變情狀（即行為在瞬間結束，但可以用持續體表示其反復進行（劉丹青2008）），多用持續體，表示動作行為反復進行，也可以看作反復進行體，「記」計量瞬時動作反復進行的時段，即計時量（如「咳了好一會」）。

自主瞬間動作動詞 V_1 因為底層語義不含結果義，僅表達動作的過程，所以與表結果或趨向的詞組合為短語時，謂語可具備結果義，表達成情狀（即謂語

〔註5〕馬慶株（1992）根據漢語動詞的功能和分布特徵劃分了自主動詞和非自主動詞，將自主動詞語義特徵歸納為「能表示有意識的或有心的動作行為的」，他解釋所謂有意識的動作行為指的是能由動作發出者做主，主觀決定，自由支配的動作行為。

本身就產生了結果，不存在中間被打斷的可能（劉丹青 2008）），「一記」計量動作完成到說話時刻經歷的時段：

C1-C3：當走（了）一記₂（罷）（拿走有一會兒）

掛些來（了）一記₂（罷）（掛起來有一會兒）

蔣紹愚認為「終結性不一定表動作完成，達成類型動詞有些既表終結，又表持續」，而「時量成分可檢驗終結性」。所以動作動詞只有與趨向／結果詞組合後，才可和「一記」組合表時量義，這實際上就是時量詞「記」對動詞短語〔＋終結〕語義的要求。

自主瞬間動作動詞 V₁ 中，最能體現其強動量特徵的一類動詞，是給予動詞。

「給予動詞反映了人類動作行為中的交予行為。」[註6]這種交予行為在時間結構上是一個「給予者」將「給予物」傳遞給「接受者」的過程，在「接受」的一瞬間就完成了，並不能持續，且有明確的起終點。雖然部分給予動詞可以表長時段的時間詞組合，如「繳納了很久都沒有成功（指費用）」，「繳納」可以與時間狀語「很久」組合使用並合法，但是「很久」實際指向「未成功繳納」的狀態，所以時間詞修飾的是給予動詞發生前後的狀態，並非給予動詞。

給予動詞與「一記」組合都表動量：

C1：遞一記₁（遞一下）

C2：幫了一記₁（幫了一下）

C3：讓了一記₁罷（讓了一下了）

C4：餵一記₁起／先（先餵一下）；餵一記₁添（再餵一下）

2. 思維／認知心理動詞 V₂

表思維認知的心理動詞 V₂，也可以稱為活動心理動詞，如「考慮、想」等。V₂ 和瞬間自主動作動詞 V₁ 較為接近，但因為 V₂ 為心理動詞，更容易延續，所以單說時 V₂ 的時量義比 V₁ 稍強：

C1：想一記₁/₂（想一下／一會兒）

C2：考慮了一記₁/₂（考慮了一下／一會兒）

[註6] 徐峰（2002）根據前人對給予動詞的描述歸納出了「給予」事件所需的三個強制性語義成分：主體（主事）、與體（與事）和客體（客事）。

C3：算了一記 $_{1/2}$ 罷（盤算了一下了 / 有一會兒了）

C4：構思一記 $_{1/2}$ 起 / 先（先構思一下 / 一會兒）；構思一記添
（再構思一下 / 一會兒）

3. 持續動作動詞 V$_3$

與同時兼具強動態性和強時態性（持續性）特點的動作動詞組合，是「記」的量特徵向時量義偏移的關鍵所在。這類動詞為持續動作動詞 V$_3$，且又可以分為強持續動作動詞 V$_{3.1}$ 和弱持續動作動詞 V$_{3.2}$ 兩小類。V$_3$ 因其強動態性容易與「記$_1$」組合稱量動作量，而在頻繁組合或說隱喻泛化中，V$_3$ 的強時態性（持續性）特徵又對「記」產生了影響，這種影響在「V$_{3.2}$＋一記」中表現最明顯（記的偏義幾近於無）。

V$_{3.1}$ 類動詞屬於「持續活動動作的動詞」，一般為活動情狀（即可以持續的動作行為（劉丹青 2008）），與「一記」組合所構成的動量結構既可表動作輕量，也可以表動作持續時段：

C1：看一記 $_{1/2}$（看一下 / 一會兒）

C2：走了一記 $_{1/2}$（走了一下 / 一會兒）

C3：哭了一記 $_{1/2}$ 罷（哭了一下 / 有一會了）

C4：吃一記 $_{1/2}$ 起 / 先（先吃一下 / 一會兒）；吃一記 $_{1/2}$ 添（再吃一下 / 一會兒）

V$_{3.2}$ 類動詞屬於「持續活動動作或動作結果狀態的動詞」，與「一記」所構成的動量結構表量歧義。

「一記」在句中計量持續時段時，動詞謂語一般為活動情狀或狀態情狀：

C1：當一記 $_2$（拿一會兒）〔動作持續〕

C2：吊了一記 $_2$（吊了一會兒）〔狀態持續〕

C3：戴了一記 $_2$ 罷（戴了一會兒了）〔狀態持續〕

C4：掛一記 $_2$ 起 / 先（先掛一會兒）；掛一記 $_2$ 添（再掛一會兒）
〔動作持續〕 / 〔狀態持續〕

C1 句和 C4 句單說時都為祈使句。C2 和 C3 句單說時都表示動作完成後達成的狀態持續，但 C2 句僅表示現在（說話時刻）該狀態已經結束，C3 句則也可以表示該狀態還在持續。

「一記」在句中計量動作的力的大小量時，在 C1-3 句中都有歧義：

C1'：當一記₁（拿一下）

C2'：吊了一記₁（吊了一下）

C3'：戴了一記₁罷（戴了一下了）

C1'句仍為祈使句，和 C1 句不同的是，聽話人持有施動對象的狀態並不能持續，語義上相當於「傳遞」。C2'和 C3'句都為嘗試體。口語中歧義情況的出現，與 V₃.₂ 類動詞的〔＋弱持續性〕特徵根本相關。V₃.₂ 類動詞單獨出現時是瞬時動作動詞，動態性很強，因此與體標記「了」組合時瞬時完成義可以得到強化，適合被動量詞稱量；與結果詞組合則有界化為個體事件，同樣適合被動量詞稱量，但在 C3 句型中，因為「罷」在方言中也可以作為經歷體標記，因此又可以與時量賓語共現，即前文所劃分的表達成情狀的瞬間動作動詞類。而 V₃.₂ 類動詞與一般的瞬時動作動詞又有所區別，這類動詞本身並不具有結果義，僅表示一個動作過程，動作過程是可以被延續的，這類動詞可以與方言持續體標記「牢（著）」組合就是這一特點的鮮明佐證。因此，V₃.₂ 類動詞也可以與「一記₂」組合，時量結構計量的是動作過程延續的時段長度，即動作狀態的延續或說存在，此時動量結構並非單純的持續體，而是成續體。

4. 情緒／情感心理動詞 V₄

情緒／情感心理動詞 V₄，又稱自主狀態心理動詞，表心理狀態變化，活動性比 V₂ 弱一些。V₄ 的狀態既可延續，又有明確的變化界點，無中間過渡狀態（與程度不同），如有「高興」「不高興」，沒有「高興在向不高興流動中」（「高興又不高興」指兩種情緒應對同一事件的不同方面同時存在，與本文所說的中間過渡狀態不同）。所以，V₄ 在句中充當謂語時可表活動和狀態情狀，與之組合的「記」可表動量與時量，且無歧義情況：

C1：開心一記₁（〈如：說出來讓我〉開心一下）

C2：高興了一記₂（高興了一會兒）

C3：難過了一記₂罷（難過了有一會兒了）

C4：驕傲一下₁添（再驕傲一下）〈一般為孩子太過自滿，父母

準備教育孩子〉

5. 瞬間起始動詞 V₅

瞬間起始動詞 V₅ 有界性更弱，只有明確的起始界點。漢語學界沒有對起

始動詞的系統研究與分類，主要圍繞「V 起來」起始體進行研究。此處討論的起始動詞同樣指向「V」與趨向動詞組合成的起始體短語，出於名稱統一與說明方便的需要，採用起始動詞的說法。張松松（2016）認為「可以充當起始動詞的漢語動詞主要由兩大類動詞轉換而來：其一，漢語動結式中的致使動詞；其二，漢語中動句中的中動動詞」。瞬間動作動詞 V_1 與表結果或趨向的詞組合為動結式短語時，在 C4 句中謂語也可具備起始義。但是一般來說起始動詞沒有明確終止點，動作行為可以延續，而瞬間起始動詞無法延續也無法反復。所以此時謂語動詞表狀態情狀，「一記」計量動作狀態開始（說話時刻開始）到結束（將來結束）經歷的時段：

  C4：當走一記 $_2$ 起／先／添（先／再拿走一會兒）

  掛些來一記 $_2$ 起／先／添（先／再掛起來一會兒）

是一種將來時的持續完成體。

6. 瞬間結果動詞 V_6

V_6 只有一個明確的終止界點，持續時間短暫，有界性比瞬間動作動詞弱，不便計量動量。與「一記」組合時，可表示達成情狀，只能出現在 C3 句中，計量動作完成到說話時刻經歷的時段：

  C3：死了一記 $_2$ 罷（死了有一會兒了）

  爆炸了一記 $_2$ 罷（爆炸了有一會兒了）

表達成情狀的瞬間結果動詞在特殊語境中也可以看作事件動詞，此時「記」也可以計量動量，如：

  多死幾記亦會有經驗個（〈打遊戲時遊戲角色〉多死幾次也會有經驗的）

  爆炸了好兩記（爆炸了好幾下）

瞬間結果動詞 V_6 也可表狀態情狀（即無動作性或動作性弱的謂語（劉丹青 2008）），此時一般為形動兼類詞，充當謂語時採用動詞詞性，在 C1-4 句中均能出現，此時謂語隱含前期狀態持續與瞬間狀態變化，有事實終結點，「記」計量動作完成後狀態持續的時段：

  C1：涼一記 $_2$（涼一會兒）

  C2：黑了一記 $_2$（暗了一會兒）

　　C3：醒了一記₂罷（醒了有一會兒了）

　　C4：熱一記₂起／先（先熱〈熱菜〉一會兒）；熱一記添（再熱

一會兒）

　　以及表結束情狀（即可以持續的動作行為劉丹青（2008）），此時一般為形動兼類詞，充當謂語時採用形容詞詞性，此時謂語隱含前期行為過程與瞬間行為結束，有內部終結點，但一旦行為事實過程被打斷，動作則無法完成，所以需要完成體標記「了」在語義上結束過程明確事實終結點，所以只能出現在 C3 句中，「記」計量動作完成到說話時刻經歷的時段：

　　C3：水開了一記₂罷（水燒開了有一會兒了）

　　表狀態和結束情狀時的瞬間結果動詞一般為形動兼類詞。這是因為動詞本身瞬間完成，無法計量動作行為的時段，但是動詞完成後達成的狀態持續時段或者經歷的時段可以計量，而形動兼類詞往往用同形詞表達動作完成後的狀態，所以在形式上是動詞進入了時量結構的稱量範圍。或者說，「一記₂」的實際計量對象是句中謂語成分。

　　C1 句單說時多為祈使句，C2 句單說時多為過去時的完成體，C3 句單說時多為過去時的持續體，或者可以看作存續體，C4 句單說時多為現在時的進行體。

7. 瞬間非自主動作動詞 V₇

　　和 V₆ 較為接近的是瞬間非自主動作動詞 V₇，如「醉、暈」等。這類詞同樣一般為形動兼類詞，「記」與之組合計量的是動詞所指動作完成後的狀態持續時段，只是表示動作的動詞和表示狀態的形容詞同形，這也是漢語缺乏形態變化的一種表現。

　　C1：醒一記₂（醒一會兒）

　　C2：醉了一記₂（醉了一會兒）

　　C3：沒了一記₂罷（沒了有一會兒了〈指物品丟失〉）

　　C4：昏一記₂起／先（先暈一會兒）；昏一記₂添（再暈一會兒）

8. 靜態動詞 V₈

　　靜態動詞動態性最弱，因此與時間語義特徵聯繫最為緊密，僅表狀態持續，一般為狀態情狀，與「一記」組合所構成的動量結構只計量動作持續的

時段長度：

        C1：站一記$_2$（站一會兒）

        C2：坐了一記$_2$（坐了一會兒）

        C3：癱了一記$_2$罷（癱了有一會兒了）

        C4：睡一記$_2$起／先（先睡一會兒）；睡一記$_2$添（再睡一會兒）

    C1 句和 C4 句單說時都為將來時的持續體，兩者的區別在於 C1 句可以隨著語境改變時體，但是 C4 句無論單說與否時體均一致；C2 句和 C3 句單說時都可以表動作在過去持續並完成，即過去時的完成體，但 C3 句為近現在完成體；且 C3 單說時也可以表動作從過去持續到現在（說話時刻），即完成進行體。

    靜態動詞也可以細分為強持續靜態動詞和弱持續靜態動詞兩小類。弱持續靜態動詞與「一記」組合構成的動量結構往往出現在祈使句中，因此「一記」仍表動量，例如：要擴大一記$_1$。（要擴大一下。）但祈使句較為特殊，絕大部分動詞與都可以與「一記」組合出現在祈使句中表輕動量，我們不詳細考慮該類情況。

    通過上述描寫與表格匯總，我們可以明確看到，動詞本身的語義特徵，與其充當句子謂語時表現出的情狀特徵出現了「矛盾」時，動量結構表量就會出現歧義。

    「有界動詞所表示的動量，一般是指有界動詞在時軸上出現次數的量或持續時長的量」[註7]。瞬間動詞本就為有界動詞，原本的起、終點在時軸上極其接近，幾乎不可計量，因此「記」與之組合，必然稱量動量，但在句中表單變情狀後，因為出現的次數增加，在事件時軸上占據的時間量增加，可以計量；當強調時間量認知需求時，「記」與之組合，則會稱量時量。弱持續動詞則本在時軸上占據一定的持續時長的量，終點不明確，並非有界動詞，但這類詞在活動過程結束之後會形成一個可持續狀態，這種特點被馬慶株（1992）從語法形式上描述為既可與「著」、「了」組合也可帶時量成分，又被稅錫昌（2019）從認知角度描述為「活動持續過遞遺留狀態客體附著」。總而言之，「記」與這類詞組合，與頻次量和時間量都密切關聯。

〔註 7〕周娟提出，一個動詞所表示的動作只要具有有界性，那麼就可以從內部觀察其時段的持續，從外部觀察其出現的次數，所以動量是有界動作本身潛在的一種內在屬性。

其實，動詞的時間特點並不會改變，其在句中的情狀特點變化之後，影響的是人對動詞量的認知結果，動詞的量變化是動量結構意象圖式中量變化的根源，據此，「記」的顯著量也會逐漸向時量偏移，這種偏移過程是由動詞的隱喻泛化實現的。動態性最強的瞬間動作動詞有界性最強，因此率先進入「記１」的稱量範圍，如前文例「打一記、給一記」等，動作在瞬間完結。動作行為往往會產生結果，因此，動態性或說有界性稍弱的瞬間結果動詞也可以與「記１」組合，如「見一記也沒要緊（見一下也沒關係）」，動作在瞬間完結，並達成了某種結果。此後在頻繁組合中，繼續發生隱喻映射，具備「行為／變化〈〉運動」相互關係的動詞類均可成為映射的目標概念。

那麼持續動作動詞和持續結果動詞，因它們具備與瞬間動作動詞、瞬間結果動詞一致的相互關係，所以它們也可以通過隱喻映射，進入「記１」的稱量範疇。

從活動過程的時間結構角度來看，持續動詞一般為長時動詞。所以如果我們把瞬間動詞看作是能與「記１」組合的基本層次行為範疇或者典型範疇，那麼作為非典型範疇的持續動詞，在基本的「行為／變化〈〉運動」相互關係中，則增加了〔＋長時〕特性，動作動詞與結果動詞的關鍵區別在於該特性附加到了不同的語義成分上。

對比來看，我們可以發現瞬間動詞充當句子謂語時多為達成情狀、結束情狀和單變情狀，強調的是物體量、頻次量、力的大小。而持續動詞充當句子謂語時一般為活動情狀（持續動作動詞）或狀態情狀（持續結果動詞），強調的是時間量。所以瞬間動詞在句中組成的基本層次事件範疇往往並不復雜，仍以行為範疇為中心成分，而持續動詞在句中組成的基本層次事件範疇則相對複雜，行為範疇受到時間結構的強力限制，因為時間量的不確定，從而導致動詞活動過程的個體性強弱發生變化，如何計量行為事件就會依據人的認知發生變化。如「寫」「唱」「吃」既可以把整個動作作為一個事件，這時配套的時間稍長，約為「一會兒」，如「寫了一會（記）作業」（寫完了，過程結束）；也可以根據說話者的表達需要截取過程中一個片段，表示「一次」，「寫了一下」意為「動了一下筆」。所以，長時動詞後面跟「一記」的話，根據語境的不同，可以有動量和時量兩種意義。結果類動詞雖然也是瞬時的，如「（水）開（了）」，但時間是一霎那，也不是完整動作，不便計量，故後面不跟動量，

多跟時量。而靜態動詞後跟「一記」一般只能表時量。

四、結　論

　　總而言之，從認知角度來說，量詞「記」的語法化背後是隱喻理據與界性理據。動詞充當謂語成分時所表現出的情狀特點，隨著動詞本身的界性特點和語境的改變而變化。隱喻泛化帶來了動詞的類推，擴大了「記」的稱量範疇，也使得「記」的語義特徵受到動詞的語義特徵影響，或者說外部界性連續統推動了「量特徵」在內部界性連續統上遷移，人對量的認知發生了改變，最終產生了「記」的動量時量在認知上的變化，表現為動量詞詞性轉變為時量詞詞性的語法化結果。

五、參考文獻

1. 邵敬敏，1996，動量詞的語義分析及其與動詞的選擇關係，《中國語文》第 2 期。
2. 吳福祥，2019，語義演變與主觀化，《民族語文》第 5 期。
3. 沈家煊，1995，「有界」與「無界」，《中國語文》第 5 期。
4. 馬慶株，1992，《漢語動詞和動詞性結構》，北京：北京語言學院出版社。
5. 戴耀晶，1997，《現代漢語時體系統研究》，杭州：浙江教育出版社。
6. 張松松，沈菲菲，2017，漢語動詞分類的認知研究，揚州大學學報（人文社會科學版）》第 1 期。
7. 稅錫昌，2019，《漢語語義語法論稿》，杭州：浙江大學出版社。
8. 郭銳，2005，漢語動詞的過程結構，馬慶株編，《二十世紀現代漢語語法論文精選》，北京：商務印書館。
9. 王洪軒，1987，動詞語義分類舉要，《河北大學學報（哲學社會科學版）》第 2 期。
10. 劉街生，2003，現代漢語動量詞的語義特徵分析，《語言研究》第 2 期。
11. 劉丹青，2008，《語法調查研究手冊》，上海：上海教育出版社。
12. 徐峰，2002，「給予」動詞的語義和語用研究，《華東師範大學學報（哲學社會科學版）》第 2 期。
13. 張松松，2016，漢語起始動詞的類型學研究：分類和構成，《語言與翻譯》第 1 期。
14. 周娟，2007，《現代漢語動詞與動量詞組合研究》，暨南大學博士學位論文。

西南官話「莽」字考[*]

黃　利[*]

摘　要

　　西南官話裡的「莽」字有胖、傻、飯、餵飯等含義，這些含義的由來幾乎未被關注。考查文獻、調查方言、結合移民史可證表胖義的本字為「朦」，表傻義的本字為「肎」，表飯、餵飯義的本字為「冥」，「莽」為這三個字的同音借字。

關鍵字：莽；朦；肎；冥；同音借字

---

[*] 基金項目：2019 年國家社科基金重大項目「明代至民國西北地區契約文書整理、語言文字研究及資料庫建設」（19ZDA309）。

[*] 黃利，女，1994 年生，四川合江人，陝西師範大學文學院博士研究生在讀，主要研究方向為漢語史、近代漢語。陝西師範大學文學院，西安 710119。

　　西南官話裡有「莽」字，讀作「mang」，陰平。該字在西南官話裡有如下用例：

　　（1）這個人莽 1 得很，怕是有一兩百斤。

　　（2）他做事有點莽 2，需要別個給他說咋個整。

　　（3）幺兒，來吃莽 3 莽 3 了哈。

　　（4）我要回去給我娃兒莽 3 飯了。

　　例（1）中的「莽」表示身體胖，記作莽 1。例（2）中的「莽」是傻、笨的意思，記作莽 2。例（3）中的「莽」即飯，記作莽 3。例（4）中的「莽」表示餵（飯），與飯有意義引申關係，故用莽 3 表示。

　　東漢許慎《說文解字·茻部》：「莽，南昌謂犬善逐菟〔註1〕草中為莽。從犬從茻，茻亦聲。」〔註2〕「莽」的本義為犬跑到草叢中逐兔，中古音謀朗切。查閱相關辭書，「莽」的義項統計如下：①草；草叢。②茂密；盛多。③無涯際的樣子。④渺茫；迷茫。⑤粗疏；魯莽。⑥大；猛烈。⑦姓。從詞義引申的一般規律出發，我們很難將胖、傻、飯、餵飯之義與「莽」字相聯繫。現行的大型辭書，如《漢語大詞典》、《漢語大字典》等也沒有收錄相關義項。經初步研究，我們認為「莽1」的本字是「胮」，「莽2」的本字是「亡」，「莽3」的本字是「冥」，現分述如下。

　　1. 莽 1

　　「莽1」在西南官話中有（身體）胖、粗大的含義，如《遵義府志》卷二十：「大曰奘，曰莽。」〔註3〕《四川方言詞典》「莽」字下有「［maŋ¹］（形）①粗壯；粗笨：他長得牛高馬壯的，人家叫他～娃。」〔註4〕該詞典收錄「莽粗粗」一詞，是近義並列結構，表示粗壯。《漢語方言大詞典》中「莽」字下有：「①〈形〉大；粗。西南官話。四川成都［maŋ⁵³］～聲～氣|這棒棒太～了，要打磨一下。」「貴州沿河［maŋ⁴²］他聲音好～噠。」〔註5〕該詞典載有「莽子」「莽聲」「莽呆呆」「莽都都」「莽粗粗」「莽聲莽氣」等詞，均見於西南官話區，

<hr>

〔註1〕同「兔」。
〔註2〕清文淵閣四庫全書本。
〔註3〕清道光刻本。
〔註4〕王文虎等：《四川方言詞典》，四川人民出版社，1987 年版，第 220 頁。
〔註5〕許寶華，（日）宮田一郎：《漢語方言大詞典》，中華書局，1999 年版，第 4617 頁。

有（身體）胖、粗大等含義。

「莽1」的這些意思除了見於方言詞典，還見於當代的文學作品和報紙。如四川成都人李劼人《大波》第二卷：「也是你們這般年輕學生，才有這種莽勁！明明曉得軍隊是久練之師，又有利器在手，仍然要去拼命。」〔註6〕《合川日報》：「『莽子』花鰱有成年人大腿粗，1 米多長，全身呈灰白色，身上的鱗片有缺失，疑似被捕撈時受了傷。」〔註7〕《贛西都市》：「不久前，北晚新視野報導：重慶大渡口公園明星鯉魚 40 斤的『莽子』，被 4 人合夥拉網捕走了，『莽子』被市民餵養了十幾年，很通人性。『莽子』被偷，市民很氣憤，目前 4 人已被拘捕。」〔註8〕根據考證，上述例子中表示胖、粗大的含義的莽1，其本字當為「胧」。

「胧」字，宋陳彭年《重修玉篇‧肉部》〔註9〕：「朦，莫孔切，大也，豐也。胧同上。」「朦」「胧」為異體字，兩字音同義同。宋陳彭年《重修廣韻‧腫韻》〔註10〕：「胧，豐大。」宋丁度等《集韻‧江韻》〔註11〕：「胧，身大也。」又《腫韻》：「胧，豐大也。」《講韻》：「胧、朦，豐肉。」宋司馬光《類篇‧肉部》〔註12〕：「胧，莫汀切，身大也。」明張自烈《正字通‧肉部》〔註13〕：「胧，俗字，舊注音朦，腫也，身大也。」清毛奇齡《古今通韻‧腫韻》〔註14〕：「胧，豐大也。」清王念孫《廣雅疏證》〔註15〕卷二：「胧之言龐然大也。」這些韻書、字書表明「胧」的讀音與「莽1」相近，其義為豐肉、身大，暗含粗壯、粗大之義。「胧」的字形較「莽1」字複雜，且「胧」字不是常用字，稍顯生僻。身體胖、粗壯的表達頻率較高，經濟原則使得識古字不多之人用音近且筆畫稍簡的「莽1」代替。久而久之，「莽1」在與「胧」的競爭中取得了優勢，「莽1」在方言裡便可以表示身體胖、粗壯、粗大。

〔註6〕《李劼人選集》第 2 卷中，四川人民出版社，1980 年版，第 611 頁。
〔註7〕合川日報，2020.05.22，第 A3 版：要聞。
〔註8〕贛西都市，2020.07.12，第 06 版：金鼇洲。
〔註9〕清文淵閣四庫全書本。
〔註10〕四部叢刊景宋本。
〔註11〕清文淵閣四庫全書本。
〔註12〕清文淵閣四庫全書本。
〔註13〕清康熙二十四年清畏堂刻本。
〔註14〕清文淵閣四庫全書本。
〔註15〕清嘉慶元年刻本。

　　「莽1」表示（身體）胖、肥大之義時，其本字為「胮」，我們可以據此更正或完善相關文獻的記載，如《漢語方言大詞典》：「㤵娃兒」，「西南官話，四川成都 [maŋ⁵⁵uər²¹]②〈名〉身體壯實，虎頭虎腦的未成年人。」〔註16〕又「㤵大漢兒」，「〈名〉身體壯實高大的人。西南官話。四川成都 [maŋ⁵⁵ta²¹³xər²¹³]。」〔註17〕「㤵」是「胮」的同音別字。《蜀方言疏證補》卷下：「蜀語謂粗大曰『牤』（音莽平聲 [maŋ55]）。」〔註18〕「牤」是記音字，本字當為「胮」。《貴陽方言詞典》：「〔□〕maŋ˩①胖（指人）：那個娃兒～得很。②肥（指動物）：那個豬喂得好～嚦。」〔註19〕《成都方言詞典》：「〔□〕maŋ˩①胖：這個娃娃好～哦。」〔註20〕又「〔□子〕maŋ˩tsɿ②身材粗壯的人：那個～，壯得像牛。」又「〔□大漢（兒）〕maŋ˩ta xan（xɚ）高大健壯的人。」又「〔□都都〕maŋ˩tu˩tu˩形容人胖得可愛，多用於孩子：你家兒子～的，好乖嚦。」這些字典裡的「□」也應該是「胮」。

　　據筆者初步統計，西南官話區、苗瑤語族和侗台語族中也有與「mang」音同或音近的說法表示身體肥胖、粗壯，詳見下表〔註21〕。

表1　西南官話區：讀作「mang」的字表示身體肥胖

屬地	貴州	貴州	貴州	貴州	貴州	貴州	貴州	貴州
地區	平塘	六盤水	大方	興義	金沙	貴陽	都勻	甕安
讀音	maŋ44	mãŋ55	meŋ55	maŋ44	maŋ55	maŋ55	maŋ44	maŋ55
屬地	貴州	貴州	貴州	貴州	貴州	貴州	貴州	貴州
地區	福泉	凱里	仁懷	六枝	西秀	花溪	黎平	威寧
讀音	maŋ33	maŋ44	maŋ55	mɑŋ55	maŋ44	maŋ55	maŋ33	maŋ45
屬地	貴州	四川	雲南	雲南	雲南	雲南		
地區	畢節	閬中	河西	楚雄	文山	尋甸		
讀音	maŋ55	maŋ45	mʌŋ51	mãŋ45	maŋ45	mãŋ44		

〔註16〕許寶華，（日）宮田一郎：《漢語方言大詞典》，中華書局，1999年版，第2160頁。
〔註17〕許寶華，（日）宮田一郎：《漢語方言大詞典》，中華書局，1999年版，第2160、2161頁。
〔註18〕紀國泰：《〈蜀方言〉疏證補》，巴蜀書社，2007年版，第396頁。
〔註19〕李榮，汪平：《現代漢語方言大詞典　貴陽方言詞典》，江蘇教育出版社，1994年版，第270頁。後例同見此頁。
〔註20〕李榮，梁德曼，黃尚軍：《成都方言詞典》，江蘇教育出版社，1998年版，第336頁。後三例同見此頁。
〔註21〕文中表格中的說法均來自「中國語言資源保護工程採錄展示平台」。

表2　苗瑤語族和侗台語族：讀作「mang」的詞表示身體肥胖

語　族	具體語言（或地區）	讀　音
苗瑤語族	貴州望謨瑤族苗語	maŋ33
侗台語族	貴州荔波莫語方村交撓話	maŋ33
	貴州鎮寧布依語第三土語	mɑŋ24
	貴州荔波莫語錦方言	maŋ13
	廣西融水水語融水話	maŋ55
	廣西南丹壯語北部方言桂北土語	maŋ33
	廣西那坡	maŋ213

表3　侗台語族：讀作「mang」的字表示粗壯

語　族	具體語言（或地區）	讀　音
侗台語族	雲南金平壯語北部方言金平話	maŋ53
	雲南富寧布央語峨馬土語	maŋ53
	雲南羅平布依語	maŋ31
	雲南富寧布央語東部方言郎架土語	maŋ24
	廣西融水水語融水話	maŋ53
	廣西田林壯語北部方言桂邊土語	maŋ55
	廣西靖西壯語南部方言德靖土語	maŋ435
	廣西鳳山壯語北部方言鳳山話	maŋ43
	貴州平塘佯僙語	ʔmaŋ44
	貴州荔波莫語方村交撓話	maŋ33
	廣西環江	maŋ213
	廣西龍州	maŋ31

這些與「mang」讀音相同或相近的字，都應該寫作「胓」。

2. 莽2

「莽2」在西南官話中表示傻、笨，見於現行方言詞典。如《漢語方言大詞典》中「莽」字下有：「③〈形〉傻；憨厚。西南官話。四川成都[maŋ⁵⁵]人家叫你跳岩，你也跳岩，那麼～嗦？貴州沿河[maŋ⁵⁵]。」[註22]《漢語方言大詞

[註22] 許寶華，（日）宮田一郎：《漢語方言大詞典》，中華書局，1999年版，第4617頁。

典》、《四川方言詞典》都有「莽頭莽腦」一詞，意為傻頭傻腦。「莽2」字表示傻、笨之義還見於當代報紙，如《資陽日報》：「其實莽子阿軍以前並不莽，據說在他很小的時候不聽話，被他老娘順手拿起木棍打莽的。村裡老人們勸誡年輕夫妻的話也變成『你狠心打娃兒嘛，打得跟莽子阿軍一樣就安逸了。』」〔註23〕《法制日報》：「為什麼叫『莽子』？要知道，在武隆，『莽子』有兩個意思：一是堅持執著，二就是傻乎乎的。『因為我太聰明了，別人這樣喊是想把我喊笨一點。』宗雲曾笑著對黃紅說。」〔註24〕這裡的「莽2」，本字當為「𥄫」，「莽2」為「𥄫」的同音借字。

關於「𥄫」，文獻有相關記載。宋陳彭年《重修廣韻・唐韻》：「𥄫，不知也。」〔註25〕又《宕韻》：「𥄫，老人不知。」宋丁度《集韻・宕韻》：「𥄫，耄昏不知貌。」〔註26〕宋王十朋《會稽三賦》：「山涵海蓄，𥄫其有幾。」〔註27〕作者注「𥄫，莫桑切，不知也。」遼行均《龍龕手鑒・口部》：「唱俗𥄫正，莫郎反，不知也。」〔註28〕金韓道昭《五音集韻・唐韻》卷五：「𥄫，不知也。」〔註29〕又《宕韻》：「𥄫，老人不知。」明張自烈《正字通・口部》：「𥄫，莫廣切，音莽，老人不知也。」〔註30〕由上可知「𥄫」有不知之義，且讀音與「莽」相近。今廣東梅縣說「未知」為「[mang]知」，當為存古用法。「𥄫」有不知之義，由不知可引申出傻、笨，符合詞義引申的一般規律。「𥄫」在方言裡表示傻、笨，在相關文獻裡也有記載，如民國十八年《新修南充縣志》卷七《掌故志・風俗・方言》：「無所知曰𥄫子。莽平聲。」〔註31〕民國三十三年《長壽縣志》卷四《風土・方言》：「故作癡呆曰裝𥄫。」〔註32〕又「蠢極曰𥄫蹄棒。」〔註33〕《漢語方言大詞

〔註23〕資陽日報，2017.03.29，第 07 版：市井。

〔註24〕法制日報，2019.05.05 04：平安中國・身影。

〔註25〕四部叢刊景宋本。

〔註26〕清文淵閣四庫全書本。

〔註27〕清嘉慶刻本。

〔註28〕四部叢刊續編景宋本。

〔註29〕清文淵閣四庫全書本。

〔註30〕清康熙二十四年清畏堂刻本。

〔註31〕王荃善等：《中國地方志集成　四川府縣志輯 55》，巴蜀書社；江蘇古籍出版社；上海書店，1992 年版，第 315 頁。

〔註32〕盧起勳（修）；（清）劉君錫（纂）：《中國方志叢書（民國）長壽縣志 16 卷華中地方四川省第 2 期》，1944 年，第 261 頁。

〔註33〕盧起勳（修）；（清）劉君錫（纂）：《中國方志叢書（民國）長壽縣志 16 卷華中地方四川省第 2 期》，1944 年，第 263 頁。

典》：「亡」字載「②〈形〉傻；頭腦遲鈍糊塗。西南官話。四川成都［maŋ⁵⁵］他在五歲時害了一場病，後來就～了。」〔註34〕又「亡子，〈名〉傻瓜；笨蛋。」「西南官話。四川成都［maŋ⁵⁵ tsɿ⁵³］花生殼殼都吃得麼？小～！」又「亡娃兒」，「西南官話，四川成都［maŋ⁵⁵uər²¹］①〈名〉傻瓜。」

「亡」較為少見，「亡」「莽₂」音近，在表示傻、笨時，「莽₂」為「亡」的同音借字。《成都方言詞典》：「〔□〕maŋ↗②蠢：他才不～嘞，精靈得很。」〔註35〕又「〔□子〕maŋ↗tsɿ①愚蠢的人；憨厚的人；不動腦筋的人：我又不是～，隨便你咋個支使、鋪排。」這些「□」應該寫作「亡」。

在現代的西南官話區，還能見到讀作「mang」的詞表示傻或笨，見表4、表5。

表4　西南官話區：表示傻且讀作「mang」

屬地	廣西	重慶	重慶	重慶	重慶	四川	四川
地區	五通	彭水	石柱	墊江	長壽區	通江	旺蒼
讀音	mɤŋ33	maŋ45	maŋ55	maŋ15	maŋ15	maŋ45	maŋ45
說法	無	莽＝	牤	無	莽	無	莽
屬地	四川	四川	四川	四川	四川	四川	四川
地區	射洪	資陽	西充	仁壽	渠縣	南充	平昌
讀音	maŋ35	maŋ45	maŋ35	maŋ45	maŋ45	mbaŋ45	maŋ45tsɿ42
說法	莽	莽	莽	莽	莽＝	莽＝	莽子

上表中的「牤」「莽」均是「亡」的記音字。表示傻且讀作「mang」的說法還存在於侗台語族，如雲南綠春傣語紅金方言綠石土語，讀作maŋ33。

表5　西南官話區：表示笨且讀作「mang」

屬地	四川	四川	四川	四川	四川	四川	四川
地區	鹽亭	綿陽涪城	南部	劍閣	武勝	嘉陵	金堂
讀音	maŋ45	maŋ35	maŋ45	maŋ44	maŋ45	maŋ45	maŋ35
說法	莽＝	莽	莽	莽	莽	莽＝	莽＝

〔註34〕許寶華，（日）宮田一郎：《漢語方言大詞典》，中華書局，1999年版，第2160頁，後兩例同見此頁。
〔註35〕李榮，梁德曼，黃尚軍：《成都方言詞典》，江蘇教育出版社，1998年版，第336頁。後例同見此頁。

屬地	四川	湖北	廣西	重慶	重慶	重慶	重慶
地區	中江 （老湘語）	宜都	寧明	長壽區	忠縣	涪陵	酉陽
讀音	maŋ445	mɑŋ55	maŋ13	maŋ45	mɑŋ45	man21	man45
說法	莽	莽=	盲	莽	莽	莽	無

表格裡的「盲」「莽」，均為「言」的記音字。

3. 莽₃

西南官話裡有「莽₃莽₃」[mang mang]這個詞，常和「吃」字組合，構成「吃莽₃莽₃」。「吃莽₃莽₃」常見於地方性著作中，如《南鄭縣志》：「吃莽莽：對兒童說吃飯。」〔註36〕《遵義市匯川區板橋鎮志》「吃莽莽：吃飯。」〔註37〕《南充方言》：「吃莽莽，吃飯，多指兒童吃飯。」〔註38〕還見於一些口語性較強的文獻、報紙中，如《真人圖書館》：「我最後對我媽說：『媽，你乾脆說方言吧！』她說的普通話是『乖乖，來吃莽莽（吃莽莽，即吃飯）』。所以，在家裡面咱們家長的普通話大多數都是達不到標準程度的。」〔註39〕《貴州日報》：「出街！吃莽莽。」〔註40〕「吃莽₃莽₃」更是活躍於西南官話區內人們的日常生活中，如「最後一天，路過此地，好餓，吃莽莽了！」「吃莽莽咯，吃飽飽！」

由古文獻的記載可知，「莽₃」字沒有表示與飯、吃飯相關的意思。查找相關字書、韻書，和「莽₃」音同、音近的字，也沒有表示飯、吃飯的。其實，「莽₃」的本字應該是「冥」，「莽₃」是「冥」的同音借字，「冥」是由福建移民帶到西南官話區的，「吃莽莽」本應寫作「吃冥冥」。

語音上，據李珍華、周長楫（1998），「冥」在上古屬明紐平聲耕韻，中古屬明紐梗攝開口四等平聲青韻〔註41〕。據杜佳倫，閩語有高元音低化音變的音韻習性，「在古漢語系統中，以高元音（*-i-、*-u-）為主要元音的佳耕、脂真、侯東等韻部音讀，進入閩地均發生低化，分別與以央元音（*-ə-）為主要

〔註36〕《南鄭縣志》編纂委員會：《南鄭縣志》，中國人民公安大學出版社，1990年版，第645頁。
〔註37〕遵義市匯川區板橋鎮志編纂委員會編：《遵義市匯川區板橋鎮志》，成都春曉印務有限公司2012年版，第571頁。
〔註38〕李志傑：《南充方言》，四川人民出版社，2016年版，第137頁。
〔註39〕郭靜：《真人圖書館》，貴州大學出版社，2017年版，第9頁。
〔註40〕貴州日報，2021.12.17，第04版：天眼新聞。
〔註41〕李珍華，周長楫：《漢字古今音表·修訂本》，中華書局，1998年版，第363頁。

元音的之蒸、幽中等韻部合流，然後其中大部分在各次方言再繼續低化為-a-。」
〔註42〕這種特殊的習性「極可能來自古閩越語的音韻干擾。」〔註43〕並且「這
類高元音趨向低化的音韻習性仍然在今日閩語中作用著。」〔註44〕在閩地，
「冥」的主要元音由上古的高元音變為低元音[a]符合閩語的演變規律。

眾所周知，閩語有著豐富的文白異讀現象。「冥」的白讀音是[maŋ]，表示
夜晚、晚飯，「冥」的文讀音與普通話相同。古漢語進入閩地，往往有一些特殊
的音變規律，一些韻部「在調整改讀中介音成分完全失落」〔註45〕，「古四等齊、
帖、先、屑、青、錫等韻部分字今口語中多數點讀為洪音。」〔註46〕「古梗攝字
各韻白讀各點多為 aŋ、iaŋ。」〔註47〕這種讀法具有一定的普遍性，李榮認為「古
梗攝主要元音今讀[a]，為我國東南部吳、贛、客、粵、湘、閩、徽諸方言區共
性之一。」〔註48〕秋谷裕幸也持相同的觀點，他認為「一部分梗攝開口三四等
庚青韻的幫組字讀洪音。閩語和吳語處衢片具有這個特點。」〔註49〕據他的調
查，「冥」在石陂、鎮前、建甌、松溪、崇安、福州讀作[maŋ]。李如龍也認為
青韻字讀洪音「在閩方言各點也普遍有反映。有文白異讀的點往往白讀音讀為
洪音。」〔註50〕

關於閩語的四等韻今音沒有介音-i-，李如龍有更詳細的說明。他認為，在
閩語中「凡是有文白對立的四等韻，無-i-介音的讀法總是屬於白讀音，帶-i-介
音的讀法是文讀音。文讀音是按照韻書的反切世代相承傳下來的，在福建，
漢人大量聚居、設學教習，應是唐以後的事，閩方言的文讀系統是在中古文
學語言的語音系統——《切韻》音系直接影響下形成的；而白讀系統則包括
比較複雜的因素，其中有上古音的遺跡，也有中古音的變異。」〔註51〕「從詞

〔註42〕杜佳倫：《閩語歷史層次分析與相關音變探討》，中西書局，2014年版，第331、332頁。
〔註43〕杜佳倫：《閩語歷史層次分析與相關音變探討》，中西書局，2014年版，第333頁。
〔註44〕同上。
〔註45〕杜佳倫：《閩語歷史層次分析與相關音變探討》，中西書局，2014年版，第480頁。
〔註46〕陳章太，李如龍：《閩語研究》，語文出版社，1991年版，第20、21頁。
〔註47〕陳章太，李如龍：《閩語研究》，語文出版社，1991年版，第234頁。
〔註48〕李榮：《我國東南各省方言梗攝字的元音》，《方言》1996年第1期，第1頁。
〔註49〕秋谷裕幸：《閩北區三縣市方言研究》，中央研究院語言學研究所，2008年，第46、
47頁。
〔註50〕李如龍：《自閩方言證四等韻無-i-說》，載李如龍：《漢語方言研究文集》，商務印書
館2009年版，第160頁。
〔註51〕同上。

彙的歷史層次看，無-i-介音的讀法往往保存於一些古老的、常用的、地道的
方言口語詞裡。」〔註52〕「冥」[maŋ]表示夜晚、晚飯正是如此。據陳章太、
李如龍（1991：38）「冥」在福州、古田、寧德、周寧、福鼎、建甌、建陽、
松溪等地讀作[maŋ]。據秋谷裕幸（2010），「冥」在福鼎市白琳、霞浦縣長春、
壽寧縣斜灘均讀作[maŋ]。據語保，「冥」讀作[maŋ]至今廣泛地存在於福建
省。

在漢語方言中，由某時間範疇轉指在該時間範疇內進行的活動，是較為常
見的詞義引申規律。據語保，表示吃早飯，廣東陽山用「喫朝」，重慶九龍坡用
「吃早晨」，湖南新田用「食早晨」，安徽屯溪用「吃天光」，福建廈門市同安區
用「食早起」，陝西白河有「吃早上」；表示吃午飯，福建清流有「食晝」，貴州
仁懷、雲南大理、陝西勉縣、甘肅武都有「吃晌午」，海南文昌有「食中午」，
湖北雲夢有「過中」；表示吃晚飯，廣東豐順有「食夜」，廣東普寧有「食暝
暗」，化州有「吃晚」，海南東方有「食暝昏」，福建蕉城有「食冥」，浙江文成
有「喫黃昏」，雲南富寧有「吃夜」，臺灣新竹有「食夜」等。從這些表達我們
可以知道，在漢語方言裡，由「早晨」「中午」「晚上」分別轉指「早飯」「午飯」
「晚飯」是十分普遍的現象。

「冥」的本義為幽暗。東漢許慎《說文解字·冥部》：「冥，幽也。從日從
六一聲。日數十，十六日而月始虧，幽也。」〔註53〕由幽暗義可以引申出夜晚、
黑夜之義，如南北朝蕭統《文選》卷三十四：「客見太子有悅色，遂推而進之，
曰：『冥火薄天，兵車雷運。』」唐李善注：「鄭玄《詩箋》曰：『冥，夜也。』」
〔註54〕宋包恢《敝帚稿略》卷五《跋克堂先生墨跡後》：「居有此路，而終日終
年冥行於荊棘險阻之境，而未嘗由吾之正路，此孟子他日之所哀也。」〔註55〕

夜晚是一個含有時間段的範疇，晚飯一般是在這個時間段內發生的活動，
「冥」內部的語義要素發生變化，由〔夜間＋晚上〕到〔晚上＋飯（晚上進食
的食物之一）〕，由夜晚轉喻晚飯。「冥」的晚飯義在與閩方言相關的文獻中有記
載。如《福州方言俗語歌謠》：「貓無冥，犬無晝。」作者注「冥，晚飯。晝，

〔註52〕同上。
〔註53〕清文淵閣四庫全書本。
〔註54〕胡刻本。
〔註55〕民國宋人集本。

午飯。」〔註56〕又「日頭未暗，先去煮冥。」作者注「煮冥：煮晚飯。」〔註57〕「暝」為「冥」的增旁字，故「暝」也可以表示晚飯，如「（食）暝，晚飯。」〔註58〕《福州方言詞典》（修訂版）「暝」有兩個義項：「①夜晚。②晚餐。」〔註59〕「吃早餐說『食飯』，吃中飯、吃晚飯則和沿海一樣說『食晝、食暝（或食暗）。』」〔註60〕據語保，至今在福建省的霞浦城關、蕉城、古田、閩侯、大田城關、福清、羅源、南平、松溪、長樂、漳平、福安、建甌等地仍用「食冥」或「食暝」表示吃晚飯。「暝」內部的語義要素產生不同程度的泛化，由〔晚上＋飯（晚上進食的食物之一）〕到〔一天＋飯〕，由晚飯義引申出飯、米飯義，如在楓亭、莆田用「暝」表示米飯，在楓亭用「煮暝」表示做飯。

經查，與「mang」音同或音近的說法表示飯、米飯，在現代方言中有一定的使用範圍，詳見表6、表7。

表6　讀作「mang」的詞表示飯

屬地	福建	福建	福建	湖南	貴州
地區	柘榮	福安	周寧	瀘溪	都勻
讀音	maŋ35 maŋ45	maŋ35	maŋ35	mɑŋ44	mɑŋ44

表7　讀作「mang」的詞表示米飯

屬地	福建	福建	福建	福建	湖南
地區	柘榮	壽寧	福安	周寧	瀘溪
讀音	maŋ35 maŋ45	maŋ35	maŋ35	maŋ35	mɑŋ44
屬地	貴州	雲南	重慶	廣西	
地區	都勻	普洱	江北	鳳山	
讀音	mɑŋ44	mãŋ55 mãŋ55	maŋ45 maŋ44	maŋ45	

用讀作 mang 的詞表示米飯還存在於侗台語族，如廣西南丹壯語北部方言

〔註56〕陳澤平：《福州方言熟語歌謠》，福建人民出版社，1998年版，第30頁。
〔註57〕陳澤平：《福州方言熟語歌謠》，福建人民出版社，1998年版，第184、185頁。
〔註58〕馮愛珍：《福清方言研究》，社會科學文獻出版社，1993年版，第195頁。
〔註59〕李如龍等：《福州方言詞典·修訂版》，福建人民出版社，1994年版，第197頁。
〔註60〕李如龍：《福建方言》，福建人民出版社，2000年版，第168頁。

桂北土語，讀作 maŋ35，這應該是語言接觸後產生詞彙借貸的結果。

那麼，福建省的「冥」（或「暝」）[maŋ] 表示飯的意思，是如何傳播到西南官話區呢？這和移民有關係，也就是歷史上著名的「湖廣填四川」。在這次時間長、地域廣的移民中，有不少福建人移民到西南地區。因「我國古代歷史文獻向來缺少完整、系統的移民材料」〔註61〕，根據地方志可以從側面了解其情形，如道光十三年《巴州志・風俗》：「國朝康熙、雍正間，秦、楚、江右、閩、粵之民，著籍插占，各因其故俗以為俗，不必盡同。」民國七年《巴中縣志・民籍》：「清初招墾，來者日眾。大約楚、贛來者十之六七，閩、粵來者十之二三。」福建人移民到西南地區，今人也有研究，如「川東接納的移民以湖廣為主，閩、粵、贛次之，其他省又次之。」〔註62〕成都的「外省人以湖廣占其多數，陝西人次之，餘皆從軍入川，及遊幕、遊宦入川，置田宅而為土著者。」其中，「雲貴籍占二十分之三分，江西籍占二十分之三分，安徽籍占二十分之一分，江浙籍占二十分之二分，廣東廣西籍占二十分之二分，福建山西甘肅籍占二十分之一分。」〔註63〕「在清代前期的約一百年中，來自湖北、湖南、江西、廣東和福建的移民，其中以兩湖最多，再次陸續移入重慶和四川東中部地區，少量移入四川西南部地區，填補了明末清初四川人口的不足。」〔註64〕由此可見，移民到四川的福建人是有一定數量和規模的。「到了明清時代，西南官話隨著流民和屯墾活動向四川、貴州、雲南地區逐步推移，南線到達西南邊陲。」〔註65〕「冥」表示飯的用法也隨之擴散。

地方志中的相關記載說明部分閩語方言詞在當時的西南官話區是有一定通行範圍的，如同治十三年《德陽縣志・風俗》「稱謂」條：「楚人謂父曰爹，秦人曰達，粵人則謂之阿爸，閩人則謂之爸爸。」光緒二十年《永川縣志・方言》：「永治五方集處，語言互異。（明末戰亂之後）土著復業，僅十之二三。至今土滿人稠，強半客民寄寓，故郡屬城市，均有各省會館。惟兩湖、兩廣、江

〔註61〕周振鶴，游汝杰：《方言與中國文化・第 2 版》，上海人民出版社，2019 年版，第 29 頁。

〔註62〕葛劍雄等：《簡明中國移民史》，福建人民出版社，1993 年版，第 399 頁。

〔註63〕傅崇矩：《成都通覽》，成都時代出版社，2006 年版，第 52、53 頁。

〔註64〕周及徐：《從移民史和方言分佈看四川方言的歷史：兼論「南路話」與「湖廣話」的區別》，《語言研究》2013 年第 1 期，第 52～59 頁。

〔註65〕周振鶴，游汝杰：《方言與中國文化・第 2 版》，上海人民出版社，2019 年版，第 50 頁。

西、福建為多。生聚殷繁占籍，越數十傳而土音不改。一父也，有呼為爹、為爺、為伯伯、為阿爸者。一母也，有呼為娘、為媽、為母親、為阿嬭者。子，或謂之兒，謂之崽，謂之么（幺）。兄，或謂之哥，謂之長。弟，或謂之小，謂之胎。」民國十六年《簡陽縣志》共記載方言詞語 902 條，明確指出「湖廣話 679 條，廣東話 181 條，江西話 20 條，福建話 15 條，湖南話 7 條。」〔註66〕民國十八年《合江縣志》卷一「禮俗」載：「爸爸，福建籍人呼父也。妳妳，福建籍人呼母也。」

「方言詞彙的借用是十分普遍的經常發生的現象，古今皆然。」〔註67〕「如果移民的語言和當地土著的語言互相滲透和融合，那麼就可能產生混雜語。」〔註68〕「吃莽₃莽₃」就是閩語和西南官話互相滲透和融合而產生的混雜語。「冥」表示飯，經常和「吃」搭配，閩地移民到西南地區定居後，當地人將「冥」的意義飯和讀音一併從閩語裡借入。「冥」字在西南官話區較少見，且用法較為典雅，當地人便用同音字「莽₃」來記錄這個借詞，「吃冥」寫成了「吃莽₃」。同時，「吃莽₃」受到當地兒語「吃飯飯」的類化，變成了「吃莽₃莽₃」，由雙音節變成了三音節。此後，「冥」的同音借字「莽₃」在西南官話區由飯引申出餵（飯）義，其使用的語境擴大，不限於兒語。

「外來的移民有時候並不佔領成片的廣大地區，而只是選擇其中的一些地點定居下來，然後慢慢地對周圍的地區有所浸潤，好像在一張大白紙上滴上若干滴墨汁一樣。」〔註69〕福建移民到達西南地區後，應當也是選擇一些地點定居下來，「冥」表示飯的用法當是慢慢在西南官話區傳播並流傳下來的。但「雲貴地區的西南官話也遠不是遍佈每個角落的」〔註70〕，所以「冥」表示飯、餵（飯）的說法見於部分西南官話區。

搞清楚「莽₃」表飯、餵（飯），其本字是閩語中表示飯的「冥」[maŋ]，可以補正一些相關的文獻記載。如民國十五年《南川縣志》卷六《土語》：「惟今

〔註66〕黃尚軍：《四川方言與民俗》，四川人民出版社，1996 年版，第 251 頁。

〔註67〕游汝杰：《漢語方言學導論·修訂本》，上海教育出版社，2018 年版，第 146 頁。

〔註68〕周振鶴，游汝杰：《方言與中國文化·第 2 版》，上海人民出版社，2019 年版，第 15 頁。

〔註69〕周振鶴，游汝杰：《方言與中國文化·第 2 版》，上海人民出版社，2019 年版，第 36～37 頁。

〔註70〕同註 4，37 頁。

小兒或年老不能自進食，可直用此字，曰亡飯亡羹，取彼雖有口，不能自食，猶之亡口。」〔註71〕《漢語方言大詞典》：「亡飯」，「〈動〉自己不能吃飯。西南官話。」〔註72〕《漢語方言大詞典》：「亡羹」，「〈動〉自己不能吃東西。西南官話。」〔註73〕這些記載均是以形會意，雖表面說得通，但不符合語言事實，「亡」當為「冥」，其義當為餵（飯）。《白話小說語言詞典》：「饎饎」，「máng máng，小兒稱飯。」〔註74〕這裡的「饎」為自造從食從莽得聲的方言字，其本字應為「冥」。民國唐樞《蜀籟》卷一：「只見鍋內薰〔煮〕餢餢，哪見鍋內薰〔煮〕文章。」〔註75〕又卷四：「隔壁子燉雞又燉膀，我家還在餓餢餢。」〔註76〕《四川方言詞典》「餢（亡），mang¹（動）餵食物到別人嘴裡（一般用於小孩）。」「餢餢，（名）飯（多為兒語）。」〔註77〕「餢餢，飯（一般為兒語）。」〔註78〕「饎」「餢」為自造從食從莽、從食從芒得聲的方言字，其本字應為「冥」。《貴陽方言詞典》：「〔□〕maŋ＝〔喂①〕uei把食物送到人嘴裡：拿點飯～他下。」〔註79〕這些的「□」當為「冥」。

　　在漢語方言中，「有些字用作方言詞的語素時或語音特殊，或字義一再引申，字形和實際音義的聯繫不易被理解。」〔註80〕西南官話裡的「莽」字便是如此，該字字形和實際音義的聯繫較為特殊。「莽」表示身體胖時，本字是「胮」；「莽」表示傻、笨，本字為「亡」；「莽」表示有飯、米飯義，還引申出了餵（飯）義，本字是由福建移民帶到西南官話區的「冥」。我們都知道「考本字是方言學中的重要內容，在漢語詞彙史中佔有重要的地位。」〔註81〕考本字應

〔註71〕柳琅聲（修），韋麟書（纂）：《中國方志叢書（民國）南川縣志15卷華中地方四川省第2期》，1926年，第501、502頁。

〔註72〕許寶華，（日）宮田一郎：《漢語方言大詞典》，中華書局，1999年版，第2160頁。

〔註73〕许寶華，（日）宮田一郎：《漢語方言大詞典》，中華書局，1999年版，第2160頁。

〔註74〕白維國：《白話小說語言詞典》，商務印書館2011年版，第1000頁。

〔註75〕民國唐樞：《蜀籟》，四川人民出版社，1982年版，第64頁。

〔註76〕民國唐樞：《蜀籟》，四川人民出版社，1982年版，第299頁。

〔註77〕王文虎等：《四川方言詞典》，四川人民出版社，1987年版，第220頁。

〔註78〕蔣宗福：《四川方言詞語考釋》，巴蜀書社，2002年版，第372頁。

〔註79〕李榮，汪平：《現代漢語方言大詞典·貴陽方言詞典》，江蘇教育出版社，1994年版，第270頁。

〔註80〕李如龍：《跳出漢字的魔方——四十年來漢語方言研究的重大突破》，載劉堅，侯精一：《中國語文研究四十年紀念文集》，北京語言學院出版社，1993年版，第118頁。

〔註81〕潘悟雲：《「拉」字考——兼論考本字的方法》，載朱慶之：《張永言先生從教六十五周年紀念文集漢語歷史語言學的傳承與發展》，復旦大學出版社，2016年，第166頁。

該「把方言的共時研究和歷時研究結合起來，把語音的研究和詞彙的研究結合起來，把單點方言的調查研究和多點方言的比較結合起來。」〔註82〕

參考書目

1. 白維國，2011，《白話小說語言詞典》，北京：商務印書館。
2. 陳澤平，1998，《福州方言熟語歌謠》，福州：福建人民出版社。
3. 陳章太，李如龍，1991，《閩語研究》，北京：語文出版社。
4. 杜佳倫，2014，《閩語歷史層次分析與相關音變探討》，上海：中西書局。
5. 馮愛珍，1993，《福清方言研究》，北京：社會科學文獻出版社。
6. 傅崇矩，2006，《成都通覽》，成都：成都時代出版社。
7. 葛劍雄，1993，《簡明中國移民史》，福州：福建人民出版社。
8. 許寶華，（日）宮田一郎，1999，《漢語方言大詞典》，北京：中華書局。
9. 黃尚軍，1996，《四川方言與民俗》，成都：四川人民出版社。
10. 紀國泰，2007，《〈蜀方言〉疏證補》，成都：巴蜀書社。
11. 蔣宗福，2002，《四川方言詞語考釋》，成都：巴蜀書社。
12. 李榮，1996，我國東南各省方言梗攝字的元音，《方言》第 1 期。
13. 李榮，梁德曼，黃尚軍，1998，《成都方言詞典》，南京：江蘇教育出版社。
14. 李榮，汪平，1994，《現代漢語方言大詞典 貴陽方言詞典》，南京：江蘇教育出版社。
15. 李如龍，1993，跳出漢字的魔方——四十年來漢語方言研究的重大突破，劉堅、侯精一編，《中國語文研究四十年紀念文集》，北京：北京語言學院出版社。
16. 李如龍，1994，《福州方言詞典·修訂版》，福州：福建人民出版社。
17. 李如龍，2000，《福建方言》，福州：福建人民出版社。
18. 李如龍，2009，自閩方言證四等韻無-i-說，李如龍編，《漢語方言研究文集》，北京：商務印書館。
19. 李珍華，周長楫，1998，《漢字古今音表·修訂本》，北京：中華書局。
20. 李志傑，2016，《南充方言》，成都：四川人民出版社。
21. 《南鄭縣志》編纂委員會，1990，《南鄭縣志》，北京：中國人民公安大學出版社。
22. 秋谷裕幸，2008，《閩北區三縣市方言研究》，臺北：中央研究院語言學研究所。
23. （民國）唐樞，1982，《蜀籟》，成都：四川人民出版社。
24. 王荃善，1992，《中國地方志集成四川府縣志輯55》，成都：巴蜀書社；南京：江蘇古籍出版社；上海：上海書店。
25. 王文虎，1987，《四川方言詞典》，成都：四川人民出版社。

〔註82〕 李如龍：《跳出漢字的魔方——四十年來漢語方言研究的重大突破》，載劉堅，侯精一：《中國語文研究四十年紀念文集》，北京語言學院出版社，1993 年版，第 118 頁。

26. 游汝杰，2018，《漢語方言學導論·修訂本》，上海：上海教育出版社。

27. 周及徐，2013，從移民史和方言分佈看四川方言的歷史：兼論「南路話」與「湖廣話」的區別，《語言研究》第 1 期。

28. 周振鶴，游汝杰，2019，《方言與中國文化·第 2 版》，上海：上海人民出版社。

29. 遵義市匯川區板橋鎮志編纂委員會，2012，《遵義市匯川區板橋鎮志》，成都：成都春曉印務有限公司。

山東費縣（劉莊）
方言中的兩類循環變調

明茂修*

摘　要

　　在山東費縣（劉莊）方言中存在兩類特殊的循環變調現象，一類是出現在輕聲
兩字組中純語音層面的循環變調，其模式為「陰平調→去聲調→陽平調→上聲調→
去聲調」；另一類是出現在句子或詞語中純語法層面的循環變調，其模式為「陰平調
→去聲調→陽平調→上聲調→陰平調」。前者語音層面的循環變調是輕聲化的第二個
音節對前一音節的逆向作用造成的，而後者語法層面的循環變調則是語音的語法化
結果。

關鍵詞：費縣（劉莊）方言；循環變調；連讀變調；語音變調；語法變調

* 明茂修，男，1977 年生，山東費縣人，博士，教授，研究方向為漢語方言學和實驗語音
　學。貴州大學文學院，貴陽 550025。

　　費縣隸屬於山東省臨沂市，位於臨沂市中西部，與蒙陰縣、沂南縣、蘭山區、蒼山縣和平邑縣等縣區毗鄰。劉莊鎮（現已併入探沂鎮）位於費縣東南部，處在費縣、蒼山縣和蘭山區等縣區交界處。從方言地理的角度來看，費縣方言處於北方方言三大官話（膠遼官話、冀魯官話和中原官話）的交接地帶，同時也處於山東方言內部劃分的東齊片和西魯片之間，由於所處地理位置的特殊性，費縣方言也顯得異常複雜。賀巍（2005）認為費縣方言屬於中原官話；不過，明茂修（2011）在實地調查的基礎上認為劉莊鎮方言也屬於中原官話，但是帶有較強的冀魯官話性質。由於劉莊鎮位於費縣的東南部，而費縣大部分地區更靠北，更為接近冀魯官話，可以推測，以費縣城關為代表的費縣方言可能帶有更強的冀魯官話性質（還有待更為詳細的調查研究結果的支持）。

　　我們早前就對費縣（劉莊）方言的單字調（明茂修，2011；2014）和兩字組連讀變調（明茂修，2016）進行過較為詳細的研究，還對「-的」式形容詞中的特殊變調現象（明茂修，2015）進行過探因。在此基礎上以及對其他聲調現象的後續研究中，發現費縣（劉莊）方言中存在許多規律性的語音變調和語法變調現象，可以歸納為兩類循環變調模式。在已有方言研究的成果中，山東的部分方言（平山久雄，1998）和閩南方言（尹玉霞，2012）中也存在循環變調現象，而針對這些方言中循環變調的研究對我們發現和深入探討費縣（劉莊）方言中的循環變調現象非常具有啟發性。本文即通過對費縣（劉莊）方言中輕聲兩字組中的語音變調以及處在一定語法環境當中的語法變調的詳細描寫和分析，來深入探討這兩類獨特的循環變調現象，並試著揭示這兩類循環變調的成因。

一、費縣（劉莊）方言聲調的調值及其變體

　　在對費縣（劉莊）方言中的循環變調進行分析之前，我們先來探討一下費縣（劉莊）方言聲調的調值。明茂修（2011）認為費縣（劉莊）方言有 4 個聲調，其調值分別為陰平 213、陽平 51、上聲 44 和去聲 312。當然，其中有的調值還存在變體，例如比較典型的是去聲調的中降調 31（這個調值主要出現在語流中或單念，且語速較快時，它可能更適合作為去聲調調值的代表），上聲調的高微升調 45 等。明茂修（2014）還運用實驗語音學方法刻畫了費縣（劉

莊）方言的調值，分別為陰平 113、陽平 551、上聲 35 和去聲 312〔註1〕，各調類的實驗調值顯示出了與傳統記錄的調值的區別。通過對這兩種方法得到的調值進行對比，可以看到相同或基本相同的是去聲調和陽平調，存在一定差別的是陰平調和上聲調。那麼，如何看待這些同調類調值的同與異呢？

去聲調的傳統與實驗調值最為統一，但實驗調值只記錄了其中一種變體。也就是說，費縣（劉莊）方言中的去聲調有中降調 31 和低後凹調 312 兩種變體調值。陽平調的傳統與實驗調值之間並不存在本質的區別，較為精確的實驗調值描寫出了調頭處的彎勢，而傳統調值卻忽視了，但它們都包含作為調值主體的降勢。所以，可以確定陽平調是一個全降調，記成全降 51 還是高彎降 551 都是可以的，在聽感上的區別並不明顯。上聲調的傳統調值有兩個變體，一個是半高平調 44，一個是高微升調 45；實驗調值則是一個高升調 35。傳統調值的後者與實驗調值在調形上是相同的，唯升勢大小有別，這不應該認為它們之間有本質區別。所以，上聲調也存在兩個變體，一個是平調 44，一個是升調 45 ／ 35。陰平調的傳統與實驗調值之間最大的差別在於調形不同，傳統調值是低前凹調 213，實驗調值則是低平升調 113（記成低升調 13 也沒有本質區別），不過，陰平調前部有沒有降勢或降勢稍大稍小似乎都不構成聽感上的對立，也就是說，兩個調值都可以作為陰平調的變體。

以上是從單字調的角度分析了各聲調的調值及其變體。明茂修（2016）在對費縣（劉莊）方言雙字組連讀變調的研究中，認為非輕聲兩字組連讀變調是前字發生變調，後字不變調，前字發生變調的調值主要包括陰平調作為前字時的低升調 24，陽平調作為前字時的高半降調 53 等。但是，現在看來，這些調值是否就應該認為是變調，還值得進一步商榷。先來看作為非輕聲兩字組前字的陰平調。以往所記錄的低升調 24 這個調值與單字調低前凹調 213 的最大區別在於調形上，再結合實驗中記成低平升 113 的調值，就可以發現三者之間過渡性的特徵較為明顯，三個調值之間沒有不可逾越的鴻溝。而雙字組中把前字陰平調記成低升調，很可能是由於時長縮短給聽感造成的影響，也可以說明因為雙字調中時長要相應短於單字調，從而使聲調前部的降勢或平勢不易察覺。

〔註1〕 為了方便與傳統調值的比較，這裡將拙文《山東費縣（劉莊）方言的聲調格局——兼及聲調中的特殊語音現象》（載《畢節學院學報》2014 年第 5 期）中的分域四度制調值轉換成了五度制調值。

至於三個調值之間高度上的差別，完全可以認為是協同發音甚或是傳統的五度制記調法冗餘度太大造成的（很明顯，無論陰平調的調值記錄成 213、113，還是記成 24，都不會擾亂整個調形格局），這也不是三個調值之間本質的區別。再來看作為非輕聲兩字組前字的陽平調。以往將非輕聲兩字組中的前字陽平調的調值記成高半降調 53，相對於原調值全降調 51 來說認為是產生了一個新的調值。但是實情可能並非如此，因為在聽感上它仍然被認可為陽平調，調值的記錄也僅僅是調尾高度的差別，調形是完全相同的。沈曉楠、林茂燦（1992）認為，變調與協同發音的一個重要區別在於，變調不必保持原調本身的特性，其性質是音位性的；而協同發音仍然保持原調的基本曲線，其性質是非音位性。其所舉普通話上聲在另一個上聲前面變成了陽平就是音位性的，是變調，而去聲前面的去聲高半降就是由於協同發音引起的非音位性變化。而反觀費縣（劉莊）方言中作為前字的陽平高半降，無論其所處語音環境還是具體調值與普通話去聲高半降都是相同的，那就可以確定作為前字的陽平調並沒有改變其作為高降調的基本性質，所以這個陽平高半降是協同發音引起的，也就是說單字調調值和「變調」調值之間的差別並不是音位性的，而是同一個音位的不同變體。所以，可以認為非輕聲兩字組中作為前字的陰平調和陽平調都沒有發生變調，只不過在協同發音的作用下又多了一個音位變體而已。

所以，費縣（劉莊）方言的各個調類中，只要出現的調值是 213、113 或 24 的都認為是陰平調，調值是 51、551 或 53 的都認為是陽平調，調值是 44 或 45 的都認為是上聲調，調值是 31 或 312 的都認為是去聲調，不當作其他調類的新調值。在考慮到聲調的實際使用、聽感、實驗以及諸方面的對比之後，為了便於更深入地研究各調值以及論述的方便，有必要為費縣（劉莊）方言的聲調概括一個比較統一的代表性調值，這個代表性的調值就是陰平 213、陽平 51、上聲 44 和去聲 31，同時容納上述各調類的不同調值變體。

二、語音層面的變調

明茂修（2016）對費縣（劉莊）方言中後字為輕聲的兩字組連讀變調〔註2〕進行研究，概括其一般規律是前字變調，後字讀輕聲，也就是前後字都變調。

〔註2〕 本文所論兩字組連讀變調僅限於輕聲兩字組，三字組或多字組連讀變調暫未涉及。

輕聲兩字組中的變調在費縣（劉莊）方言中基本不涉及詞義甚至詞性的區分，所以只看作一種語音現象。費縣（劉莊）方言中的輕聲不僅有高低的區別，而且還有或平或降的調形的區別，甚至有的輕聲並不輕短。無論後字為哪個調類，後字輕聲中只有 213、33 和 21 三種輕聲調值。﹝註3﹞費縣（劉莊）方言輕聲兩字組連讀變調的基本規律如下：

前字為陰平調時，共有兩種連調模式。其一是〔213-31＋213〕，例如：膏藥 kɔ yə、叔叔 ʂu ʂu、安排 ɣã pʻɛ、刷子 ʂua tɵŋ、兄弟 ɕioŋ tei；其一是〔213-31＋33〕，例如：摸摸 mə mə、高高 kɔ kɔ。

前字為陽平調時，共有兩種連調模式，其一是〔51-44＋21〕，例如：棉花 n̠iã xu、眉毛 mei mɔ、爺爺 iə iə、柴火 tʂʻɜ xu、學問 ɕyə uẽ；其一是〔51-53＋21〕，例如：嘗嘗 tʂʻaŋ tʂʻaŋ、紅紅 xoŋ xoŋ。

前字為上聲調時，共有兩種連調模式，其一是〔44-31＋33〕，例如：謊花 xuaŋ xuɔ、老婆 lɔ pʻu、晌午 ʂaŋ uẽ、奶奶 nɛ nɛ、打扮 ta pã；其一是〔44 44＋21〕，例如：想想 ɕiaŋ ɕiaŋ、冷冷 loŋ loŋ。

前字為去聲調時，共有兩種連調模式，其一是〔31-53＋21〕，例如：人方 ta faŋ、算盤 suã pʻã、筷子 kʻuɛ tɵŋ、教訓 tɕiɔ ɕyẽ、妹妹 mẽ mẽ；其一是〔31-31＋213〕，例如：看看 kʻã kʻã、慢慢 mã mã。

從以上輕聲兩字組的變調情況可以看到，普通的輕聲兩字組和以動詞、形容詞重疊式兩字組的變調規律不同，以前字調的不同明顯分成了兩種變調模式。從前字來看，除了陰平調只有一種變調調值以外（因後字輕聲調值的分化仍然分成了兩種模式），陽平調、上聲調和去聲調都分成了包括變調和本調調值在內的兩種調值。從後字來看，除了前字為陰平調的普通兩字組後字讀成陰平調外，其他兩字組後字都有所合併。

三、語法層面的變調

在費縣（劉莊）方言中除了上述輕聲字組中的變調之外，在語法層面還存在變調情況。語法變調在漢語方言中的存在是比較多的，但以南方方言為多，

﹝註3﹞ 更為詳細的費縣（劉莊）方言輕聲兩字組連讀變調情況請參見拙文《山東費縣（劉莊）方言兩字組連讀變調》（載《臨沂大學學報》2016 年第 1 期第 68～71 頁）。相對於原文對輕聲兩字組變調調值的描寫，本文所描寫的個別調值有所調整。

在北方方言的山東方言中有人也報告過存在語法變調的情況。汪國勝（2004）提到山東萊陽方言有通過變調表示持續的，李仕春、艾紅娟（2009）也談到了山東莒縣、博山、濟陽等方言中的語法變調的情況。以上這些山東方言中存在的語法變調，在費縣（劉莊）方言中也同樣存在，而且顯得更為豐富而複雜。費縣（劉莊）方言中的語法變調主要包括動詞、形容詞和名詞的變調，因其所表達的語法作用的不同從情貌、程度等方面分別進行論述。

（一）表示情貌的變調

費縣（劉莊）方言中單音節的動詞、形容詞可以在區別不同情貌時發生不同於單字調甚至普通連讀調的變調，以表示動作等的已然或持續等情貌，這與普通話或其他方言一般通過動態助詞來表達這種情貌特徵是有區別的。

1. 動詞的情貌變調

在表示情貌變調的單音節動詞中，主要是單音節動詞中的動作行為動詞能體現這一特點。當然，也並不是每個動詞都能完整地體現所有情貌，有的體現其一，有的體現其二。請看下面數例。

（1）他吃[tʂʻʅ²¹³⁻³¹]三碗飯。他吃了三碗飯。

（2）他拿[na⁵¹⁻⁴⁴]個蘋果。他拿了一個蘋果。

（3）他打[ta⁴⁴⁻²¹³]一大仗。他（和別人）打了一場大架。

（4）他睡[ʂui³¹⁻⁵³]一下午覺。他睡了一下午覺。

（5）牆上貼[tʻiə²¹³⁻³¹]幅畫。牆上貼著一幅畫。

（6）他拿[na⁵¹⁻⁴⁴]個蘋果。他拿著一個蘋果。

（7）他站[tʂã³¹⁻⁵³]地下。他站在地上。

例（1）～（4）中加下劃線的 4 個字分別屬於陰平、陽平、上聲和去聲 4 個調類，都讀成了不同於本調的變調，它們所表達的語法意義也發生了變化，都表示一種已然的情況，在句中相當於動詞謂語加「了」字，意思分別是「吃了」「拿了」「打了」和「睡了」。如果都讀成本調，則動詞僅僅表示動作本身。例（5）～例（7）中加下劃線的三個字分別屬於陰平調、陽平調和去聲調，在句中也都發生了變調，變調後則分別表示狀態和動作的持續，其意思相當於「貼著」「拿著」和「站在」。在以上例句中，例（2）和例（6）的文字和語音形式是完全一樣的，但是前者表示已然，後者則表示持續，其差別只能根據語境來

辨別。在費縣（劉莊）方言中，像這樣用法的單音節動詞是很多的，其基本規律也都是如此。

2. 形容詞的情貌變調

費縣（劉莊）方言中的形容詞情貌變調主要表現在單音節形容詞上，而且主要是性質形容詞，其變調則一般表示已然，但有時這種已然帶有假設前提，而整句話又表示某種未然或持續的狀態。例如：

（8）夜來蘋果就都<u>紅</u>[xoŋ$^{51\text{-}44}$]了。昨天蘋果已經都變紅了。

（9）他<u>大</u>[ta$^{31\text{-}53}$]了，不是小孩兒了。他長大了，已經不是小孩子了。

（10）蘋果<u>紅</u>[xoŋ$^{51\text{-}44}$]好吃。蘋果變紅了才好吃。

（11）他<u>大</u>[ta$^{31\text{-}53}$]就能掙錢了。他長大了就能掙錢了。

（12）個子<u>矮</u>[iɛ$^{44\text{-}213}$]不好說媳婦。個子矮了／的話不好找媳婦。

（13）繩子<u>粗</u>[tɕ'u$^{213\text{-}31}$]結實。繩子粗了／的話更結實。

以上 6 例中加下劃線的 6 個字都發生了變調，例（8）和例（9）變調後表示已然，形容詞「紅」和「大」在句中作謂語，相當於「變紅了」「長大了」的意思，例（10）和例（11）變調後也表示已然，但這種已然包含假設的意味，整句話的意思則表示的是未然；例（12）和例（13）則表示某種已然的持續狀態，其假設的意味更重，意思相當於「矮／粗的話／了」。像這一類的單音形容詞在費縣（劉莊）方言中還是相當多的。

（二）表示程度的變調

在費縣（劉莊）方言中，雙音節的形容詞或形容詞性的短語可以通過變調表示程度的加重，以區別於原調所表示的一般程度。而承載程度加重這一語法意義的任務主要是落在第二個音節上，第一個音節一般不變調。例如：

（14）<u>簡單</u>[tɕiã^{44}tã$^{213\text{-}31}$]事好辦。這麼簡單的事好辦。

（15）<u>清白</u>[tʂ'iŋ^{213}pei$^{51\text{-}44}$]做人！清清白白做人！

（16）幹好這個事兒就<u>圓滿</u>[yã$^{51\text{-}53}$mã$^{44\text{-}213}$]了。幹好這件事就完全成功了。

（17）這個電影<u>好看</u>[xɔ^{44}k'ã$^{31\text{-}53}$]。這個電影很好看。

（18）<u>齁清</u>[ʂy^{213}tʂ'iŋ$^{213\text{-}31}$]點兒水叫你給弄渾了。這麼清澈的水讓你弄渾濁了。

（19）<u>焦黃</u>[tɕiɔ^{213}xuaŋ$^{51\text{-}44}$]一個麵餅子糟蹋了。這麼好的一個麵餅讓你糟蹋了。

（20）<u>溜軟</u>[liəu^{213}zuã$^{44\text{-}213}$]柿子才好吃。很軟的柿子才好吃。

（21）稀臭[ɕi²¹³tʂʻəu³¹⁻⁵³]豆腐就別吃了。這麼臭的豆腐就不要吃了。

例（14）～（17）是雙音節形容詞表達程度加重的變調形式，主要是後字變調；如果讀原調（如果可以的話），所有句子就表示一般的陳述，所表示的程度相當於原級，而變調形式則相當於比較級，程度較原級要重一些。這些雙音節形容詞在句中可以作定語、狀語，也可以作謂語，「簡單」的意思相當於「如此簡單的」，「清白」的意思相當於「清清白白地」，「圓滿」的意思相當於「很／非常圓滿」，「好看」的意思相當於「很／非常好看」。

例（18）～（21）是雙音節的形容詞性短語，是由一個單音節程度副詞加一個單音節形容詞構成的，這種語言現象在臨沂方言中存在，我們也進行過相關探討（明茂修，2007），在費縣（劉莊）方言中也大量存在。本來這樣一種程度副詞加單音節形容詞的組合就是單音節形容詞的程度比較級形式了，而這個組合再變調的話則又表示更高一級的程度。除了後字變調來表示程度加重之外，前面的程度副詞有時也可以通過增加時長（重音）來助力這種程度的加重。

費縣（劉莊）方言中表示程度的變調不同於重音，因為重音只是詞句當中某個音節的重讀，而這個音節的聲調的基本調形是不變的。當然，在費縣（劉莊）方言中也存在重音，其特點是在原連讀調的基礎上重讀第二個音節，主要是通過拖長第二音節的時長來實現的，當然有的還同時強化聲調的曲折（如果有的話），但基本調形並沒有發生變化。

（三）其他語法變調

費縣（劉莊）方言中除了最為突出的動詞、形容詞的語法變調之外，還存在名詞、代詞和數詞等的變調。先看下面各例句。

（22）他在家[tɕia²¹³⁻³¹]幹活。他在家裏／中幹活。

（23）扔河[xə⁵¹⁻⁴⁴]一塊石頭。扔到河裏／中一塊石頭。

（24）盛碗[uã⁴⁴⁻²¹³]兩（個）雞蛋。盛到碗裏／中兩個雞蛋。

（25）撒地[ti³¹⁻⁵³]一碗麵。掉到地上一碗麵粉。

（26）許莊[ɕy⁴⁴⁻²¹³tʂuaŋ²¹³]地名

（27）萬莊[uã³¹⁻⁵³tʂuaŋ²¹³]地名

（28）藥家嶺[tɵʻɛ³¹⁻⁵³liŋ⁴⁴]地名

（29）田家圍子［tʻiã⁵¹⁻⁴⁴uei⁵¹⁻⁴⁴tɤ̢²¹］地名

（30）三義莊［θã²¹³⁻³¹tʂuaŋ²¹³］地名

（31）人［zɤ̃⁵¹⁻⁴⁴］地給你［n̦i⁴⁴⁻²¹³］好。人家的地比你的好。

（32）那是人［zɤ̃⁵¹⁻⁴⁴］吃飯使的。那是人家吃飯用的。

（33）那是我［uə⁴⁴⁻²¹³］／他［tʻə⁴⁴⁻²¹³］書。那是我／他的書。

（34）這是誰［ʂei⁴⁴⁻²¹³］作業？這是誰的作業？

（35）他呆哪［na⁴⁴⁻²¹³］住？他在哪裡住？

（36）他呆這［tʂe³¹⁻⁵³］／那［nə³¹⁻⁵³］住。他在這裏／那裏住。

（37）他吃八［pa²¹³⁻³¹］（個）蘋果。他吃了八個蘋果。

（38）他吃十［ʂʅ⁵¹⁻⁴¹］（個）蘋果。他吃了十個蘋果。

（39）他吃兩［liaŋ⁴⁴⁻²¹³］（個）蘋果。他吃了兩個蘋果。

（40）他吃四［ɤ̢³¹⁻⁵³］（個）蘋果。他吃了四個蘋果。

例（22）～（30）是名詞的變調，其中前四個是普通名詞，後五個是地名名詞。普通名詞中的各個詞在句中變調後表示方位，其意思分別相當於「家裏／中」「河裏／中」「碗裏／中」和「地上」。表示地名的專有名詞中前兩個和後三個都存在變調，但形式上小有區別。前兩個地名只有兩個字，語音形式也是兩個音節，而後三個地名分別有三到四個字，但最常用的語音形式卻都少一個音節（有時也會保留第二個音節）。它們之間的共通之處在於，無論兩字讀成兩個音節，還是三四個字讀成兩三個音節，其中間都省略了一個讀作輕聲的音節。而前兩個地名無論是在漢字形式上，還是在語音形式上，這個輕聲音節都省略了；而後三個地名在漢字形式上還保留著這個讀成輕聲的字（「家」或「義」），但語音形式上卻完全省略了，從而造成了漢字形式與語音形式的不對應。當然，無論省略與否，還是漢字與語音的不對應，都不會造成當地人理解這些地名的障礙。

例（31）～（36）是代詞的變調，包括人稱代詞、疑問代詞和指示代詞等，人稱代詞中有「你」「我」「他」和「人（人家）」等，疑問代詞有「誰」「哪」等，指示代詞有「這」和「那」等，它們在句中變調後的意思相當於「你的」「我的」「他的」和「人家的」，「誰的」「哪裡」以及「這裏」「那裏」等，其中人稱代詞和疑問代詞「誰」變調後表示領格，疑問代詞「哪」和指示代詞變調後表示處所。這些發生語法變調的代詞一般都是單音節的，其他雙音節或多音

節的代詞則沒有這種變調。

　　例（37）～（40）是數詞的變調，都是基數詞，其基本形式相當於數詞加量詞「個」，而變調形式則省略了量詞。而在費縣（劉莊）方言中完整形式和省略形式是並用的，似乎兩種形式的使用頻率不分軒輊。值得注意的是，在用以表示「一個」（作為兩字組出現時與其他「數詞＋個」的輕聲兩字組形式不同，其後字並不讀輕聲，而是與普通兩字組相同）或「兩個」時，更多地是用「個」表示前者，而用「倆」表示後者，並不是如其他數詞的使用一樣省略量詞。還有一個現象也值得注意，在「一」到「十」這些數詞的此類用法中，大部分的變調是與「量詞＋個」相同的，其中「個」讀輕聲，也就是相當於輕聲兩字組的變調規律（其實與其他語法變調也是相同的）。但是，上聲調量詞「兩」「五」和「九」的變調卻不同於輕聲兩字組的變調規律，而與前述的動詞、形容詞和名詞、代詞的變調規律相同。

四、兩類循環變調模式

　　在本文第二部分和第三部分具體分析了兩種變調，一種是語音變調，一種是語法變調。在這兩種變調中都存在著很強的規律性，可以概括為兩類循環變調模式。

（一）語音循環變調

　　根據上文所述輕聲兩字組連讀變調的情況可以總結出費縣（劉莊）方言輕聲兩字組前字的連讀變調規律（見表1）。

表1　費縣（劉莊）方言輕聲兩字組變調表

	前字本調	前字變調	後字輕聲變調	變調模式	前字變調規律
前字為陰平調的輕聲兩字組	213	31	213	31＋213	陰平調→去聲調
			33	31＋33	陰平調→去聲調
前字為陽平調的輕兩字組	51	44	21	44＋21	陽平調→上聲調
		53		53＋21	不變
前字為上聲調的輕聲兩字組	44	31	33	31＋33	上聲調→去聲調
		44	21	44＋21	不變
前字為去聲調的輕聲兩字組	31	53	21	53＋21	去聲調→陽平調
		31	213	31＋213	不變

注：表中「變調模式」一列中有底紋的變調模式只是部分單音節動詞和形容詞的重疊變
調，是輕聲雙字組中變調模式的非主體部分，除前字陰平調外，其他前字都沒有發
生變調。

根據表 1 中總結的輕聲兩字組連讀變調的情況可以看到，前字陰平調由
本調變成了去聲調；前字陽平調由本調變成了上聲調，少部分保持本調；前
字上聲調由本調變成了去聲調，少部分保持本調；前字去聲調由本調變成了
陽平調，少部分保持本調。以上各聲調遞次變為另一聲調的情況非常明顯，
可圖示如圖 1。

圖 1　語音循環變調

圖 1 直觀顯示了這種不同調類之間的循環變調過程，在輕聲兩字組前字的
變調中，陰平調變讀為去聲調，去聲調變讀為陽平調，陽平調變讀為上聲調，
上聲調變讀為去聲調。除了陰平調以外，陽平調、上聲調和去聲調的變化正好
構成了一個封閉性的變調循環，缺失的一環則是陰平調。語音層面的循環變調
可以稱為語音循環變調。

（二）語法循環變調

表 2 是根據本文第三部分中所有例句的語法變調的情況總結出的費縣（劉
莊）方言各調類變調的基本規律。

表 2　費縣（劉莊）方言語法變調表

本　　調	變　　調	變調規律
213（陰平調）	31（去聲調）	陰平調→去聲調
51（陽平調）	44（上聲調）	陽平調→上聲調
44（上聲調）	213（陰平調）	上聲調→陰平調
31（去聲調）	53（陽平調）	去聲調→陽平調

表 2 顯示，費縣（劉莊）方言中各調類都發生了變為其他調類的變化，那

就是陰平調由本調變讀為去聲調，去聲調由本調變讀為陽平調，陽平調由本調變讀為上聲調，上聲調由本調變讀為陰平調。四個聲調依次遞變的情況可以用圖 2 表示。

圖 2　語法循環變調

陰平　→　去聲

↑　　　　↓

上聲　←　陽平

圖 2 中費縣（劉莊）方言的四個聲調共同構成了一個由陰平調而去聲調而陽平調而上聲調而陰平調的封閉性的變調循環，且無一缺失。語法層面的循環變調可以稱為語法循環變調。

（三）兩類循環變調的比較及其成因試探

費縣（劉莊）方言中的兩類循環變調在形式和內容上有同也有異，其變調的原因也不盡相同。下面我們具體探討兩類循環變調的異同和成因。

從形式上來看，語音循環變調是除陰平調外的其他三個聲調的封閉性變調循環，而語法循環變調則是四個聲調的完整的封閉性變調循環，兩者相同的地方在於都包含去聲調、陽平調、上聲調三個聲調的循環。從內容上來看，語音循環變調是「陰平調→去聲調→陽平調→上聲調→去聲調」的依次遞變，而語法循環變調是「陰平調→去聲調→陽平調→上聲調→陰平調」的依次遞變，兩類循環變調在內容上的最大區別就是上聲調是變讀為去聲調還是變讀為陰平調，其相同的地方在於都包含「陰平調→去聲調→陽平調→上聲調」的依次遞變。

對於這兩類循環變調，可以從其發生變調的詞的結構上來探討其成因。在語音循環變調的輕聲兩字組中，由於後一音節變成了輕聲，為了保持整個音節的平衡，無論是語音還是語義上的，前一音節的聲調被迫發生了強調性的變化，也就是進行變調，以適應後一音節的輕聲化。所以應該認為發生在純語音層面的語音循環變調是輕聲化的第二個音節對前一音節的逆向作用造成的。那麼，對於語法循環變調應該作何解釋呢？沈家煊（1994）認為：「……一個成分虛化到極限後就跟實詞融合在一起，自身變成了零形式。」根據沈家煊的觀點，費縣（劉莊）方言中發生在語法層面的語法循環變調應該是語法化的結果，它

是語法化在語音上的一種表現。在發生語法變調的音節中，動詞、形容詞、代詞等後附的表示已然、持續或領格等的「了」「著」「在」和「的」等首先是輕聲化，同時前字在輕聲化音節的逆化作用下發生變調，接著這個輕聲化的音節的地位就進一步被削弱，變得可有可無，最後變成零形式。在費縣（劉莊）方言中，發生語法變調的動詞、形容詞和代詞等可能正處於語法化的中間階段，其後輕聲化的音節可有可無或漢字與語音形式的不對應即是證據，但很明顯這一階段正在得到強化，並將逐漸過渡到最終的零形式。

從上文的分析可以看到，語法循環變調的詞語中都有較虛的成分的省略，其實就相當於輕聲字組中後字在輕聲化的基礎上的進一步語法化。這樣理解可以很好地解釋為什麼兩類循環變調的模式基本上都是相同的，正是因為它們都是從輕聲兩字組逐步語法化而來的，只是所處語法化的階段有差別。

但是，對於兩類循環變調中上聲調的不同變調模式應該如何進行解釋呢？上文中在提到數詞的語法變調時，已經指出上聲調數詞的變調與其他數詞存在不同。而這種不同正可以在發生語法變調的詞語後面補充省略或零形式的成分並與輕聲字組的比較中體現出來。在發生語法變調的非上聲調的詞語中，在補充了其後的原省略成分後，其變調規律與輕聲字組的變調規律是完全相同的，而補充原省略成分後的上聲調詞語則表現出了與輕聲字組變調規律的不同。兩類循環變調中上聲調變調模式的區別或許正起始於數詞本身的這種區別，並在其後擴大化的結果。當然，這種解釋還僅僅停留在假設階段，要獲得更為明確的結論還需要進行更為深入的探討。

五、結　語

在以往對費縣（劉莊）方言單字調、連讀變調以及一些特殊變調現象進行研究的基礎上，通過進一步的分析，發現費縣（劉莊）方言中存在的許多規律性的語音變調和語法變調現象，並可以歸納為兩種既有區別又有聯繫的循環變調模式。

費縣（劉莊）方言中存在的兩類循環變調，一類是發生在語音層面的輕聲兩字組中前字的循環變調，稱為語音循環變調；另一類是發生在語法層面的循環變調，稱為語法循環變調，這兩類循環變調模式在形式和內容上有同有異。語音循環變調主要出現在輕聲兩字組中的前字調上，其變調模式為「陰平調→

去聲調→陽平調→上聲調→去聲調」的依次遞變。語法循環變調主要出現在不同的語法環境中的動詞、形容詞和名詞的聲調上，有前字調，也有後字調，因其所表達的語法作用的不同可以分為情貌、程度和其他等三個方面，其變調模式為「陰平調→去聲調→陽平調→上聲調→陰平調」的依次遞變。兩類循環變調模式的共性為「陰平調→去聲調→陽平調→上聲調」的依次遞變，其差異性則是前者上聲調變讀為去聲調，後者上聲調變讀為陰平調。

這兩類循環變調模式的成因也不盡相同，語音循環變調可以認為是輕聲化的第二個音節對前一音節的逆向作用造成的；而語法循環變調則是語法化的結果，是語法化在語音上的特殊表現形式。但不可否認的是，語法循環變調應該也經歷了輕聲化這一過程，正是這一相同的經歷使得這兩類循環變調具有了共性的一面。

六、參考文獻

1. 賀巍，2005，中原官話分區（稿），《方言》第 2 期。

2. 李仕春，艾紅娟，2005，山東方言裏的一種語法變調，《方言》第 4 期。

3. 明茂修，2007，山東臨沂方言中的特殊程度副詞，《畢節學院學報》第 6 期。

4. 明茂修，2011，山東費縣（劉莊）方言音系，《畢節學院學報》第 5 期。

5. 明茂修，2014，山東費縣（劉莊）方言的聲調格局——兼及聲調中的特殊語音現象，《畢節學院學報》第 5 期。

6. 明茂修，2015，山東費縣（劉莊）方言中的「—的」式形容詞，《方言語法論叢（第六輯）》，北京：中國社會科學出版社。

7. 明茂修，2016，山東費縣（劉莊）方言兩字組連讀變調，《臨沂大學學報》第 1 期。

8. 平山久雄，1998，從聲調調值演變史的觀點論山東方言的輕聲前變調，《方言》第 1 期。

9. 汪國勝，2007，漢語方言的語法變調，《漢語方言語法研究》，武漢：華中師範大學出版社。

10. 沈家煊，1994，「語法化」研究綜觀，《外語教學與研究》第 4 期。

11. 沈曉楠，林茂燦，1992，漢語普通話聲調的協同發音，《國外語言學》第 2 期。

12. 尹玉霞，2012，閩南方言循環變調的解釋性研究綜述，《南開語言學刊》第 1 期。

附錄　第三屆漢語音義學研究國際學術研討會

簡　介

　　為推動漢語音義學學科建設，2023 年 7 月 21 日至 25 日，華中科技大學、遵義師範學院聯合舉辦了「第三屆漢語音義學研究國際學術研討會」。本次會議由遵義師範學院科研處、人文與傳媒學院和國際教育學院聯合承辦，國家社科基金重大項目「中、日、韓漢語音義文獻集成與漢語音義學研究」（19ZDA318）課題組協辦。

　　會議採取「線下＋雲端」的形式，來自安徽大學、安徽師範大學、安陽師範學院、北京大學、北京語言大學、北京中醫藥大學、百色學院、長江大學、大理大學、復旦大學、贛南師範大學、廣東第二師範學院、貴州大學、貴州師範大學、杭州師範大學、合肥師範學院、湖北大學、湖北師範大學、湖南大學、湖南理工學院、湖南師範大學、華中科技大學、華東師範大學、淮北師範大學、黃岡師範學院、吉林大學、江西師範大學、南京大學、南京師範大學、南開大學、南寧師範大學、南陽師範學院、青海師範大學、山西大學、陝西師範大學、上海大學、上海師範大學、首都師範大學、韶關學院、四川大學、蘇州大學、天津理工大學、皖西學院、武漢大學、西北師範大學、西南民族大學、新疆大

學、浙江大學、浙江財經大學、浙江工商大學、浙江工業大學、浙江理工大學、浙江師範學院、中國海洋大學、中國人民大學、中華書局、中南林業科技大學和韓國釜山大學校、韓國慶星大學校、韓國高麗大藏經研究所、日本南山大學等國內外 60 多所高校和研究機構的 94 名代表（其中線上代表 21 人）參加了會議，另有近 200 名網友通過微信直播旁聽了會議。

本次會議議程由開幕式、大會報告、小組彙報研討和閉幕式四部分組成。遵義師範學院科研處副處長魏金光教授主持開幕式。胡貴勇副校長代表遵義師範學院對出席會議的各位專家學者表示熱烈歡迎和衷心感謝，並簡要介紹了遵義師範學院的辦學歷史，以及遵義師範學院人文與傳媒學院在語言文字方面取得的成績。北京語言大學董志翹教授、上海師範大學徐時儀教授和蘇州大學楊軍教授分別致辭。

本次會議以「漢語音義學學科建設：理論·實踐」為主題，共收到論文 84 篇，其中既有音義理論的探索，又有音義個案的討論，此外還涉及音韻、訓詁、文字、語法等內容。大會採取大會報告、分組彙報兩種形式進行學術探討、交流，其中大會報告 22 場，小組彙報共 8 組（其中線上彙報 2 組）74 場。報告人邏輯清晰，主持人調控有度，評議人嚴肅認真，會場裡充滿了經驗交流、學術切磋、智慧碰撞的火花。第三屆漢語音義學研究國際學術研討會是一場爭鳴開放、銳意求新的學術盛宴。

經過三天緊張而又有條不紊的組織，會議圓滿完成各項議程順利閉幕。中國人民大學高永安副教授主持閉幕式，淮北師範大學張義副教授、華中科技大學齊曉燕副教授和北京中醫藥大學李葒副教授分別做了會議各小組的討論彙報，楊軍教授做了大會總結。

第三屆漢語音義學研究國際學術研討會的成功召開，必將有力地促進漢語言學科特別是漢語音義學學科的建設與發展。

本次會議決定第四屆漢語音義學研究國際學術研討會將於 2024 年在湖北黃石舉行，由湖北師範大學承辦，張道俊教授代表承辦單位向學界朋友發出了熱情的邀請。

附：大會報告目錄（以報告先後為序，「*」表示安排臨時有變化）

1. 徐時儀：《一切經音義》的校勘及拓展探略。

2. 董志翹：揚雄《方言》「屑，潔也」再考。

3. 楊軍：《經典釋文》「贖」「視」「賁」諸字的音義匹配與語音糾纏。

4. 黃笑山：《經典釋文》的船禪糾纏及中古兩母的流變。

5. 李圭甲、梁導喜：基於對比驗證方法破譯華嚴石經殘片#10670 上的殘字。

6. 趙世舉：音隨義轉的性質及類型試說。

7. 雷昌蛟：論幾部字詞典「拌」「拚」「拼」的注音。

8. *孫玉文：「韃靼」等雙音節非疊音詞今讀音同音問題的研究。

9. 儲泰松：佛典語音資料面面觀。

10. 龍仕平：論石刻異體字「音、形、義」在大型字典修訂中的增補及其今用。

11. 徐朝東：明清以來北京話果攝讀音的歷史演變——兼談音系接觸與音系格局的調整。

12. 史光輝：「壋（平原）」的音義源流：兼及壩、坝、埧等諸字。

13. 王月婷：《左傳》「歸宋財」「歸粟于蔡」的句式差異。

14. 陳淑梅：漢語「參」字的音義研究。

15. 梁曉虹：精益求精，臻於至善——評《一切經音義三種校本合刊》的兩次修訂。

16. 尉遲治平：草蛇灰線，其來有自——漢語音義學探源。

17. 蔡夢麒：《辭源》（第三版）注音審訂例議。

18. 丁治民：《廣韻》編纂底本考。

19. *敏春芳：敦煌寫本《佛本行集經》俗字研究。

20. 王長林：明清小說俗字拾零。

21. 汪啟明：劉咸炘語言考據學述要。

22. 黃仁瑄：漢語音義學是典型的交叉學科。

第三屆漢語音義學研究國際學術研討會邀請函（第 2 號）

尊敬的　　　先生 / 女士：

　　第三屆漢語音義學研究國際學術研討會，擬於 2023 年 7 月 21 日～25 日召開。本次會議由華中科技大學和遵義師範學院聯合主辦，遵義師範學院科研處、人文與傳媒學院和國際教育學院聯合承辦，國家社會科學基金重大項

目「中、日、韓漢語音義文獻集成與漢語音義學研究」（19ZDA318）課題組協辦。誠邀　您　蒞會指導並宣讀論文。

1. 會議形式

線上＋線下

2. 會議地點

中國貴州省遵義市新蒲新區（具體賓館待定）

3. 會議時間

（1）報到：7 月 21 日（週五）

（2）會期：7 月 22 日～24 日（週六—週一）

（3）賦歸：7 月 25 日（週二）

4. 會議主題

漢語音義學學科建設：理論‧實踐

具體議題：

（1）漢語音義學研究的理論、材料與方法問題；

（2）漢語音義書注音與韻書、字書注音的本質區別與聯繫；

（3）漢字注音釋義及其與字形的關係；

（4）語音—語義—語法的綜合研究；

（5）漢文音義文獻的整理與研究；

（6）語言研究的其他相關問題。

5. 會議論文

（1）請將擬與會之論文全文或提要擲至會務組電郵（詳後），收件最後截止日期 2023 年 6 月 20 日。

（2）論文提要請用中文書寫，字數限 2000 以內（敬請註明：作者姓名、供職單位、職稱、通訊地址、郵編、聯繫電話、E-mail 等。具體可參考有關專業期刊「稿約」）。

6. 會議聯繫人

（1）李敬飛　Tel：15985049920（微信同號）

（2）劉大濤　Tel：18798134903（微信同號）

（3）魏金光　Tel：18798151217（微信同號）

7. 會議電郵

   yinyimeeting@126.com

8. 注意事項

   （1）會議擬出論文集；

   （2）會議不收會務費，交通住宿費用自理，餐飲由主辦方負責。

會議籌備組

2023 年 5 月 3 日

後　記

　　《漢語音義學研究論集（三集）——第三屆漢語音義學研究國際學術研討會論文集》即將結集出版了，有必要在這裡囉嗦幾句。

　　第三屆漢語音義學研究國際學術研討會（中國遵義，2023 年 7 月），以「漢語音義學學科建設：理論・實踐」為主題，共收到學術論文 84 篇，國內外 60 多所高校和研究機構的 94 名代表（其中線上代表 21 人）參加了會議，另有近 200 名網友通過微信直播旁聽了會議，可謂盛況空前！為確保會議如期進行，會議承辦單位遵義師範學魏金光教授團隊做了大量難苦而細緻的準備工作，無論是線下會議代表的迎來送往，還是線上會議代表的會前調試、會中服務，整個環節不差毫釐，如行雲流水，運轉順暢。苆會代表興高采烈，會議氣氛活躍歡暢。遵義是一個很特別的地方，因為該次會議，漢語音義學研究必將更上層樓。謝謝他們！

　　參照前面兩本會議論文集的做法，本論文集特別征集了幾篇論文：《〈大唐西域記〉在佛典音義書中的地位與影響》（施向東），《論「無窮會本系」〈大般若經音義〉在日本古辭書音義研究上的價值》（梁曉虹），《古漢語同族詞的聲母交替原則與諧聲原則一致論——附高本漢〈漢語諧聲系列中的同源字〉（1956）》（馮蒸、邵晶靚）。「適量收錄見於他處之有關音義學研究的文字，在漢語音義學研究如火如荼推進的當下，我們認為很有必要。」（語見《漢語音義學研究論集（二集）・後記》）謝謝三位教授的鼎力支持！

恩師尉遲治平教授賜序高屋建瓴，洞幽燭微，邏輯謹嚴，見人之所未見，發人之所未發，於漢語音義學研究實踐極具指導意義，論文集因此增添了許多光輝！

值此論文集出版之際，第四屆漢語音義學研究國際學術研討會即將召開（中國黃石，2024 年 9 月），第五屆漢語音義學研究國際學術研討會也已經落實承辦單位。「漢語音義學學科的建設與發展，深得天時、地利與人和，與有榮焉，有厚望焉！」（語見《漢語音義學研究論集（一集）·後記》）

論文集文字的徵集、整理，友生李敬飛碩士付出了許多心血；入選文章的排版、加工，包括後期跟作者的溝通，友生瞿山鑫博士出力尤多。謝謝你們！

附：大會報告目錄（以報告先後為序，「*」表示安排臨時有變化）

1. 徐時儀：《一切經音義》的校勘及拓展探略

2. 董志翹：揚雄《方言》「屑，潔也」再考

3. 楊軍：《經典釋文》「贖」「視」「眚」諸字的音義匹配與語音糾纏

4. 黃笑山：《經典釋文》的船禪糾纏及中古兩母的流變

5. 李圭甲、梁導喜：基於對比驗證方法破譯華嚴石經殘片#10670 上的殘字

6. 趙世舉：音隨義轉的性質及類型試說

7. 雷昌蛟：論幾部字詞典「拌」「拚」「拼」的注音

8. *孫玉文：「韃靼」等雙音節非疊音詞今讀音同音問題的研究

9. 儲泰松：佛典語音資料面面觀

10. 龍仕平：論石刻異體字「音、形、義」在大型字典修訂中的增補及其今用

11. 徐朝東：明清以來北京話果攝讀音的歷史演變——兼談音系接觸與音系格局的調整

12. 史光輝：「壩（平原）」的音義源流：兼及壩、圳、埧等諸字

13. 王月婷：《左傳》「歸宋財」「歸粟于蔡」的句式差異

14. 陳淑梅：漢語「參」字的音義研究

15. 梁曉虹：精益求精，臻于至善——評《一切經音義三種校本合刊》的兩次修訂

16. 尉遲治平：草蛇灰線，其來有自——漢語音義學探源

17. 蔡夢麒：《辭源》（第三版）注音審訂例議

18. 丁治民：《廣韻》編纂底本考

19. *敏春芳：敦煌寫本《佛本行集經》俗字研究

20. 王長林：明清小說俗字拾零

21. 汪啟明：劉咸炘語言考據學述要

22. 黃仁瑄：漢語音義學是典型的交叉學科

編者　2024 年 5 月 20 日於華中大主校區東五樓之一隅